하나님의 가장 특별한 선물

영혼의 품격

하나님의 가장 특별한 선물
영혼의 품격

—

인쇄 2023년 7월 25일 1판 1쇄   **발행** 2023년 7월 31일 1판 1쇄

지은이 송태갑
펴낸이 강찬석
펴낸곳 도서출판 미세움
주소 (07315) 서울시 영등포구 도신로51길 4
전화 02-703-7507   **팩스** 02-703-7508   **등록** 제313-2007-000133호
홈페이지 www.misewoom.com

정가 19,000원

—

ISBN 979-11-88602-66-7   03810

하나님의 가장 특별한 선물

영혼의
품격

송태갑 지음

美세움

제아무리 내 삶은 내 것이라고 주장해도 소용없다.
내 것이라고 말할 수 있는 것은
단지 영혼뿐이다.
그래서 나는 나를 만나러 간다.
그런데 나를 만나러 가는 길이 가장 낯설다.

그냥, 한번 들어보실래요?

　인생을 영위하는 데 있어서 사람들에게 가장 소중한 것은 무엇일까? 뜬금없는 질문이라고 생각할 수 있다. 사랑, 행복, 행운, 건강, 여행, 부富, 권력, 명예 등을 언급할지 모르겠다. 이것들은 많은 사람들의 희망노트에 기록되어 있을 법한 내용들이다. 이들 가운데 몇 가지는 실제로 경험할 수 있는 것도 있는데, 문제는 그 상태를 계속 유지하기가 쉽지 않다는 점이다.

　이것들 외에 우리 지혜로 좀처럼 알 수 없고 생각하면 생각할수록 신비스러운 것이 하나 있다. 그것은 다름 아닌 영혼靈魂이다. 인생에서 가장 소중한 것이 무엇이냐고 묻는다면 나는 단연코 영혼이라고 대답할 것이다. 영혼은 동서고금을 막론하고 시대를 불문하고 가장 큰 관심의 대상이었다. 그럼에도 불구하고 일상에서 논의될 만큼 평범한 이야기 소재는 아니다. 그동안 영혼을 마치 종교나 철학의 소재로 간주하거나 아예 죽음과 관련한 이슈로 여길 정도로 너무 백안시白眼視한 측면도 없지 않다.

그런데 요즘 아이러니하게도 평소 소홀히 여기던 그 영혼이 이제 아프다고 너무 아프다고 호소하는 이들이 적지 않다. 우울증, 공황장애, 불안장애, 조울증, 조현증 등 병명을 다 열거하기 힘들 정도로 다양한 정신장애를 겪고 있는 사람들이 너무 많다.

전문가들은 이런 증상들의 원인을 일이나 대인관계에서 오는 스트레스, 과거의 특정 사안에 대한 과도한 집착, 미래에 대한 불안이나 걱정 등에서 찾고 있다. 그러면서도 증상이 워낙 개인차가 심하여 이를 치료하는 데 어려움을 겪고 있는 것도 사실이다. 사람들의 성향이나 경험, 지식이나 소유 정도, 사회적 위상, 가족관계 등에 따라 증상이 달라서 어떻게 치료해야 하는지 일목요연하게 제시하지 못하고 있다. 말하자면 경우에 따라 다르다^{case by case}는 것이다.

그런데 이런 증상들이 특정인에게만 발생하는 것은 아니라는 점이 더 문제이다. 정도의 차이는 있지만 거의 모든 사람들에게 발견되고 있다고 해도 과언이 아니다. 현대사회가 집단적으로 이 질환을 앓고 있는 셈이다. 이런 현상을 혹자는 '영혼의 아우성'이라고 표현하기도 한다.

아브라함 헤셸은 자신의 저서 《안식》에서 모든 문제는 안식의 부재에서 비롯된다고 말하면서 다음과 같이 진단한다. "공간의 세계에 대한 지배력을 획득하는 것은 확실히 우리의 과업 가운데 하나이다. 하지만 우리가 공간의 영역에서 능력을 획득하다가 시간의 영역에 있는 모든 열망을 상실할 때 위험이 시작된다. 시간의 영역에서는 소유가 아니라 존재가, 움켜쥠이 아니라 내줌이, 지배가 아니라 분배가, 정복이 아니라 조화가 목표다. 공간을 지배하고 공간의 사물을 획득하는 것이 유일한 관심사가 될 때 삶은 망가지고 만다. 권력만큼 유용한 것이 없고, 권력만큼 소름끼치는 것은 없다. 이따금 우리는 빈곤에 의한 타락으로 고통을 겪지만, 이제는 권력으로 인한 타락의 위협을 받고 있다. 행복은 노동을 사랑하는 데 있고 불행은 이득을 사랑하는 데 있다. 수많은 마음과 물주전자가 이익이라는 샘가에서 부서지고 있다. 자신을 물질의 노예로 팔아버릴 때, 인간은 그 샘가에서 부서진 그릇이 된다."*

아브라함 헤셀은 자연과 공간을 차지하고자 하는 욕망에서 불행이 시작되었다고 생각했다. 요컨대 과학, 농사, 건축, 기계 등 다양한 분야의 기술이 공간을 정복하는 데 이용되었고 사람들은 그런 방식으로 행복을 찾고자 한 것이다. 심지어 종교까지도 신(神)이 특정 공간에 존재한다고 생각하며 공간을 숭배하는 일이 발생했다는 것이다. 그래서 사람들의 질문은 신이 어떤 분인가? 무슨 일을 하신가? 에 대해 궁금해 하는 것이 아니라 "신이 어디에 있는가?"라는 질문에 머물게 되었다.

물론 하나님이 우주에 현존한다는 생각이 문제가 되는 것은 아니다. 다만, 하나님이 시간 속에 계신 것이 아니라 공간 속에 계시고, 역사 속에 계신 것이 아니라 자연 속에 계신다는 뜻으로 좁게 해석될 수 있는 점은 우려된다. 그래서 공간과 시간에 대한 인식은 매우 중요하다. 우리가 그것을 구분하지 않을 때 영혼과 사물을 분별하지 못하는 일이 발생할 수 있다.

* 아브라함 헤셸 저·김순현 역, 안식, pp.41~42, 복 있는 사람

원시종교의 특성은 공간에 주목했다. 그리고 그 공간을 신성화하고 성역이라는 특별한 권위를 부여했다. 신성한 곳을 존속시키기 위해서는 신상神像이 필요했고 장식이나 제사가 필요했다. 하지만 이것은 감금된 신, 만들어진 신, 인간의 필요를 위해 존재하는 신으로 표상화한 것일 뿐이다. 공간에 머물러 있는 종교는 신을 위한 예배가 아니라 인간을 위한 축제가 될 가능성이 크다.

성서는 공간보다는 시간에 더 주목한다. 왜냐하면 성서는 세계를 시간의 차원으로 보고 있기 때문이다. 성서는 국가, 공간, 사물보다는 세대들과 사건들에 더 주목하고 있고 지리보다는 역사에 더 관심을 나타내고 있다. 성서는 시간의 흐름을 말하고 있고 또 시간 속에서의 안식을 말하고 있지 어느 특정 공간에서 안식을 찾거나 누리라고 말하지 않는다.

아버지께서 참되게 예배하는 자들은 영과 진리로 예배할 때가 오나니 곧 이때라 아버지께서는 자기에게 이렇게 예배할 자를 찾으시느니라. 하나님은 영이시니 예배하는 자가 영과 진리로 예배할지니라.(요한복음 4:23~24)

하나님은 영이시다. 그래서 공간의 영향을 받지 않으신다. 그래서 일시적으로 구약시대에 허용했던 율법적인 제사와 같은 방법으로는 온전한 예배를 드릴 수 없다. 공간이 중요한 것이 아니라, 때가 중요한 것이다. 어느 때를 말하는가? '신령과 진리로 예배하는 때'다. 바로 지금이 그런 때다.

이 말씀을 통해서 우리가 배워야 할 것은 우리가 공간에 매이거나 공간을 지배하기 위해 만들어진 어떤 것들에 의해 더 이상 지배받지 않아야 한다는 점이다. 소위 진리가 우리를 자유롭게 하기 때문이다. 그것은 율법과 원죄는 물론이고 예배와 기도 등에서도 자유로워져야 함을 의미한다. 더 쉽게 말하면 언제든 원하면 진리이신 예수님의 도움으로 하나님과 교제할 수 있다는 뜻이다.

성서 역사 속에서도 사람들은 공간에 집착했었다. 마치 완벽한 공간만 갖추면 굳이 하나님께 의존하지 않아도 살 수 있다고 생각했다. 이스라엘 백성이 광야에서 먹을 것, 잠자리가 불편했을 때 노예 생활을 청산하고 탈출한 애굽을 다시 떠올렸다. 아브라함과 롯이 땅을 분배할 때 롯은 장소에 먼저 눈길이 가 있었다. 사람들이 시날 평지에 바벨탑을 쌓을 때도 공간을 통해 충분히 하나님의 위상을 넘볼 수 있다는 교만함이 있었다.

예수님이 유대인들에게 성전을 헐라고 말씀하신 적이 있었다. 그때 하신 말씀이 사흘 동안에 다시 세우시겠다는 것이었다. 사흘 동안이라는 시간에 중요한 메시지가 있었다. 그 시간은 인류 구원을 위한 아주 중요한 하나님의 시간이었다.

> 예수께서 대답하여 이르시되 너희가 이 성전을 헐라 내가 사흘 동안에 일으키리라.(요한복음 2:19)

여기서 성전은 공간이자 율법의 상징이다. 그런데 사흘 동안에 세우실 것은 공간과 율법을 초월하신 예수 그리스도를 가리킨 것이다. 공간이나 전통에 매인 사고를 헐어야 한다. 모든 것으로부터 자유로워야 한다. 다만, 예수 그리스도께서 새로운 법을 들고 오셨음을 깨닫고 그분 안에서 새로운 법을 지키며 자유를 누려야 한다.

이는 그리스도 예수 안에 있는 생명의 성령의 법이 죄와 사망의 법에서 너를 해방하였음이니라.(로마서 8:2)

창조주 하나님은 만물과 사람을 창조하실 때 첫째 날, 둘째 날, 셋째 날, 넷째 날, 다섯째 날, 여섯째 날을 일일이 거론하시며 시간에 따라 질서 있게 창조하신 과정을 일러주셨다.

하나님이 빛을 낮이라 부르시고 어둠을 밤이라 부르시니 저녁이 되고 아침이 되니 이는 첫째 날이니라.(창세기 1:5)

하나님이 궁창을 하늘이라 부르시니라 저녁이 되고 아침이 되니 이는 둘째 날이니라.(창세기 1:8)

저녁이 되고 아침이 되니 이는 셋째 날이니라.(창세기 1:13)

저녁이 되고 아침이 되니 이는 넷째 날이니라.(창세기 1:19)

저녁이 되고 아침이 되니 이는 다섯째 날이니라.(창세기 1:23)

하나님이 지으신 그 모든 것을 보시니 보시기에 심히 좋았더라, 저녁이 되고 아침이 되니 이는 여섯 째 날이니라.(창세기 1:31)

하나님이 그가 하시던 일을 일곱째 날에 마치시니 그가 하시던 일을 그치고 일곱째 날에 안식하시니라. 하나님이 그 일곱째 날을 복되게 하사 거룩하게 하셨으니 이는 하나님이 그 창조하시며 만드시던 모든 일을 마치시고 그날에 안식하셨음이니라.(창세기 2:2~3)

하나님께서 분명히 밝히신 복된 날은 안식일이다. 그날은 모든 창조과정을 마치신 날이다. 그래서 안식일을 거룩하게 하신 것이다. 그 의미는 무엇일까? 거룩한 분은 오직 하나님 한 분뿐이시다. 그렇다면 안식일은 하나님 자신을 위한 것일까? 그런데 하나님 자신은 이미 거룩한 분이시다. 특별히 더 거룩하게 하실 이유가 없다. 바로 사람을 위해 거룩하게 하신 것이다. 왜냐하면 거룩함 속에서만이 참 안식을 누릴 수 있기 때문이다. 그래서 안식일은 사람을 위해 만드신 것임을 알 수 있다. 그 안식에 하나님의 축복이 담겨 있음을 알려주신 말씀이다.

> 또 이르시되 안식일이 사람을 위하여 있는 것이요 사람이 안식일을 위하여 있는 것이 아니니 인자는 안식일에도 주인이니라.(마가복음 2:27~28)

하나님이 창조하신 것 가운데 가장 마지막 작품이자 하나님이 의도하신 것 가운데 가장 첫 번째last in creation, first in intention인* 안식일이야말로 천지창조 목적의 핵심 중의 핵심이다. 일주일 가운데 안식일이 가장 거룩하고 평화로운 날이다. 평일의 일상을 위해 안식일이 있는 것이 아니라, 안식일을 위해 평일이 있는 것이다. 평일의 삶은 안식일의 소중함을 알게 해준다. 안식일은 있어도 되고 없어도 되는 날이 아니다. 모든 날 가운데 가장 필요하고 중요한 날이 안식일이다. 안식일은 천국의 시간적 모형이다. 하지만 장차 천국

* 전게서, p.29

에서는 모든 날이 안식일이 될 것이다.

현대인들이 온갖 정신질환에 시달리고 마음에서 평안이 사라진 이유는 하나님이 허락하신 안식의 정신을 잊어버렸기 때문이라고 할 수 있다. 언제부터인가 우리는 일의 노예가 되어 쉼의 중요성을 잊어버렸다. 나는 정년퇴임을 하고서야 비로소 안식의 의미를 조금 알 수 있게 되었다. 하나님은 우리가 제대로 안식하길 원하신다. 안식은 하나님이 인간에게 주신 최고의 선물이다.

우리는 지금 눈에 보이는 것들, 요컨대 시각적으로 드러난 것들이 주는 공간의 편리함이나 감각적 쾌락에 심취해 있다. 따지고 보면 그것들을 충족해주는 것은 돈이다. 돈이 가능하게 하는 일들이 너무 많아졌다. 그래서 돈에 영혼을 파는 일까지 발생한다.

또 하나는 권력이다. 공간의 가장 높은 자리를 차지할 수 있게 해주는 것이 권력이다. 권력은 세상에서 너무나 많은 것을 가능하게 해준다. 많은 사람들이 그 권력 앞에 줄을 서고 머리를 조아린다. 그래서 돈을 주고 권력을 사려고 한다. 죄악의 악순환이 반복되고 있다. 그렇게 얻은 돈과 권력이 결국 자신을 옭아매고 괴롭힌다. 따라서 우리는 예수님이 산상수훈에서 강조하신 말씀을 기억할 필요가 있다. 마음이 가난해져야 한다.

심령이 가난한 자는 복이 있나니 천국이 그들의 것임이요.(마태복음 5:3)

우리 영혼은 물질적이고 현시적인 것들이 비워지고 하나님 말씀으로 채워져야 한다. 그래야 하나님의 임재 가운데 우리가 참 안식을 누릴 수 있다. 하나님을 우리 안에 모시지 않으면 우리에게서 하나님 닮은 모습을 영영 발견할 수 없게 될지도 모른다. 우리 안에서 하나님 말씀이 항상 살아 움직이시도록 우리 마음을 내어드려야 할 것이다.

안식을 제대로 한다는 것은 하나님이 함께하신다는 의미이다. 하나님과 함께 할 수 있을 때만이 참된 안식이 가능하기 때문이다. 하나님 안에서의 안식은 단순한 쉼이 아니다. 하나님 은혜로 거룩해지는 시간이고 영혼이 참 평안을 누리는 것을 말한다. 그런 의미에서 볼 때 안식은 하나님이 주신 최고의 선물이라는 것을 알 수 있다.

영혼이 구원받는다는 것은 영혼이 하나님 은혜로 그분의 나라에서 영원히 안식을 누리는 것이다. 그런 차원에서 안식을 누리지 못한 삶은 진정으로 행복한 삶이라고 할 수 없다. 우리는 무엇보다 안식을 누리는 삶이 되어야 하고 이웃에게도 안식을 줄 수 있어야 한다. 그것은 갈등을 일으키거나 서로 마음을 상하게 하는 말 등 안식을 방해하는 어떤 일을 해서도 안 된다는 것을 의미한다. 그런데 이런 일은 사람 스스로는 완벽하게 해낼 수 없다. 그것을 가능하게 하는 것은 하나님 말씀이다. 성령의 도움이 절실히 필요한 이유이다.

특히 사람의 안식을 방해하는 것 가운데 우리가 아주 쉽게 저지를 수 있는 것이 바로 말의 실수이다. 말은 영혼 깊숙이 상처를 주기도 하여 영혼의 안식을 방해하는 최대 장애물이다. 그런 차원에서 생각해보면 언어가 사람 운명을 바꿀 수 있다. 이 말은 빈말이 아니다. 말 한마디가 한 사람을 평생 기쁘게도 하고 우울하게도 할 수 있기 때문이다.

사람이 며칠 동안 사용한 말을 녹음했다가 한번 들어본다면 그 사람이 지금 무슨 생각으로 살고 있는지를 대충 알 수 있을 것이다. 그뿐만 아니라 그 사람의 장래 일에 대해서도 어느 정도 짐작할 수 있을 것이다. 옛말에 '말이 씨가 된다'는 속담이 있다. 자신이 쏟아낸 말이 씨앗이 되어 결국 뱉어낸 말대로 열매를 거두게 된다는 뜻이다.

모든 말에는 창조 능력이 내재되어 있음을 말해준다. 그도 그럴 것이 창조주 하나님은 말씀으로 존재하시며 또 말씀으로 만물을 창조하셨기 때문이다. 말씀의 위력이 얼마나 대단한지 알 수 있는 근거이다. 그런데 중요한 것은 사람이 하나님 형상을 닮게 창조되었다는 점이다. 그래서 사람의 말에도 당연히 창조 능력이 있다. 이처럼 사람들이 말을 사용한다는 것은 영혼이 있다는 것을 증명해주고 있다. 이것은 다른 피조물과 전혀 다른 엄청난 축복이라는 사실이다.

모든 창조물은 영혼에서 출발하여 생각을 거쳐 언어나 그림으로 정리되어 형상화한다. 말하자면 하나님의 창조물은 두말할 필요도 없지만, 사람들이 고안해낸 창의적 산물들에도 언어가 개입되는 것을 알 수 있다. 언어의 위력은 그뿐만이 아니다. 세상은 언어를 통해 질서를 형성한다. 국가의 모든 법이나 사회 제도, 나아가 문화와 예술 등도 결국 언어의 힘이 얼마나 대단한지를 유감없이 보여준다. 특히 군인들에게 내려지는 명령은 무게감이 전혀 다르다. 통수권자의 말 한마디는 전쟁을 일으키게도 하고 멈추게도 하는 힘을 가지고 있다.

그런데 세상에는 말 같지도 않은 말, 뼈 있는 말, 가시 돋친 말, 거짓말, 유혹하는 말, 속이는 말, 생각 없이 내뱉는 말, 영혼 없는 말 등이 난무하고 있다. 세상이 어지러운 것은 어쩌면 이런 나쁜 말들 때문이라고 해도 과언이 아니다. 이런 말들이 영혼을 거치지 않은 채 이루어지거나 설령 그 과정을 거친다고 해도 나쁜 마음에서 나오기 때문이라고 할 수 있다.

하나님께서는 성서에서 "만물보다 거짓되고 심히 부패한 것이 사람의 마음"(예레미야 17:9)이라고 말씀하셨다. 태초에 하나님은 사람을 선하게 창조하셨지만, 선악과 사건 이후 우리 몸속에 죄가 들어와 마음을 오염시켜버렸다. 그래서 우리 마음 상태를 제대로 진단하는 것은 매우 중요하다. 왜냐하면 우리가 좋은 말을 하려면 먼저 마음이 치료받고 회복되어야 하기 때문이다.

요즘 말을 함부로 하는 사람들이 너무 많다. 그 이유는 말의 힘이 얼마나 위력이 있는지 간과하고 있기 때문이다. 물론 자신도 모르게 불쑥 튀어나오는 경우도 있다. 하지만 무서운 것은 일부러 상대방에게 모욕을 주거나 상처를 줄 목적으로 나쁜 말을 내뱉는 사람들도 적지 않다는 점이다. 중요한 것은 그런 말을 듣는 사람은 마치 송곳에 찔리는 것처럼 아프고 치명적인 상처를 입는다는 점이다. 육체적인 상처는 시간이 흐르면 아물지만, 영혼의 상처는 쉽사리 치유되지 않는다.

또 자신의 유익을 위해 혹은 남의 환심을 사기 위해 진실이 아닌 말들을 쏟아내는 경우도 있다. 소위 영혼을 팔아서라도 자신이 얻고 싶은 것을 얻고자 하는 아주 얄팍한 짓이다. 이런 사람들은 무엇보다 돈이나 권력이나 명예를 추구하는 경우가 많다. 이들은 당연히 영혼을 소중하게 여기지 않을 것이다.

그렇다고 세상 사람들이 모두 나쁜 말만 하면서 사는 것은 아니다. 어떤 사람의 말은 사람을 위로하고 영혼을 치유해준다. 말을 조리 있게 하거나 똑똑하게 하는 것 못지않게 상대방에게 도움이 되고 위로되는 말을 하는 것이 중요하다. 게다가 누군가에게 창의력이나 영감을 줄 수 있다면 금상첨화일 것이다.

그렇다면 지혜로운 말은 어디서 올까? 성서는 하나님이 지혜의 근원이라고 전하고 있다. 세상의 현자들도 지혜를 말하지만, 하나님 지혜는 차원이 다르다.

오직 위로부터 난 지혜는 첫째 성결하고 다음에 화평하고 관용하고 양순하며 긍휼과 선한 열매가 가득하고 편견과 거짓이 없나니 화평하게 하는 자는 화평으로 심어 의의 열매를 거두느니라.(야고보서 3:17~18)

지혜로운 말은 우선 거짓이 없고 화평하게 한다. 세상이 평화롭지 않은 이유는 그 안에 진실성이 없고 관용이 없으며 긍휼이 없기 때문이다. 사실 말을 잘하는 것도 중요하지만 잘 듣는 것이 더 중요할 때가 있다. 특히 하나님의 말씀을 듣는 것은 매우 중요하다. 왜냐하면 믿음이 들음에서 나기 때문이다. 하나님 말씀에 대한 믿음은 모든 것의 시작이고 끝이라고 할 수 있다. 하나님의 모든 지혜가 믿음을 통해 흘러들어오기 때문이다.

그러므로 믿음은 들음에서 나며 들음은 그리스도의 말씀으로

말미암았느니라.(로마서 10:17)

세상에 있는 많은 말들을 다 들을 필요는 없다. 어쩌면 허다한 말을 피해 자연인처럼 사는 것이 더 고요와 평안을 누리는 방법인지 모르겠다. 그러나 하나님 말씀은 영혼을 살리는 특별한 에너지라는 점에서 모든 것에 앞서 경청해야 한다. 하나님 말씀은 사랑의 언어이고 용서의 언어이고 창조의 언어이고 구원의 언어이며 영혼의 언어이기 때문이다.

나쁜 말은 흘려듣고 좋은 말은 새겨들어야 한다. 그러기 위해서는 분별해야 한다. 그 분별 능력도 하나님 말씀 안에 있다. 하나님 말씀은 이미 상업화하고 세속화하고 오염된 언어들이 난무하는 세상에서 우리를 구할 것이다. 영혼의 언어를 사용할 때만 하나님과 소통할 수 있다. 믿음, 소망, 사랑 등이 그것이다. 우리가 하나님과 교제할 수 있는 수단은 다름 아닌 기도이다. 마음을 다하고 뜻을 다하여 기도하는 자세야말로 우리가 취해야 할 중요한 사명이 아닐까. 그것만이 허탄한 말로 오염된 세상에서 온전히 살아갈 수 있는 유일한 길이기 때문이다.

선악과 사건 이후 자연 중심 사회, 산업화시대, 문화예술 부흥시대, 첨단 스마트 기술시대 등 어느 시대를 막론하고 그 중심에 영혼은 없었다. 인간의 교만과 돈, 이성, 그리고 정보 등이 그 자리를 차지하고 있었다. 영혼이 상처받는 이유가 거기에 있다. 상처받은 영혼은 독초보다 쓰고 사자보다 무서우며 이리보다 무자비하다. 상처받은 영혼이 많으면 많을수록 세상에는 안식과 평화가 없으며 어지러울 수밖에 없다.

나는 다만, 이 졸고를 통해 이 어려운 시대를 어떻게 살아내야 할지 고민하는 사람들과 더불어 지혜의 말씀을 나누고 위로를 공유하고자 한다. 그리고 진정한 치유자이신 하나님을 만날 수 있게 되기를 기도할 뿐이다.

2023년 6월
송태갑

차 례

01. 조금 특별한 내면으로의 여행 · 29

02. 나를 아는 것, 나에 대해 아는 것 · · · · · · · · · · · · · · · · · · · 45

03. 영혼에게 안부를 묻다 · 73

04. 존재하는 것과 행하는 것 · 103

05. 영혼의 언어로 쓰는 단 한 줄의 시 · · · · · · · · · · · · · · · · · · 123

06. 말의 품격 그리고 능력 · 133

07. 마음이 가난한 사람 · 159

08. 너희의 그 헤아림으로 · 169

09. 영혼에 사무치는 진리 · 187

10. 누구에게 속한 자인가? · 207

11. 진짜 즐거움과 가짜 즐거움 · 225

12. 세례 요한의 선지적 복음 사도 요한의 사랑의 복음 · · 249

13. 사랑은 허다한 허물을 덮는다 · 259

14. 기뻐하며 뛰놀라 · 273

15. 예수님 한 분으로 충분하다 · 285

16. 아직, 내 인생 최고의 날은 오지 않았다. · · · · · · · · · · · · · 321

나를 만나러 가는 길이 가장 낯설다

영혼이 배회하고 있다는 것은
내 안에 사랑이 없다는 증거이다.

사랑을 가질 수 없는 이유는
진리를 만나지 못했기 때문이다

진리가 아닌 길을 가고 있다면
당장 그 길에서 돌아서야 한다.

사랑이 없는 삶은 공허할 따름이다.
영혼이 공허할수록 낙원은 더 그리워진다.

제아무리 내 삶은 내 것이라고 주장해도 소용없다.
내 것이라고 말할 수 있는 것은
단지 영혼뿐이다.

그래서 나는 나를 만나러 간다.
그런데 나를 만나러 가는 길이 가장 낯설다.

그대 영혼을 허탄한 신화로 채우지 마라

삶이 권태로운 것은
자기 안의 영혼이 얼마나 숭고한지를 알지 못하기 때문이다.

삶이 우울한 것은
영혼에 깃든 즐거움을 발견하지 못하기 때문이다.

삶 속에서 창의력을 발휘하지 못하는 것은
영혼의 언어에 주목하지 않기 때문이다.

세속적인 언어로 자신의 영혼을 채우게 되면
그것들이 자신을 지배하게 될 것이다.

세상일로 너무 분주한 것은
영혼의 가치를 아직 모르고 있다는 증거이다.

늘 기적을 바라고 사는 것은
영혼을 소유하고 있는 것 자체가 기적이라는 사실을 모르기 때문이다.

감각이 자신을 지배하면 지배할수록
그만큼 영혼은 자기 밖에서 방황할 수밖에 없다.

무엇인가를 두려워하는 것은
영혼의 주인이 하나님이라는 사실을 모르기 때문이다.

살면서 후회한다는 것은
그나마 영혼의 존재를 의식하고 있다는 증거다.

살면서 회심한다는 것은
영혼을 살려보겠다는 결단이다.

오늘도
몰인정하고 질투심 많고 교만하며 무례한 사람들을
무수히 만날 수 있다.

하지만
그들 중 누구도 나를 잘못된 길로 이끌지는 못할 것이다.

나는 감각에 의존하거나 감정에 휘둘리지 않을 것이고
품위 있고 고상한 영혼의 언어를 사용할 것이기 때문이다.

영혼을 팔아가며 얻을 만큼 소중한 것은
세상에 없다.

사람들은
대개 겉사람만 본다.
하지만 사람에게는 보석보다 가치 있는 속사람이 있다.

겉사람을 중시한 사람은
감각적이고 타인의 시선을 의식하며 산다.

속사람을 중시한 사람은
영적인 사람으로 하나님을 의식하며 산다.

세상에서 가장 소중한 것은
사람의 영혼이다.

자신의 영혼을 허탄한 신화로 채우는 일을
당장 그만두어야 한다.

자꾸, 하늘을 보게 되네요

자꾸, 하늘을 보게 되네요.
뭔가 하소연하고 싶어서가 아니라
왠지 죄송해서요.

자꾸, 하늘을 보게 되네요.
땅이 싫어서가 아니라
하늘이 더 좋아서요.

자꾸, 하늘을 보게 되네요.
세상일이 지겨워서가 아니라
하늘이 감사해서요.

자꾸, 하늘을 보게 되네요.
땅의 것들도 아름답지만
하늘의 것들이 더 자유로워 보여서요.

자꾸, 하늘을 보게 되네요.
그동안 육체의 안위를 걱정했다면
이제 영혼의 평안을 좀 생각하려고요.

자꾸, 하늘을 보게 되네요.
한참을 땅만 보고 살았더니
하늘이 그리워지네요.

보고 또 보니
생각하게 되네요.
깊이 생각하게 되네요.

01

조금 특별한 내면으로의 여행

보통 사람들의 주요 관심은 여전히 물질에 있다.
주식, 부동산, 물가 등에는 민감하고
또 많은 돈과 시간을 투자하지만,
불행하게도
자신의 내면세계를 살피는 일에는
그다지 공을 들이는 것 같지 않다.

사람들에게 여행은 삶에 활력을 제공하는 특별한 선물이다.
그동안 나는 적지 않은 나라와 도시들을 여행했었다. 그 여행
들이 나에게 힐링을 주기도 했고 영감을 주기도 했으며 지금까지
살아오는 과정에서 적잖은 활력소가 되었다는 점을 부인할 수 없
다. 실제 자연과 도시, 그리고 다양한 사람들과의 만남을 통해서
삶의 지혜를 배우기도 했다. 하지만 무엇보다 빼놓을 수 없는 것
은 그곳이 어디든 하나님의 존재하심을 느낄 수 있었다는 점이다.
여행을 통해서 경이로운 자연을 만나고 수려한 도시들을 거닐
었으며 다양한 사람들을 사귀면서 배운 것은 그 모든 창조물 속에
하나님의 다양한 속성들이 깃들어 있다는 점이다. 그래서 때로는

사랑을 배우고 겸손을 배우며 경이로움을 체험하면서 창조적 에너지를 얻을 수 있었다.

그런 것들을 생각 속에 저장해 두기도 하고 때로는 글로 적어보기도 했다. 그러자 밖에 있는 정보와 지식들이 내 속으로 들어와 '나'라는 속성과 섞이는 과정에서 새로운 에너지로 탄생한다는 것을 알게 되었다. 그래서 나는 그저 외형의 '나'에 대해서 뿐 아니라, 내면의 '나'라는 존재에 대해 더욱 흥미를 갖게 되었다. 그렇다고 나의 심장이나 위장이나 뇌의 구조, 간, 쓸개 등이 궁금하다는 뜻은 당연히 아니다. 우리 안에 형체 없는 무수한 생각들의 실체 혹은 그 근간이 무엇인가에 대해 더욱 알고 싶은 것이다.

그동안 여러 여행지의 다양한 풍경들 속에서 이런저런 모양으로 위로와 행복감을 느낀 것은 사실이지만, 그것을 느끼게 하는 보다 궁극적인 실체에 대해서는 크게 궁금해 하지 않았던 것 같다. 하지만 우리에게 영향을 미치는 외부적인 요소도 물론 중요하지만, 결정적으로 내 생각에 작용하는 어떤 힘이 있지 않을까 하는 생각에 이르게 되었다. 그래서 내 안으로의 여행을 시작해보기로 했다. 우리 내부는 마음, 정신, 영혼 등의 용어로 일컬어지고 있다. 육체에 관해서는 인간의 탄생과 죽음을 목도目睹함으로써 어느 정도 이해할 수 있지만 우리의 내면세계에 대해서는 자신은 물론이고 속 시원하게 설명해주는 사람이 없다.

고대 그리스 철학에서는 영혼을 인간 생활의 원칙으로 보았는데 플라톤은 육신이라는 감옥에 갇혀 있는 영혼 자체가 삼부三部구조로 되어 있어서 감각적인 욕정의 원리인 탐욕혼貪慾魂이 복부에 자리 잡고 있고, 용기와 정기의 원리인 기혼氣魂이 마음에 자리 잡고 있으며 생각의 원리인 지혼知魂이 머리에 자리 잡고 있다고 보았다. 그리고 이 지혼은 불멸의 신적인 성격을 띠고 있다고 여겼다.

한편 아리스토텔레스는 영혼을 자연철학적인 원리인 질료형상론質料形相論, Hylemorphism으로 설명했다. 모든 사물의 구조원리가 그렇듯이 생물의 구성원리는 원질原質 혹은 질료質料와 체형體形 혹은 형상으로 되어 있다고 보았다. 그래서 모든 생명체의 체형 또는 형상이 혼魂이라고 생각한 것이다.

아리스토텔레스의 이 같은 사상은 중세기를 거치는 동안 토마스 아퀴나스를 위시로 그리스도교적 인간관을 정립하는데 근간이 되었다. 플라톤이 육체를 영혼의 감옥이라고 본 것과는 달리 아리스토텔레스는 영혼과 육체의 이분법을 배제했고 그 둘 사이의 긴밀한 관계를 강조했다.*

이를 쉽게 설명하자면 인간의 이성과 감정은 신경계의 전기작용과 호르몬의 화학작용 등에서 분리하여 생각할 수 없다는 것이다. 이것들은 영혼의 작용이면서도 신체의 작용이라고 생각한 것이다.

어쨌든 인간의 내면세계는 육체라는 형상 안에 자리 잡고 있는데 그 위치가 어디라고 단언할 수 없을 정도로 절묘하게 융합되어 있다. 그래서 세상에서 최고의 융합은 단연 육체와 영혼의 융합이라고 할 수 있다. 이것은 과학의 영역을 뛰어넘은 신神의 영역이다. 그런데 좀처럼 이 융합에 대해서는 우호적이지 않다. 우리 각자가 그 증거임에도 불구하고 진정성 있게 받아들이려 하지 않는 경향이 있다.

* 　나무위키, 영혼, ㈜데이터유니버스

물론 동서고금을 막론하고 내면세계에 대한 관심이 없었던 것은 아니다. 여전히 그것들에 대해서는 철학, 과학, 신학, 심리학 등 다양한 영역에서 논쟁이 지속되고 있다. 최근 양자물리학이라는 분야까지 가세하면서 그 열기를 후끈 달아오르게 하고 있다. 하지만 보통 사람들의 주요 관심은 여전히 물질에 있음을 알 수 있다. 주식, 부동산, 물가 등에는 민감하고 또 많은 돈과 시간을 투자하지만, 불행하게도 자신의 내면세계를 살피는 일에는 그다지 공을 들이고 있는 것 같지 않다.

　어떤 사람이 아주 작은 골방에 앉아 있거나 감옥에 갇혀 있다고 생각해보자. 만약 모든 행복이나 희망이 바깥에만 있다고 간주한다면 이 상황에 놓인 사람은 그저 죽어 있는 것과 전혀 다를 바 없을 것이다. 하지만 비록 육체는 제한되어 있지만 생각의 나래를 펼쳐 내면세계를 여행할 줄 아는 사람이라면 그저 신세를 한탄하면서 지루하게 시간을 허비하지만은 않을 것이다.

　특히 깊은 묵상이나 기도 등 영혼의 언어를 사용할 줄 아는 사람들은 자신을 귀찮게 하는 외부 요인들이 사라져 오히려 더 행복하다고 느낄 수 있을 것이다. 그런 사람들은 바깥의 변화나 육체적 구속의 상황에서 자기 행복을 지키는데 일반사람들보다 크게 어려움을 겪지 않을 수 있다.

　성서에는 감옥에 갇혀 있었음에도 불구하고 전혀 개의치 않으며 오히려 더 열심히 기도하고 복음을 전했던 사람이 있다. 바로 사도 바울이다. 그는 동행자 실라와 더불어 빌립보 감옥에 억울하게 갇힌 적이 있는데 그 와중에도 감옥의 간수를 전도한 사실이 있다.

한밤중에 바울과 실라가 기도하고 하나님을 찬송하매 죄수들이 듣더라. 이에 갑자기 큰 지진이 나서 옥터가 움직이고 문이 곧 다 열리며 모든 사람의 매인 것이 다 벗어진지라. 간수가 자다 깨어 옥문이 열린 것을 보고 죄수들이 도망한 줄 생각하고 검을 빼어 자결하려 하거늘 바울이 크게 소리 질러 가로되 네 몸을 상하지 말라 우리가 다 여기 있노라 하니 간수가 등불을 달라고 하며 뛰어 들어가 무서워 떨며 바울과 실라 앞에 엎드리고 그들을 데리고 나가 이르되 선생들이여 어떻게 하여야 구원을 받으리이까 하거늘 이르되 주 예수를 믿으라 그리하면 너와 네 집이 구원을 받으리라 하고 주의 말씀을 그 사람과 그 집에 있는 모든 사람에게 전하더라. (사도행전 16:25~32)

사람들은 오래전부터 자신의 존재는 물론이고 영혼에 대한 실체에 관심이 없었던 것은 아니다. 다만 쉽게 이해되지 않는다는 이유로 주요 관심사에서 후 순위로 밀쳐놓았을 뿐이다. 영혼은 삶과도 죽음과도 밀접한 관련이 있다. 특히 죽음은 어떤 종교를 막론하고 초월의 신, 하늘이 주관한다고 믿었다. 그래서 '인명人命은 재천在天이다.'라는 말을 하곤 했다. 요컨대 사람의 목숨은 하늘에 달려 있다는 뜻이다.

일찍이 동양에서는 하늘의 뜻을 알고 싶어 했고 또 소통하려고 노력했었다. 그 대표적인 사상이 '동천洞天'사상이다. 동천이라 함은 '하늘과 소통한다'는 뜻으로 그 소통의 수단이 동굴洞窟이었던 것이다. 우리가 흔히 사물을 예리한 관찰력으로 꿰뚫어 본다고 할 때 사용하는 통찰洞察이라는 단어에도 동굴 동洞자가 들어가 있다.

동굴은 옛사람들의 주거지이면서도 땅과 하늘이 소통하는 장소로 여겨졌었다. 여기서 동굴이라는 상징적인 장소가 등장하는 것은 도연명의 《도화원기》에 나오는 무릉도원武陵桃源의 영향을 받았을 것으로 생각된다. 거기에 등장하는 어부가 무릉도원으로 들어갈 때의 통로가 바로 동굴이었기 때문이다.

한편 성서에 보면 예수님은 기도하기 위해서 인적이 드문 산으로 올라가셨으며 모세도 산 위에서 여호와를 만났었다. 그런 점을 감안하면 아무래도 외적인 영향을 덜 받는 장소일수록 내면세계에 더 집중할 수 있다는 것을 말해주고 있다.

그 내면세계는 속성상 육체에 갇혀 있지 않기 때문에 얼마든지 안팎을 드나들 수 있다. 그로 인해 상상력은 무한히 증폭될 수 있다. 하룻저녁에도 달나라는 물론이고 온 우주를 여행할 수 있다. 나는 얼마나 이런 무궁무진한 세계를 방치한 채 눈에 보이고 그저 상식으로 수긍이 가는 것들에만 집착하며 살아왔던가.

나는 두 달 살기 계획으로 지금 하와이에서 지내고 있다. 새벽에 두 시간 정도 걷기를 마치고 나면 거의 모든 시간을 방안에서 뒹굴고 있다. 아니 낙원 같은 하와이까지 와서 무슨 짓을 하고 있느냐고 반문할지 모른다. 그런데 나는 애초에 위락이나 관광을 목적으로 온 것이 아니었다. 왜냐하면 3개월 전에 정년퇴임을 하여 조용히 쉬고 있었던 터라 그동안 나 자신을 돌아보고 제2의 인생을 설계할 시간이 필요했다. 그래서 가급적 대인관계가 적은 해외에서 시간을 보내는 것도 의미 있겠다고 생각했다. 은혜롭게도 하와이 지인 누나의 배려로 지금 소중한 시간을 보내고 있다.

지금 이 시간이 너무 좋다. 불편하거나 지루하지 않다. 매일 그런 것은 아니지만 온종일 책을 읽고 글을 쓰고 묵상이라는 것도 해보고 졸리면 잠도 자면서 시간을 보내고 있다. 그중에 색다르게 좋았던 것은 생각의 꼬리를 물고 떠오르는 생각을 이어가는 묵상의 시간이 너무 즐겁다. 또 하나의 신세계를 발견하는 그런 느낌이다. 내 안에 이처럼 넓은 세계가 있는 줄 미처 몰랐다.

친구를 만나지 못해 심심한가?

가족과 떨어져 있어 아쉬운가?

하고 싶은 일을 하지 못해 재미없는가?

잠시만이라도 눈과 귀를 쉬게 하고 내면에 생각을 집중하여 보라고 권하고 싶다. 점점 그 맛을 알아간다면 때로는 혼자 있는 시간이 그리워질 수 있다. 어떤 흥미로운 꿈을 꾸다가 잠에서 깬 적이 있는데 왠지 그 꿈을 계속 꾸고 싶어 다시 잠을 청할 때가 있는 것처럼 묵상에 맛을 들이면 좀처럼 빠져나오기 쉽지 않다.

물론 자칫 잘못하면 망상이나 허상을 좇을 우려가 없지는 않다. 그래서 나는 묵상을 하기 전에 가급적 책을 읽거나 성서를 읽는 것을 병행한다. 그래서 긍정적이고 건전한 에너지가 나의 영혼을 이끌 수 있도록 기도한다.

진정한 묵상은 평소의 내가 아닌 원초적 자아를 불러내어 본향을 찾아가는 여행이 아닐까 생각해본다. 그래서 아무렇게나 떠오르는 생각에 묵상을 맡긴다면 엉뚱한 곳으로 자신을 데려가 버릴지도 모른다. 모든 생각이나 지혜가 하나님으로부터 오는 것은 아니라는 점에 주의할 필요가 있다.

육신을 따르는 자는 육신의 일을, 영을 따르는 자는 영의 일을

생각하나니 육신의 생각은 사망이요 영의 생각은 생명과 평안이
니라.(로마서 8:5~6)

묵상을 통해 행복해질 수 있는 것은 성령의 인도하심으로 하나
님의 지혜와 인자함을 맛볼 수 있는 점이다. 모세의 뒤를 이은 지
도자 여호수아도 그것을 깨달았던 것 같다. 그래서 이스라엘 백성
들에게 다음과 같이 가르쳤다.

이 율법책을 네 입에서 떠나지 말게 하며 주야로 그것을 묵상하
여 그 안에 기록된 대로 다 지켜 행하라. 그리하면 네 길이 평탄하
게 될 것이며 네가 형통하리라.(여호수아 1:8)

시편 기자도 첫 시작 소절부터 말씀의 묵상을 강조했다.

복 있는 사람은 악인의 꾀를 따르지 아니하며 죄인들의 길에 서
지 아니하며 오만한 자들의 자리에 앉지 아니하고 오직 여호와의
율법을 즐거워하며 그의 율법을 주야로 묵상하는도다.(시편 1:1~2)

묵상하는 자에게 하나님은 어떻게 응답하실까?

주야로 심히 간구함은 너희 얼굴을 보고 너희 믿음이 부족한 것
을 보충하게 하려 함이라.(데살로니가전서 3:10)

우리의 간구와 묵상은 우리의 부족함을 하나님의 온전함으로

채워지게 한다. 나의 영혼은 하나님과 어떤 관련성이 있길래 우리가 묵상하기를 바라시는 것일까? 영혼은 우리의 탄생과정은 물론 죽음에 이르기까지 영원히 떼려야 뗄 수 없는 관계이다. 예수님은 그것을 깨닫게 하시기 위해 포도나무의 비유를 통해 우리에게 가르쳐주셨다.

나는 참 포도나무요 내 아버지는 농부라 무릇 내게 붙어 있어 열매를 맺지 아니하는 가지는 아버지께서 그것을 제거해버리시고 무릇 열매를 맺는 가지는 더 열매를 맺게 하여 그것을 깨끗하게 하시느니라. 너희는 내가 일러준 말로 이미 깨끗하여졌으니 내 안에 거하라. 가지가 포도나무에 붙어 있지 아니하며 스스로 열매를 맺을 수 없음 같이 너희도 내 안에 있지 아니하면 그러하리라. 나는 포도나무요 너희는 가지라 그가 내 안에, 내가 그 안에 거하면 사람이 열매를 맺나니 나를 떠나서는 너희가 아무것도 할 수 없음이라. 사람이 내 안에 거하지 아니하면 가지처럼 밖에 버려져 마르나니 사람들이 그것을 모아다가 불에 던져 사르느니라. 너희가 내 안에 거하고 내 말이 너희 안에 거하면 무엇이든지 원하는 대로 구하라 그리하면 이루리라.(요한복음 15:1~7)

그렇다면 어떻게 하나님이 내 안에 계시는지 알 수 있을까?

하나님께서 어떤 형체를 가지고 들어오시는 것이 아니라 말씀을 통해 들어오신다는 점에 주목해야 한다. 그리고 그것을 성 삼위 하나님 가운데 한 분이신 성령께서 도와주신다는 점을 떠올려야 한다.

이와 같이 성령도 우리의 연약함을 도우시나니 우리는 마땅히 기도할 바를 알지 못하나 오직 성령이 말할 수 없는 탄식으로 우리를 위하여 친히 간구하시느니라. 마음을 살피시는 이가 생각을 아시나니 이는 성령이 하나님의 뜻대로 성도를 위하여 간구하심이니라.(로마서 8:26~27)

이것이 너희의 간구와 예수 그리스도의 성령의 도우심으로 나를 구원에 이르게 할 줄 아는 고로 나의 간절한 기대와 소망을 따라 아무 일에든지 부끄러워하지 아니하고 지금도 전과 같이 이제도 온전히 담대하여 살든지 죽든지 내 몸에서 그리스도가 존귀하게 되게 하려 하나니 이는 내게 사는 것이 그리스도니 죽는 것도 유익함이라.(빌립보서 1:19~21)

우리 안에 성령이 함께 계신다는 강력한 증거는 내가 하나님 말씀을 믿는다는 것이다. 예수 그리스도의 사랑을 신뢰한다는 것이다. 우리가 하나님 뜻대로 살고자 하는 마음이 생기는 것이다. 우리 안에 하나님이 계시지 않는다는 의미는 우리에게 생명이 없는 것과 다를 바 없다. 그러나 반대로 우리 안에 하나님이 계시고 우리가 하나님 안에 거한다면 우리는 죽어도 살아도 두려워할 것이 없다. 그분 안에서 우리 생명이 붙잡힌 바 되었기 때문이다.

구약시대에는 제사를 지내는 건물이나 공간이 성전이었다면 이제는 우리 몸이 성전이다. 우리가 믿음으로 기도하는 것이 곧 예배다. 우리가 사랑으로 행동한다면 그것이 하나님에 대한 찬양이다.

너희 몸은 너희가 하나님께로부터 받은바 너희 가운데 계신 성령의 전인 줄을 알지 못하였느냐 너희는 너희 자신의 것이 아니니라.(고린도전서 6:19)

그래서 우리는 시간과 장소에 구애받지 않고 하나님을 묵상할 수 있고 예배할 수 있으며 하나님과 교제할 수 있다. 지금이 바로 그때이다. 얼마나 감사한 일인지 모른다.

예수께서 이르시되 여자여 내 말을 믿으라 이 산에서도 말고 예루살렘에서도 말고 너희가 아버지께 예배할 때가 이르리라. 너희는 알지 못하는 것을 예배하고 우리는 아는 것을 예배하노니 이는 구원이 유대인에게서 남이라. 아버지께서 참되게 예배하는 자들은 영과 진리로 예배할 때가 오나니 곧 이때라. 아버지께서는 자기에게 이렇게 예배할 자들을 찾으시느니라.(요한복음 4:21~23)

사도 요한이 전하는 말에 좀 더 집중하여 읽어보자. 그는 예수님이 오신 이후로는 자신을 포함한 누구에게서도 더 이상 가르침을 받을 필요가 없다고 단언하였다. 왜 그런 말을 했을까? 사람들의 가르침은 불완전하다는 것을 말해주고 있다. 오직 진리이신 예수 그리스도만이 참되고 거짓이 없다는 점을 강조한 것이다. 예수 그리스도만이 우리의 유일한 스승이다. 그분은 성령이라는 이름으로 그분을 믿는 이들의 영혼 안으로 들어오신다. 믿는 사람들은 자연스럽게 기름 부음을 받게 되는 것이다. 그것은 성령이 직접 우리를 가르치신다는 의미이다.

생각해보자. 우리가 얼마나 은혜로운 시대에 살고 있는가! 하나님의 진리는 때와 장소를 가리지 않는다. 진리의 기름 부음을 받는 것에는 소유의 정도나 지식의 적고 많음도 중요하지 않다. 구원을 바라는 모든 영혼에게 값없이 선물로 주신다. 그 사실을 믿지 않으면 진리를 찾기 위해 철학 서적을 뒤지거나 여기저기 다니며 여전히 밖에서 배회할 것이다.

너희는 주께 받은바 기름 부음이 너희 안에 거하나니 아무도 너희를 가르칠 필요가 없고 오직 그의 기름 부음이 모든 것을 너희에게 가르치며 또 참되고 거짓이 없으니 너희를 가르치신 그대로 주 안에 거하라.(요한일서 2:27)

우리의 내면세계가 얼마나 위대하고 영광스러운 곳인지 생각하면 할수록 감동이 밀려온다. 따라서 우리가 내면을 어떻게 활용하느냐에 따라 우리 인생 자체가 달라질 수 있다. 하나님이 우리와 함께하시면, 아무도 우리에게서 생명과 평안을 빼앗을 수 없다.

내 양은 내 음성을 들으며 나는 그들을 알며 그들은 나를 따르느니라. 내가 그들에게 영생을 주노니 영원히 멸망하지 아니할 것이요 또 그들을 내 손에서 빼앗을 자가 없느니라.(요한복음 10:27~28)

만약 우리가 두려워해야 할 존재가 있다면 그분은 오직 하나님 한 분뿐이시다.

몸은 죽여도 영혼은 능히 죽이지 못하는 자들을 두려워하지 말고 오직 몸과 영혼을 능히 지옥에 멸하시는 자를 두려워하라.(마태복음 10:28)

예수님이 십자가에 달리셨을 때, 양옆에는 두 행악자가 있었다. 그때 두 행악자 중 한 명은 예수님을 비방했고 나머지 한 명은 예수님이 어떤 분인지를 알아보았는데 "예수여 당신의 나라에 임하실 때에 나를 기억하소서"라고 했다. 그러자 예수께서 "오늘 네가 나와 함께 낙원에 있으리라"고 대답하셨다.

달린 행악자 중 하나는 비방하여 이르되 네가 그리스도가 아니냐 너와 우리를 구원하라 하되 하나는 그 사람을 꾸짖어 이르되 네가 동일한 정죄를 받고서도 하나님을 두려워하지 아니하느냐 우리는 우리가 행한 일에 상당한 보응을 받는 것이니 이에 당연하거니와 이 사람의 행한 것은 옳지 않은 것이 없느니라 하고 이르되 예수여 당신의 나라에 임하실 때에 나를 기억하소서 하니 예수께서 이르시되 내가 진실로 네게 이르노니 오늘 네가 나와 함께 낙원에 있으리라 하시니라.(누가복음 23:39~43)

그렇다. 행악자 한 명은 눈에 보이는 현상만으로 예수님을 비방하였고 또 한 명은 예수님을 바라보고 낙원을 상상한 것이다. 그의 믿음과 말은 예수님으로부터 칭찬받았다. 그는 내면세계의 확장과 더불어 하늘의 영광에 참여할 수 있게 되었다. 내면세계는 우주공간보다 훨씬 넓어서 도저히 측량할 수 없다. 왜냐하면 우리의 내면은 하나님의 지혜를 담는 공간이고 말씀이 깃드는 공간으로 그 넓이와 깊이를 헤아릴 수 없을 정도로 광대하기 때문이다. 우리가 마음이 넓고 깊어서가 아니라 하나님의 지혜가 함께 하시기 때문이다. 바울도 이 같은 것을 깨닫고 다음과 같이 고백했다.

깊도다 하나님의 지혜와 지식의 풍성함이여, 그의 판단은 헤아리지 못할 것이며 그의 길은 찾지 못할 것이로다.(로마서 11:33)

여기에는 생명을 이어가게 하는 에너지가 있다. 그래서 생명과 반대되는 죽음은 없다. 그리고 공허하거나 무료한 것들이 발붙일 곳은 없다. 눈에 보이는 육체가 자신의 정체성이라고 믿는 것은 대단한 지적 오류다. 우리 눈에 보이지 않는 영혼에는 소우주가 있다. 대우주와 연결되어 있다. 더 중요한 것은 창조주 하나님과 연결되어 있다는 점이다.

천체와 천체 사이의 공간이 얼마나 거대한지를 알려면 다음을 생각해보자. 지구와 달의 최대 거리는 406,600km이고 최소거리는 356.500km라고 한다. 그 편차는 지구의 공전 때문이다. 우주에서 우리와 가장 가까운 이웃인 프록시마 켄타우리Proxima Centayri라는 별은 태양과 가장 가까운 항성인데 그 빛이 지구에 도달하는데는 대략 4 내지 5년을 여행한다. 또 우리 유관으로 볼 수 있는 5천여 개의 별은 은하수별들 가운데 고작 0.0001%에 지나지 않는다고 한다.

또 은하와 은하 사이의 공간이 있는데, 그 광대함은 더욱 이해의 범위를 넘어선다. 우리 은하계와 가장 가까운 은하인 안드로메

다의 빛이 우리에게 도달하는 데는 240만 년이 걸린다고 한다. 이것만 보아도 우주공간이 얼마나 광대한지를 알 수 있다. 우리 육체 안의 영혼이 이처럼 광활한 우주를 빛보다 빠른 속도로 여행할 수 있다고 생각해보자. 이 얼마나 경이로운 일인가.

그런데 왜, 그동안 내면세계를 여행하려는 생각을 하지 못하고 살았을까?

사실 생각과 말은 모든 형상에 우선한다. 아무리 우주가 광대하다고 해도 하나님 말씀보다 깊거나 넓지 못하다. 이사야 선지자는 여호와 하나님 말씀을 이스라엘 백성들에게 다음과 같이 전한 바 있다.

이는 내 생각이 너희의 생각과 다르며 내 길은 너희의 길과 다름이니라 여호와의 말씀이니라. 이는 하늘이 땅보다 높음같이 내 길은 너희의 길보다 높으며 내 생각은 너희의 생각보다 높음이니라.(이사야 55:8~9)

하나님 말씀은 모든 형상의 원천이다. 우주의 무엇 하나 하나님 말씀으로 창조되지 않은 것이 없다. 태초에 말씀으로 이 세상을 창조하신 것을 우리는 너무나 잘 알고 있다. 우리가 살면서 어떤 물건을 디자인하든 발명품을 고안하든 이 모든 것은 생각에서 출발한다. 그리고 그것이 말이나 글, 그림으로 연결되면서 형상화하는 것이다.

지금 내면세계에 존재하는 영혼을 의식하며 살고 있는가?

그렇지 못했다면 이제부터라도 주의를 기울이며 그 멋진 신세계로 여행할 것을 권하고 싶다. 그 여행을 안내해주시고자 예수님은 우리에게 성령을 보내주셨다. 그분의 도움을 받아 우주보다 광대한 영혼의 세계로 여행을 떠나보자.

잠시 눈을 감아도 좋다. 가급적 눈에 보이는 것들을 내려놓고 그 무궁한 진리의 말씀을 단 한 줄이라도 읽어보고 그것을 곱씹으며 묵상해보자. 그 안에서 어떤 에너지를 강하게 느낄 수 있을 것이다. 마치 종이로 된 만화가 갑자기 삼차원 애니메이션으로 변하는 것처럼 역동적인 변화를 감지할 수 있을 것이다.

히브리서 기자는 하나님 말씀의 맛을 알고 난 후 그 능력과 지혜에 대해 이렇게 가르쳐주었다.

하나님의 말씀은 살아 있고 활력이 있어 좌우에 날선 어떤 검보다도 예리하여 혼과 영과 및 관절과 골수를 찔러 쪼개기까지 하며 또 마음의 생각과 뜻을 판단하나니 지으신 것이 하나도 그 앞에 나타나지 않음이 없고 우리의 결산을 받으실 이의 눈앞에 만물이 벌거벗은 것 같이 드러나느니라. (히브리서 4:12~13)

그 안에 감춰진 하나님 은혜의 비밀이 하나하나 깨달아지기 시작할 것이다. 믿음, 소망, 사랑, 평안, 영생, 지혜 등 우리가 평소 추상명사로만 생각했던 것들이 동사처럼 역동적으로 와닿게 되는 기적을 맛볼 수 있게 된다. 단순히 지적 감동이 아닌 영적 감동을 체험하게 될 것이다. 말로 표현할 수 없는 우리를 향한 하나님 사랑의 진정성을 조금씩 깨달아갈 수 있을 것이다.

02

나를 아는 것, 나에 대해 아는 것

자신을 아는 것은 매우 중요하다.
그래야 자기다운 삶을 살 수 있다.
사람들이 불행한 이유 중 하나는
자신의 정체성을 찾지 못하여
남의 삶에 기웃거리거나 그 주위를 방황하기 때문이다.

소크라테스는 "너 자신을 알라(그노티 세아우톤Gnoti Seauton)"고 했다. 그와 관련하여 소크라테스는 "나는 나 자신에 대해 아무것도 모른다는 것을 안다"고 말했다. 그렇다. 진정한 앎은 자신이 아무것도 모른다는 것을 아는 것이다. 하지만 자기애ego는 스스로 많은 것을 알고 있다고 주장한다. 적어도 다른 사람보다 더 많이 안다고 착각하도록 부추긴다.

그러나 자신을 알게 된 사람은 겸손하다. 자기가 조금 알고 있지만, 자기가 틀릴 수도 있다는 것을 염두에 둔다. 자기가 알고 있는 것마저도 자신이 최초로 안 것이 아니라고 손사래를 친다. 그것이 자신을 제대로 아는 것이다.

'자기 자신을 아는 것'과 비슷한 질문이 다름 아닌 '자기 자신에 대해 아는 것'이다. 소크라테스가 말한 위대한 명제인 '너 자신을 알라'가 설마 자기 자신의 이름, 고향, 나이, 출신, 학력, 경력, 가족, 소유, 친구 등 자신의 이력, 요즘 말로 스펙specification을 알아야 한다는 뜻은 아닐 것이다.

그렇다면 좀 더 구체적으로 자신의 성격, 기질, 취향, 특기, 몸무게, 키, 발크기, 허리둘레, 혈액형 등을 알아야 한다는 의미일까? 그것도 아니라고 생각한다. 만약 그런 내용이었다면 고대부터 지금에 이르기까지 수천 년 동안 이런 명제로 논쟁했을 리 만무하다.

자기 자신을 아는 것, 이것은 고대인들 뿐 아니라 현대인들도 여전히 관심이 많고 지금도 논쟁이 이루어지고 있는 부분이다. 그러나 사람들의 관심거리는 자신의 본질을 좀 더 구체적으로 알아가기 위해 한 걸음 더 들어가는 것이 아니라 여전히 자신의 운명이나 건강, 성공, 결혼 등에 쏠려 있는 것에서 벗어나지 못하고 있는 것 같다. 아무리 훌륭한 점술가나 예언자라 할지라도 그 이상의 것들을 얘기해주지는 못할 것이다.

소크라테스가 '너 자신을 알라'라는 명제를 제시한 의도에 대해 좀 더 깊이 묵상하고 성찰해볼 필요가 있다. 자신에 관한 어떤 정보보다도 자신의 정체성에 관해 가장 근본적인 질문을 해야 한다는 의미가 내포되어 있지 않을까. 그렇지 않고서는 우리 인생이 피상적인 것들을 통해 욕구를 채우려 한다거나 눈에 보이는 것들 안에서 자신의 정체성을 찾으려고 할 수밖에 없을 것이다.

자기 자신을 안다는 것은 어떤 특정 사상이나 이념, 심지어 종교를 통해서도 알아가기 쉽지 않다는 것을 우리는 역사를 통해서 배우고 있지 않은가. 세상의 아주 소수의 현자賢者들만이 자신의 정체성을 깨달았다고 얘기할 정도로 탁월한 경지에 이르러야 하는 것으로 이해되고 있다.

하지만 실제 명상이나 수행, 신념 등을 통해 자신을 알아가는 것은 그저 방향 표지판 정도이지, 그것을 통해 자신을 알았다고 단언할 수 있는 것은 아니다. 자기 자신을 안다는 것은 마음이나 생각 속에 떠다니는 다양한 사상이나 지식들과 직접적으로 관계가 없기 때문이다.

만약 그렇게 된다면 수행 혹은 명상하지 않는 사람, 그리고 지식이 부족한 사람들은 영영 자신의 정체성을 찾을 수 없게 될지도 모른다. 설령 그런 방식으로 자신의 정체성을 깨달았다고 하더라도 그것은 자신의 정체성 가운데 일부 혹은 특정 성향의 자신을 발견한 것에 지나지 않을 수 있다. 그런 것들은 자신을 알았다기보다는 자신에 대해 일부 알았다고 표현하는 것이 적절할 것이다.

자기 자신을 안다는 것은 표면적으로 드러난 자기와 관련된 정보들의 종합이나 세상의 어떤 지식이나 사상을 발견함으로써 자기를 규정하는 문제가 아니라 자신이 태어난 동기나 목적, 그리고 본질적으로 우리 영혼 속에 깃들어 있는 참 자아를 발견하는 일이 아닐까.

일반적으로 우리가 자아自我라고 생각하는 것은 어쩌면 관습, 학습, 경험, 사상, 종교 등에 의해 임의적으로 형성된 자기애自己愛일 가능성이 매우 높다. 자신을 아는 것은 매우 중요하다. 그래야 자기다운 삶을 살 수 있기 때문이다. 사람들이 불행한 이유 중 하나는 자신의 정체성을 찾지 못하여 남의 삶을 기웃거리거나 방황하기 때문이다. 자신의 정체성을 아는 것이 삶의 질을 결정짓는다고 해도 과언이 아니다. 무엇을 해야 하고 무엇을 하지 말아야 하는지 취사선택하는 근거가 될 수 있기 때문이다.

칼릴 지브란은 자신의 저서 《예언자》에 '자기를 아는 것에 대하여'라는 짧막한 글을 싣고 있는데 다음과 같은 내용이다.

한 남자가 말했다. 우리에게 자기를 아는 것에 대해 말씀해 주십시오.

그는 대답했다.

그대의 가슴은 침묵 속에서 저 낮과 밤의 비밀을 다 알고 있다.

그러나 그대의 귀는 가슴이 아는 것을 소리로 듣기를 갈망한다.

생각으로는 이미 알고 있는 것을 그대는 말로써 알고 싶어 한다.

그대는 그대의 꿈의 알몸을 손가락으로 만지고 싶어 한다.

그리고 그렇게 하는 것은 좋은 일이다.

그대 영혼의 보이지 않는 샘은 마침내 솟아올라 소리 내며 바다로 흘러가야만 한다.

그러면 무한히 깊은 곳에 있는 그대 내면의 보물이 그대 눈앞에 드러날 것이기 때문이다.

그러나 그 미지의 보물을 결코 저울로 달지 말며,

그대 앎의 깊이를 자와 끈으로 재려고 하지 말라,

왜냐하면 자아란 측량할 수도 없고 끝도 없는 바다이기 때문이다.

"나는 진리를 발견했다"라고 결코 말하지 말라. 그보다는 이렇게 말하라. "나는 한 가지 진리를 발견했다"라고.

"나는 영혼의 길을 발견했다"라고 말하지 말라. 그보다는 이렇게 말하라. "나는 나의 길을 걸어가는 영혼을 만났다"라고.

왜냐하면 영혼은 모든 길을 다 걷기 때문이다.

영혼은 하나의 길만을 걷는 것도 아니고, 또 갈대처럼 자라는 것도 아니다.

영혼은 무한 잎새의 연꽃이 피어나듯이 저 자신을 연다.*

누가 무엇을 원하는가는 일단 그것이 옳은지 그렇지 않은지와는 직접적인 관계가 없는 것 같다. 그저 사적인 욕심에서 비롯된 경우가 일반적이다. 그러나 무엇이 나에게 반드시 필요한 것인가를 판단하기 위해서는 먼저 내가 누구인지 알아야 한다. 그것은 집 안에 가구를 새로 사들이기 전에 집의 규모나 공간을 미리 점검하는 일과 다르지 않다.

지금 내 삶에 지대한 영향을 끼치고 있는 것들은 무엇인가? 그리고 그것들로부터 영향을 받은 채 지금 이대로 살아가는 것에 대한 문제 제기나 의문은 전혀 없는가? 스스로 이런 질문을 해볼 필요가 있다. 그것이 자신을 알아가는 첫 단계이다.

만약 훗날 참으로 덧없는 인생이었다고 고백하게 되거나 내 인생을 돌려 달라고 하소연하는 일은 발생하지 않을 자신은 있는 것인가? 이와 관련하여 세상에서 가장 화려하게 산 사람 가운데 한 사람인 다윗의 아들 솔로몬이 노후에 했던 고백은 우리에게 많은

---

* 칼릴 지브란 저·류시화 역, 예언자, pp.80~81, 무소의 뿔

생각할 거리를 줄 뿐 아니라 얼마나 자신의 정체성이 중요한지를 말해준다.

　　다윗의 아들 예루살렘 왕 전도자의 말씀이라. 전도자가 이르되 헛되고 헛되며 헛되고 헛되니 모든 것이 헛되도다. 해 아래에서 수고하는 모든 수고가 사람에게 무엇이 유익한가 한 세대는 가고 한 세대는 오되 땅은 영원히 있도다. 해는 뜨고 해는 지되 그 떴던 곳으로 빨리 돌아가고 바람은 남으로 불다가 북으로 돌아가며 이리 돌며 저리 돌아 바람은 그 불던 곳으로 돌아가고 모든 강물은 다 바다로 흐르되 바다를 채우지 못하며 강물은 어느 곳으로 흐르든지 그리로 연하여 흐르느니라. 모든 만물이 피곤하다는 것을 사람이 말로 다 말할 수는 없나니 눈은 보아도 족함이 없고 귀는 들어도 가득 차지 아니하도다. 이미 있었던 것이 후에 다시 있겠고 이미 한 일을 후에 다시 할지라 해 아래는 새것이 없나니 무엇을 가리켜 이르기를 보라 이것이 새것이라 할 것이 있으랴. 우리가 있기 오래전 세대들에도 이미 있었느니라. 이전 세대들이 기억됨이 없으니 장래 세대도 그 후 세대들과 함께 기억됨이 없으리라. 나 전도자는 예루살렘에서 이스라엘 왕이 되어 마음을 다하며 지혜를 써서 하늘 아래에서 행하는 모든 일을 연구하며 살핀즉 이는 괴로운 것이니 하나님이 인생들에게 주사 수고하게 하신 것이라. 내가 해 아래에서 행하는 모든 일을 보았노라 보라 모두 다 헛되어 바람을 잡으려는 것이로다.(전도서 1:1~14)

위의 말씀이 주는 메시지는 일반적으로 사람들이 추구하는 것들이 창조목적이나 본질과는 거리가 먼 것들을 추구함으로 인해 허무한 결말을 마주할 수 있다는 것이다. 말하자면 세상의 것들은 우리가 추구할 본질이 아니라는 것을 분명히 하고 있다.

그렇다면 무엇을 알아야 하고 무엇을 추구해야 할까?

그것을 알기 위해서는 먼저 하나님의 창조섭리, 창조목적을 깨달아야 한다. 그런 의미에서 창조주가 말씀하시는 자신의 정체성을 알 필요가 있다. 왜냐하면 우리들의 정체성은 하나님의 정체성과 연결되어 있기 때문이다.

> 하나님이 모세에게 이르시되 나는 스스로 있는 자이니라 또 이르시되 너는 이스라엘 자손에게 이같이 이르기를 스스로 있는 자가 나를 너희에게 보내셨다 하라. 하나님이 모세에게 이르시되 너는 이스라엘 자손에게 이같이 이르기를 너희 조상의 하나님 여호와 곧 아브라함의 하나님, 이삭의 하나님, 야곱의 하나님께서 나를 너희에게 보내셨다 하라. 이는 나의 영원한 이름이요 대대로 기억할 나의 칭호니라.(출애굽기 3:14~15)

'나는 스스로 있는 자이니라I am that I am'를 다른 표현으로 하면 '나는 나다'이다. 사실 소크라테스의 질문에 온전하게 대답할 수 있는 분은 하나님 한 분뿐이시다. 이것이 우리가 자신의 정체성을 찾을 수 있는 유일한 실마리가 된다. 우리의 정체성은 하나님과 연결되어 있으므로 하나님을 아는 것이 곧 나를 알 수 있는 길이다.

하나님은 당신의 '나'를 우리 각자에게 나누어 주신 것이다. 그래서 우리는 하나님의 형상을 닮은 새로운 객체로서의 '나'로 태어난 것이다. 하나님의 '나'와 우리 모두의 '나'는 하나님의 호흡으로 연결되어 있다. 그래서 '나'라는 실체는 하나님의 호흡, 곧 영혼이라는 것을 알 수 있다.

위의 말씀 가운데 "이는 나의 영원한 이름이요 대대로 기억할 나의 칭호니라"라는 말씀에 주목할 필요가 있다. 하나님의 이름은 우리가 무엇을 하든지 어디에 있든지 영원히 기억해야 할 이름이라는 것이다. 왜냐하면 모든 만물이 그분으로 인해 시작되었고 그 끝도 그분의 손에 달려 있기 때문이다.

주 하나님이 이르시되 나는 알파와 오메가라 이제도 있고 전에도 있었고 장차 올 자요 전능한 자라 하시더라.(요한계시록 1:8)

창조주 하나님께서는 자신의 정체성을 분명히 밝히셨다. 그리고 창조과정과 의미, 그리고 하나님이 만물의 시작과 끝이라고 친절하게 설명해주셨다. 세상에 이런 신神은 그 어디에도 없다.

태초에 하나님이 천지를 창조하시니라. 땅이 혼돈하고 공허하며 흑암이 깊음 위에 있고 하나님의 신은 수면에 운행하시니라. 하나님이 이르시되 빛이 있으라 하시니 빛이 있었고 빛이 하나님이 보시기에 좋았더라. 하나님이 빛과 어둠을 나누사 하나님이 빛을 낮이라 부르시고 어둠을 밤이라 부르시니라. 저녁이 되고 아침이 되니 이는 첫째 날이니라.(창세기 1:1~5)

그리고 마침내 하나님은 사람도 창조하셨다. 아울러 사람이 마땅히 해야 할 일을 정해주셨다.

하나님이 이르시되 우리의 형상을 따라 우리의 모양대로 우리가 사람을 만들고 그들로 바다와 물고기와 하늘의 새와 가축과 온 땅과 땅에 기는 모든 것을 다스리게 하시고 하나님이 자기 형상 곧 하나님의 형상대로 사람을 창조하시되 남자와 여자를 창조하시고 하나님이 그들에게 복을 주시며 하나님이 그들에게 이르시되 생육하고 번성하여 땅에 충만하라, 땅을 정복하라, 바다의 물고기와 하늘의 새와 땅에 움직이는 모든 생물을 다스리라 하시니라. (창세기 1:26~28)

그뿐만 아니라 하지 말아야 할 일도 알려주셨다.

여호와 하나님이 그 사람에게 명하여 이르시되 동산 각종 나무의 열매는 네가 임으로 먹되 선악을 알게 하는 나무의 열매는 먹지 말라 네가 먹는 날에는 반드시 죽으리라 하시니라. (창세기 2:16~17)

하지만 인류 최초의 약속이자 창조주 하나님의 말씀이 지켜지지 않자 사람에게는 엄청난 변화가 일어났다.

또 여자에게 이르시되 내가 네게 임신하는 고통을 크게 더하리니 네가 수고하고 자식을 낳을 것이며 너는 남편을 원하고 남편은 너를 다스릴 것이니라 하시고 아담에게 이르시되 네가 네 아내의 말을 듣고 내가 너더러 먹지 말라 한 나무 실과를 먹었은즉 땅은

너로 인하여 저주를 받고 너는 종신토록 수고하여야 그 소산을 먹으리라. (창세기3:16~17)

그들은 먼저 하나님의 지혜와 사랑 가운데 모든 것을 누렸었는데 그런 무한정한 은혜를 더 이상 누릴 수 없게 되었다. 그것은 에덴동산에서 추방됨으로써 현실화하였다.

여호와 하나님이 에덴동산에서 그를 내보내어 그의 근원이 된 땅을 갈게 하시니라. (창세기 3:23)

하나님은 사람을 무척 사랑하셨다. 그것은 그분의 말씀과 그분의 독생자이신 예수 그리스도를 통해 충분히 보여주셨다.

하나님이 세상을 이처럼 사랑하사 독생자를 주셨으니 이는 그를 믿는 자마다 멸망하지 않고 영생을 얻게 하려 하심이라. (요한복음 3:16)

하나님은 모든 만물을 창조하시고 그것들을 사람의 손에 맡기셨다. 하나님은 만물의 주인으로서 우리가 맘껏 누리고 지키면서 살기를 바라셨다. 그렇지만 억지로 맡기는 방식이 아니었다. 사람에게 자유의지를 주셔서 선택할 수 있는 여지를 주신 것이다. 그것이 문제의 발단이었을까?

하나님 사랑과 은혜에 주목하고 피조물로서의 정체성에 충실했었다면 하나님의 무한한 사랑을 받으면서 평화롭게 살 수 있었을 것이다. 그런데 결과는 그렇지 못했다. 자신의 자유의지를 잘못 사용함으로써 자신의 욕구를 채우는 것에 정신을 빼앗기고 말았다.

그 점을 노린 사탄의 유혹에 걸려들고 만 것이다. 사탄이 유혹한 포인트는 사람이 하나님처럼 될 수 있다는 것이었다. 이를 위해 교만을 부추겼고 지금에 만족하지 말고 더 높은 너희의 위상을 추구하라는 것이었다. 선악과 사건은 역사상 유례없는 희대의 사기 사건이었다.

> 너희가 그것을 먹는 날에는 너희 눈이 밝아져 하나님 같이 되어 선악을 알 줄을 하나님이 아심이니라.(창세기 3:5)

아담과 하와에게 선악과를 따먹도록 하기 위해 사탄이 한 말은 "눈이 밝아져 하나님같이 되어 선악을 알 줄 하나님이 아심이라" 이었다. 순간 아담과 하와는 자신들이 하나님의 은혜로 지어진 피조물이라는 사실을 망각한 것이다. 그래서 그 교만 때문에 자신의 정체성을 상실하고 말았다. 그로 인해 하나님과의 관계도 엉망이 되어버렸고, 선악과 사건 이전에 누렸던 행복도 영생도 자유도 송두리째 잃고 말았다.

하지만 하나님은 그들을 에덴동산에서 추방하셨을 뿐 그들을 바로 죽이지는 않으셨다. 그로 인해 유한한 인생을 살 수밖에 없는 처지로 전락하였다. 그러나 거기에도 하나님의 깊은 은혜가 있음을 알아야 한다. 바로 죽이지 않았다는 것은 회복할 수 있는 기회가 주어졌음을 의미한다. 사람을 향한 하나님 사랑이 어떠한지 알 수 있는 말씀이 있다.

여호와 하나님이 아담과 그의 아내를 위하여 가죽옷을 지어 입히시니라. 여호와 하나님이 이르시되 보라 이 사람이 선악을 아는 일에 우리 중 하나 같이 되었으니 그가 그의 손을 들어 생명나무 열매도 따먹고 영생할까 하노라 하시고 여호와 하나님이 에덴동산에서 그를 내보내어 그의 근원이 된 땅을 갈게 하시니라.(창세기 3:21~23)

죄를 지은 채 생명나무 열매마저 따먹게 되면 그 죄를 용서받을 기회조차 없어지는 것이다. 그 영혼, 요컨대 영원한 생명이 죄인 신분으로 굳어질 수 있다. 이 대목에서 우리는 우리를 향하신 하나님의 위대한 계획이 있다는 것을 엿볼 수 있다.

에덴동산에서는 실오라기 하나 걸칠 필요가 없었지만 앞으로 살아갈 땅은 가시덤불과 온갖 동물들로부터 공격을 받을 수 있기 때문에 그에 상응한 준비가 필요했다. 모든 것을 부모가 자식을 사랑하는 심정으로 준비해주신 것이다. 그렇게 섬세하게 하나님은 여전히 사람을 사랑하신다는 것을 느낄 수 있다.

그리고 에덴동산에서 내보내어 그의 근원이 된 땅을 갈게 하셨다는 것은 다시 시작하라는 의미가 내포되어 있다. 근원의 땅은 태초에 하나님이 사람을 빚으실 때 사용했던 흙이 있던 땅을 가리킨다. 이것은 하나님이 사람을 다시 창조하시겠다는 것을 의미한다. 다시 창조하기 위해서는 일단 한 번은 죽어야 한다. 그 죽음을 예수 그리스도께서 대신 담당하신 것이다. 아담과 하와의 죄성이

에덴동산의 생명나무마저 건드릴까 우려하여 아담과 하와를 내보
낸 것이다.

생명나무는 예수 그리스도를 상징하는 예표다. 하나님 계획이
완전하다는 것을 이를 통해서도 증명된다. 사람은 불완전하여 무
슨 일을 저지를지 알 수 없지만, 하나님은 우리가 저지른 실수까지
도 감안하여 수습책을 마련해두신 것이다. 하나님의 완전한 사랑
은 아담과 하와를 에덴동산에서 내보낼 때도 여지없이 드러난다.

> 여호와 하나님이 아담과 그의 아내를 위하여 가죽옷을 지어 입
> 히시니라.(창세기 3:21)

아담과 하와에게 가죽옷을 입히시기 위해서는 동물 가죽을 벗
겼을 것이고 그것은 동물을 희생시켰다는 것을 의미한다. 그래서
가죽옷은 장차 오실 어린 양 예수 그리스도를 예표像表한 것임을
알 수 있다.

다시 소크라테스가 제시한 명제 '너 자신을 알라'라는 주제로
돌아가 보자.

아담과 하와는 일순간 자신들의 정체성을 망각했었다. 그것은
외부의 힘이 작용했기 때문이었다. 그 외부의 힘은 사탄의 강력한
유혹이었다. 선악과를 따먹으면 눈이 밝아져 하나님처럼 선악을
구별할 수 있다는 것이었다. 실로 달콤한 유혹이었다. 이런 유혹
을 극복하기 위해서는 어떻게 해야 할까? 자기 자신을 정확히 아
는 것이 중요하다.

우리가 그동안 자신의 정체성이라고 믿고 있는 출신성분, 외모,

소유, 사회적 위상 등은 나에 대한 정보이지 나의 정체성과는 직접적으로 무관한 것들이다. 나의 영혼이 주체라면 그것들은 나를 치장하는 액세서리에 불과하다. 흔히 사회나 군대에서 평등한 대화나 대결을 위해 계급장을 떼자고 말하는 경우가 있다. 이는 계급장이 어떤 사회적 규율의 일환이지 그것 자체가 그 사람의 정체성은 아니기 때문이다. 계급장을 떼고 위상을 높여주는 옷을 벗었을 때 드러나는 모습이 바로 순수한 자신이다.

그렇다면 어떻게 아무것도 걸치지 않는 자기 모습으로 돌아갈 수 있을까? 그 본질을 통해 어떻게 자신을 알 수 있을까? 이를 위해서는 지금 자신이 서 있는 곳에서 역으로 거슬러 올라가 보는 것도 하나의 방법이다. 그 정점에 창조주 하나님이 계신다. 진정한 나를 알기 위해서는 창조주 하나님을 알아야 한다. 그분이 우리를 설계하신 분이시고 우리를 경영하시는 분이시기 때문이다.

> 여호와를 경외하는 것이 지혜의 근본이요 거룩하신 자를 아는 것이 명철이니라.(잠언 9:10)

> 내 백성들이 지식이 없어 망하는 도다. 네가 지식을 버렸으니 나도 너를 버려 내 제사장이 되지 못하게 할 것이요 네가 하나님의 율법을 잊었으니 나도 네 자녀들을 잊어버리리라.(호세아 4:6)

자신을 알기 위해서는 바른 지식이 있어야 한다. 그 바른 지식은 오직 진리이신 예수님으로부터 배워야 한다. 예수님의 가르침을 통해서 우리 자신의 정체성을 알아가야 한다.

성서에 나와 있는 이야기 하나를 소개하고자 한다. 한 번은 주인이 타국으로 떠나면서 종들을 불러 자기 소유(달란트)를 각각 다른 분량대로 나누어 맡긴 적이 있었다. 주인의 생각은 종들이 그 달란트를 어떻게 사용하는지 보시고자 한 것이었다. 예수님의 이 비유는 천국을 설명하는 과정에서 나온 말씀이다. 천국은 주인이 종들에게 그 소유를 맡김과 같다고 말씀하셨다.

또 어떤 사람이 타국에 갈 때 그 종들을 불러 자기 소유를 맡김과 같으니 각각 그 재능대로 한 사람에게는 금 다섯 달란트를, 한 사람에게는 두 달란트를, 한 사람에게는 한 달란트를 주고 떠났더니 다섯 달란트 받는 자는 바로 가서 그것으로 장사하여 또 다섯 달란트를 남기고 두 달란트 받은 자도 그 같이 하여 또 두 달란트를 남겼으되 한 달란트 받은 자는 가서 땅을 파고 그 주인의 돈을 감추어 두었더니 오랜 후에 그 종들의 주인이 돌아와 그들과 결산할새 다섯 달란트 받았던 자는 다섯 달란트를 더 가지고 와서 이르되 주인이여 내게 다섯 달란트를 주셨는데 보소서 내가 또 다섯 달란트를 남겼나이다. 그 주인이 이르되 잘 하였도다 착하고 충성된 종아 네가 적은 일에 충성하였으매 내가 많은 것을 네게 맡기리니 네 주인의 즐거움에 참여할지어다 하고 두 달란트 받았던 자도 와서 이르되 주인이여 내게 두 달란트를 주셨는데 보소서 내가 또 두 달란트를 남겼나이다. 그 주인이 이르되 잘 하였도다 착하고 충선된 종아 네가 적은 일에 충성하였으매 내가 많은 것을 네게 맡기리니 네 주인의 즐거움에 참여할지어다 하고 한 달란트 받았던 자는 와서 이르되 당신은 굳은 사람이라 심지 않은 데서 거두고 헤치지 않은 데서 모으는 줄을 내가 알았으므로 두려워하여 나가서 당신의 달란트를 땅에 감추어 두었나이다 보소서 당신의 것을 가지셨나이다. 그 주인이 대답하여 이르되 악하고 게으른 종아 나는 심지 않은 데서 거두고 헤치지 않은 데서 모으는 줄로 네가 알았느냐.(마태복음 25:14~26)

왜 주인이 종들에게 소유를 맡긴 것이 천국과 같다고 말씀하신 것일까?

먼저 생각해볼 수 있는 것은 주인이 자신의 소유를 종들에게 맡기는 일은 평소 같으면 도저히 있을 수 없는 일이다. 종은 그저 시키는 일만 하는 신분이다. 그런데 파격적으로 주인이 자신의 소유 일부씩을 나누어주며 종들에게 맡긴 것이다. 따라서 천국은 도저히 있을 수 없는 일이 종들에게 일어난 것으로 천국은 마치 그와 같다는 것을 의미한다. 이 일은 종들에게 주어진 엄청난 선물이었고 그 자체가 은혜이고 기적이라는 사실이다.

그렇다면 하나님의 은혜 안에 있지 않은 사람은 어떤 신분인가?

전에는 우리도 다 그 가운데서 우리 육체의 욕심을 따라 지내며 육체와 마음의 원하는 것을 하여 다른 이들과 같이 본질상 진노의 자녀이었으니 (에베소서 2:3)

하나님의 긍휼과 사랑 안에 있지 않으면 본질상 진노의 자녀요 죄의 종이라는 사실이다. 위의 예화에 등장하는 주인은 하나님이시고 종은 바로 우리를 가리키고 있음을 알 수 있다. 도저히 받을 수 없는 사람에게 주는 은혜의 선물이라는 점이다.

그런데 문제는 그것을 선물로 보지 못하고 포장지 자체도 뜯어보지 않으려는 사람이 있다는 것이다. 그 종에게 주인은 게으른 종이라고 했다. 선물 포장을 뜯어보는 것이 엄청나게 힘든 노동이어서가 아니라 단지 믿음이 없었기 때문이다. 그 안에 무엇이 들어 있는지 전혀 궁금해 하지 않았다. 그대로 그 선물을 방치한 것이다. 천국은 이처럼 종이 주인이 되는 것과 같다는 엄청난 사실을 가르쳐 주고 있다.

그렇다면 천국을 누리기 위해서는 어떤 마음가짐이 필요할까?

주인은 종들에게 자신의 소유를 맡기면서 무엇을 기대했을까?

그것은 다름 아닌 주인의식을 보고자 한 것이다. 주인이 종들에게 달란트를 맡기신 이유는 잠시이긴 하지만 주인의 권한을 위임한 것이다. 단순히 종으로서 그것을 지키기를 바라시는 것이 아니라 주인의식을 가지고 그것을 창의적으로 사용하는지 아닌지를 보시고자 한 것이다.

여기서 달란트를 이 비유에 끌어들인 것도 사람들의 재능이나 은사가 모두 다르다는 것을 전제로 하고 있음을 알 수 있다. 그래서 주인은 그 결과의 양이나 질을 따지지 않으셨다. 만약 주인이 그 달란트를 가지고 돈을 얼마나 남겼는지를 보려고 했다면 다음과 같은 표현을 사용하시지 않았을 것이다.

그러면 네가 마땅히 내 돈을 취리取利하는 자들에게나 맡겼다가 내가 돌아와서 내 원금과 이자를 받게 하였을 것이니라 하고(마태복음 25:27)

단지 주인은 자신의 의도를 깨달았는지 않은지만을 보았다. 요컨대 주인의식이 있었는지 없었는지를 본 것이다. 달란트는 당시 통용하고 있었던 화폐단위였다. 그 달란트는 원래 주인의 소유다. 종들에게 그 돈의 사용권리를 잠시 위임한 것이다. 그것을 소유하고 있는 동안은 종들의 것이다. 그렇다고 아무리 잘 사용해도 그것이 종들의 것이 될 수는 없다. 그러면 종들에게 무슨 유익이 있느냐? 라고 반문할 수 있다. 분명히 유익이 있다. 그것은 잠시 주인의 맛을 체험할 수 있다는 점이다. 그동안만큼은 그 달란트를 가지고 주인행세를 할 수 있다는 것이다. 이 비유가 천국에 관한 비유라는 점을 다시 상기시켜보자.

천국은 하나님이 주권을 가지고 계신 곳이다. 우리가 천국을 소유할 수는 없다. 하나님이 허락하신 범위 내에서 그것을 누리는 것이다. 천국을 제대로 누릴 수만 있으면 된다. 굳이 감당하지도 못할 것을 모두 소유할 필요는 없다. 하나님이 우리를 당신의 자녀 혹은 백성으로 삼아주신다는 것도 주권을 가진 하나님에 속한다는 것이지 천국을 소유할 수 있다는 의미가 아니다. 우리가 주의 깊게 자신에 대해 성찰해야 할 일은 자신이 하나님의 소유된 자녀로서 살고 있는지 그저 천국을 소유하고 싶은 욕망에 사로잡힌 채 살고 있는지 분별하는 것이다.

위의 말씀 가운데 '게으른 종'이라고 주인으로부터 책망 받은 한 달란트 받은 종은 그 돈을 땅속에 감추어 두었다고 했다. 땅은 무엇을 의미하는가? 하나님의 뜻보다는 세상의 지식이나 관념에 사로잡혀 있었다는 뜻이 아니겠는가, 말하자면 여전히 종의 신분에서 벗어나지 못하고 종의 의식에 갇혀 있어 주인의 생각을 헤아리지 못한 것이다. 또 땅에 집착한 나머지 하늘에 대한 소망이 없었다는 것을 의미하기도 한다.

위의 것을 생각하고 땅의 것을 생각지 말라. 이는 너희가 죽었고 너희 생명이 그리스도와 함께 하나님 안에 감추어졌음이라.(골로새서 3:2~3)

우리의 소망은 땅에 있지 않다. 땅에 감추어서는 안 된다. "그리스도와 함께 하나님 안에 감추어졌음이라"는 말씀을 기억해야 할 것이다. 하나님을 알아가는 데는 적지 않은 장애요인들이 있다. 그것은 자기애를 장착한 자기 자신이 될 수도 있고 외부에서 끊임없이 부추기는 세상 정보나 지식이 될 수도 있다. 이를 극복하기 위해서는 모든 생각과 지혜를 하나님께 구해야 한다.

하나님 아는 것을 대적하여 높아진 것을 다 무너뜨리고 모든 생각을 사로잡아 그리스도에게 복종하게 하니 너희의 복종이 온전하게 될 때에 모든 복종하지 않는 것을 벌하려고 준비하는 중에 있노라. 너희는 외모만 보는 도다. 만일 사람이 자기가 그리스도에게 속한 줄을 믿을진대 자기가 그리스도에게 속한 것같이 우리도 그러한 줄을 자기 속으로 다시 생각할 것이라. 주께서 주신 권세는 너희를 무너뜨리려고 하신 것이 아니요 세우려고 하신 것이니 내가 이에 대하여 지나치게 자랑하여도 부끄럽지 아니하리라.(고린도후서 10:5~8)

우리는 때와 장소를 가릴 것 없이 하나님을 알기 위해 노력해야 할 것이고 또 그렇게 될 수 있도록 은혜를 사모해야 할 것이다.

이로써 우리도 듣던 날부터 너희를 위하여 기도하기를 그치지 아니하고 구하노니 너희로 하여금 모든 신령한 지혜와 총명에 하나님을 아는 것으로 채우게 하시고 주께 합당하게 행하여 범사에 기쁘시게 하고 모든 선한 일에 열매를 맺게 하시며 하나님을 아는 것에 자라게 하시고 그의 영광의 힘을 따라 모든 능력으로 능하게 하시며 기쁨으로 모든 견딤과 오래 참음에 이르게 하시고 우리로 하여금 빛 가운데서 성도의 기업의 부분을 얻기에 합당하게 하신 아버지께 감사하게 하시기를 원하노라. (골로새서 1:9~12)

왜 그렇게 해야만 할까?
그분을 알아가는 것에 영생의 비밀이 있기 때문이다.

영생은 곧 유일하신 참 하나님과 그가 보내신 자 예수 그리스도를 아는 것이니이다. (요한복음 17:3)

창조주 하나님이 태초에 창조하신 사람의 형상, 그 순수한 모습이 사람의 정체성이다. 그래서 다시 하나님의 형상을 닮은 본래의 모습으로 돌아가고자 하는 삶이야말로 사람이 취해야 할 가장 바람직한 자세이다. 그 길만이 정체성을 회복할 수 있는 유일한 길이다. 자신이 하나님과 예수님을 제대로 알고 있는가를 시험해보는 적절한 말씀이 있다. 예수께서 제자들에게 하신 말씀이다.

이에 예수께서 제자들에게 이르시되 누구든지 나를 따라오려
거든 자기를 부인하고 자기 십자가를 지고 나를 따를 것이니라.(마
태복음 16:24)

하나님이 하시는 일 가운데 우리가 눈여겨보아야 할 것은 다름
아닌 사랑과 은혜이다. 예수님을 따른다는 의미는 십자가의 사랑
과 은혜를 알고 전적으로 믿는다는 것을 말한다. 그것은 죄로 오
염된 자기애自己愛에 집착하지 않고 기꺼이 우리 삶과 죽음을 예수
님께 맡기는 것이다.

말이 쉽지, 삶과 죽음을 누구에겐가 전적으로 맡긴다는 것은 결
코 쉬운 일이 아니다. 그것은 웬만한 믿음으로는 가능한 일이 아
니다. 하지만 그렇게 결심할 수 있는 이유는 예수 그리스도께서
우리의 구원을 위해 자신의 삶과 죽음을 먼저 내놓았기 때문이다.

그분은 이 땅에 오셔서 우리를 위해 더 이상 낮아질 수 없을 만
큼 낮아지셨고 십자가에서 혹독한 죽음을 경험하셨으며, 사흘 만
에 부활하심으로 인해 자신이 하나님이신 것을 증명하셨다. 예수
께서는 하나님이 우리를 향한 사랑이 얼마나 크신지를 증명하셨
다. 그래서 우리는 그분의 은혜로 영생을 얻을 수 있고 그분의 사
랑으로 하나님의 자녀가 될 수 있게 되었다. 그래서 우리가 예수
님을 믿을 수 있고 믿어야 하는 것이다.

누구든지 제 목숨을 구원하고자 하면 잃을 것이요 누구든지 나
를 위하여 제 목숨을 잃으면 찾으리라. 사람이 만일 온 천하를 얻
고도 제 목숨을 잃으면 무엇이 유익하리요 사람이 무엇을 주고 제

목숨과 바꾸겠느냐.(마태복음 16:25~26)

　세상 철학이나 이념, 그리고 자기애에 바탕을 둔 삶이 아니라 하나님의 섭리, 예수님의 사랑을 온전히 마음으로 받아들인다는 의미이다. 그것이 자기애의 죽음, 즉 자기를 부인하는 것이다. 그것만이 유일하게 우리가 살 수 있는 길이다. 하지만 하나님의 뜻과는 달리 세상은 자기를 사랑하라고 부추긴다. 실제로 세상은 사탄의 속삭임에 귀를 기울이면서 자신을 사랑하고 세속적인 것을 사랑한다. 우리가 하나님 말씀에 귀를 기울이지 않으면 거기서 헤어나기 쉽지 않다.

　사도 바울은 동역자 아들처럼 사랑했던 디모데에게 보내는 서신에서 다음과 같이 가르치고 권면하고 있다.

　　너는 이것을 알라. 말세에 고통하는 때가 이르러 사람들이 자기를 사랑하며 돈을 사랑하며 자랑하며 교만하며 비방하며 부모를 거역하며 감사하지 아니하며 거룩하지 아니하며 무정하며 원통함을 풀지 아니하며 모함하며 사나우며 선한 것을 좋아하지 아니하며 배신하며 조급하며 자만하며 쾌락을 사랑하기를 하나님 사랑하는 것보다 더하며 경건의 모양은 있으나 경건의 능력은 부인하니 이 같은 자들에게서 네가 돌아서라.(디모데후서 3:1~5)

　세상 마지막이 다가올수록, 다시 말하면 예수님의 재림이 가까워질수록 우리가 미혹을 받지 않도록 주의하라고 예수님은 강조하셨다.

예수께서 이르시되 너희가 사람의 미혹을 받지 않도록 주의하라. 많은 사람이 내 이름으로 와서 이르되 나는 그리스도라 하여 많은 사람을 미혹하리라.(마태복음 24:4~5)

예수님께서는 이런 부류의 사람들을 뱀과 독사의 자식이라고 분명히 말씀하셨다. 이런 부류의 사람들은 예전에도 있었고 현재도 있으며 앞으로도 있을 것이다. 그래서 우리는 진리의 말씀 안에서 깨어 있어야 한다.

뱀들아 독사의 새끼들아 너희가 어떻게 지옥의 판결을 피하겠느냐. 그러므로 내가 너희에게 선지자들과 지혜 있는 자들과 서기관들을 보내매 너희가 그중에서 더러는 죽이거나 십자가에 못 박고 그중에 더러는 너희 회당에서 채찍질하고 이 동네에서 저 동네로 따라다니며 박해하리라.(마태복음 23:33~34)

여전히 옛 뱀은 우리의 자기애를 건드리며 하나님을 거역할 것을 부추긴다. 이는 에덴동산에서 하와를 미혹한 뱀과 같다. 그래서 말세가 되면 우리 자기애가 극한으로 치달아 더욱 이기적인 행동이 기승을 부리게 될 것이다. 이런 때일수록 사도 바울의 권면을 다시 한 번 귀 기울여 듣고 눈여겨보며 그 말씀을 마음 판에 굳게 새겨야 할 것이다.

그러므로 그리스도 안에 무슨 권면이나 사랑의 무슨 위로나 성령의 무슨 교제나 긍휼이나 자비가 있거든 마음을 같이하여 같은 사랑을 가지고 뜻을 합하며 한마음을 품어 무슨 일에든지 다툼이나 허영으로 하지 말고 오직 겸손한 마음으로 각각 자기보다 남을 낮게 여기고 각각 자기 일을 돌볼뿐더러 또한 각각 다른 사람의 일을 돌보아 나의 기쁨을 충만하게 하라. 너희 안에 이 마음을 품으라 곧 그리스도 예수의 마음이니 그는 근본 하나님의 본체시나 하나님과 동등 됨을 취할 것으로 여기지 아니하시고 오히려 자기를 비워 종의 형체를 가지사 사람과 같이 되셨고 사람의 모양으로 나타나사 자기를 낮추시고 죽기까지 복종하셨으니 곧 십자가에 죽으심이라. 이러므로 하나님이 그를 지극히 높여 모든 이름 위에 뛰어난 이름을 주사 하늘에 있는 자들과 땅에 있는 자들과 땅 아래 있는 자들로 모든 무릎을 예수의 이름에 꿇게 하시고 모든 입으로 예수 그리스도를 주라 시인하여 하나님 아버지께 영광을 돌리게 하셨느니라. 그러므로 나의 사랑하는 자들아 너희가 나 있을 때뿐 아니라 더욱 지금 나 없을 때에도 항상 복종하여 두렵고 떨림으로 너희 구원을 이루라.(빌립보서 2:1~12)

나를 아는 것은 하나님을 아는 것과 연결되어 있다. 하지만 성령의 도움 없이는 하나님을 알 수 없다. 은혜롭게도 성령은 우리를 아무 조건 없이 도와주신다. 예수님은 우리에게 그런 약속을 하셨다.

그러나 내가 너희에게 실상을 말하노니 내가 떠나가는 것이 너희에게 유익이라 내가 떠나가지 아니하면 보혜사가 너희에게로 오시지 아니할 것이요 가면 내가 그를 너희에게로 보내리니(요한

복음 16:7)

그러나 진리의 성령이 오시면 그가 너희를 모든 진리 가운데로 인도하시리니 그가 스스로 말하지 않고 오직 들은 것을 말하며 장래 일을 너희에게 알리시리라. 그가 내 영광을 나타내리니 내 것을 가지고 너희에게 알리시겠음이라.(요한복음 16:13~14)

예수님은 육신을 입고 오신 하나님이시다. 예수님은 이 땅에 성육신으로 오셔서 하나님 아버지를 사람들에게 몸소 보여주셨다.

예수께서 이르시되 빌립아 내가 이렇게 오래 너희와 함께 있으되 네가 나를 알지 못하느냐 나를 본 자는 아버지를 보았거늘 어찌하여 아버지를 보이라 하느냐 내가 아버지 안에 거하고 아버지는 내 안에 계신 것을 네가 믿지 아니하느냐 내가 너희에게 이르는 말은 스스로 하는 것이 아니라 아버지께서 내 안에 계셔서 그의 일을 하시는 것이라. 내가 아버지 안에 거하고 아버지께서 내 안에 계심을 믿으라 그렇지 못하겠거든 행하는 그 일로 말미암아 나를 믿으라.(요한복음 14:9~11)

예수님도 자신 안에서 하나님이 일하신다고 말씀하셨다. 성령도 스스로 말씀하시는 것이 아니다. 예수님의 생각을 전달하시는 것이다. 그런 맥락에서 우리는 성령이 생각나게 하신 말씀을 근거로 말하고 행동해야 한다. 그것이 성령 충만한 사람들의 특성이다. 감사하게도 우리는 예수님을 통해 우리의 정체성을 알게 되었다.

바울이 말하길 우리의 시민권은 하늘나라에 있다고 했다.

> 그러나 우리의 시민권은 하늘에 있는지라 거기로부터 구원하는 자 곧 예수 그리스도를 기다리노니 그는 만물을 자기에게 복종하게 하실 수 있는 자의 역사로 우리의 낮은 몸을 자기 영광의 몸의 형체와 같이 변하게 하시리라.(빌립보서 3:20~21)

사도 요한도 우리는 하나님의 자녀라고 했다. 지금은 하나님의 자녀라는 것이 실감 나지 않겠지만 주님이 오시면 주님과 같이 깨끗하게 될 것임을 가르치고 있다.

> 보라 아버지께서 어떠한 사랑을 우리에게 베푸사 하나님의 자녀라 일컬음을 받게 하셨는가. 우리가 그러하도다. 그러므로 세상이 우리를 알지 못함은 그를 알지 못함이라. 사랑하는 자들아, 우리가 지금은 하나님의 자녀라 장래에 어떻게 될지는 아직 나타나지 아니하였으나 그가 나타나시면 우리가 그와 같을 줄을 아는 것은 그의 참모습 그대로 볼 것이기 때문이니 주를 향하여 이 소망을 가진 자마다 그의 깨끗하심과 같이 자기를 깨끗하게 하느니라.(요한일서 3:1~3)

위의 구절에서 "그가 나타나시면 우리가 그와 같을 줄을 아는 것"이라는 말씀이 있다. 눈여겨볼 필요가 있다. 예수 그리스도가 오시는 날에는 우리가 그와 같은 줄을 알게 될 것이라고 했다. 엄청난 신분의 변화를 상상해볼 수 있다. 우리의 정체성이 예사롭지 않음을 알 수 있는 말씀이다.

　나의 자녀들아 너희 속에 그리스도의 형상이 이루기까지 다시 너희를 위하여 해산하는 수고를 하노니 내가 이제라도 너희와 함께 있어 내 언성을 높이려 함은 너희에 대하여 의혹이 있음이라. 내게 말하라. 율법 아래에 있고자 하는 자들아 율법을 듣지 못하였느냐.(갈라디아서 4:19~21)

　사도 바울은 "나의 자녀들아 너희 속에 그리스도의 형상이 이루기까지"라고 말했다. 그러므로 우리 속에 그리스도의 형상을 이루는 것이 곧 우리가 그와 같은 것을 아는 것이다. 사도 바울은 이어서 율법 아래에 있고자 하는 이들을 꾸짖었다. 그렇다. 문제는 율법으로는 그리스도의 형상에 절대로 이르지 못한다. 예수 그리스도를 믿음으로 그분을 닮아갈 수 있는 것이다. 이것이 바로 태초에 우리를 하나님의 형상으로 창조하신 것처럼 우리가 예수 그리스도 안에서 다시 회복되는 것을 의미한다.

　우리는 하나님의 지극히 위대하신 긍휼과 자비, 말로 다 할 수 없는 예수 그리스도의 사랑과 은혜, 그리고 성령의 간절한 도움으로 하나님을 알 수 있게 되었고 믿을 수 있게 되었다. 그로 인해 우리 자신의 정체성을 찾는 방법도 알 수 있게 되었다. 우리는 원래 하나님의 자녀였다. 그래서 우리 삶의 최종 목적지는 하나님 나라, 요컨대 본향本鄕으로 돌아가는 것이다. 우리 삶은 하늘나라를 향해 가는 나그네와 같은 삶이다. 그래서 궁극적으로 인생은 천로역정天路歷程이라고 할 수 있다.

03

영혼에게 안부를 묻다

때로
우리 영혼이 알고 있는 것을
우리 생각이 알아차리지 못한다.
우리는 스스로 생각하고 있는 것보다
무한히 더
위대한
존재들이다.

신앙생활을 한다는 것은 과연 무엇을 의미하는 걸까?

그냥 교회를 다니며 일방적으로 하나님을 경배하고 자신의 온 갖 소원을 빌거나 자신의 신변을 보호하기 위한 안전장치를 마련 하는 것을 말하는 걸까?

소위 구원받기 위해 또는 천국 가는 티켓을 확보하기 위해 헌신 하는 과정을 뜻하는 것일까? 과연 그것으로 충분한 것일까?

무엇보다 이런 질문들을 나 자신에게 하고 싶다.

만약 그렇다면 이것은 지루하기 이를 데 없는 종교적 행위와 어 떤 차이가 있을지 우려가 앞선다. 그래서 참다운 신앙생활을 하기 위해서는 복음의 본질에 대해 먼저 깨달아야 하지 않을까.

복음福音은 기쁜 소식good news이다. 무엇이 사람들에게 기쁜 소식이 될 수 있을까? 그런 면에서 역으로 우리를 웃지 못하게 하는 것들을 먼저 생각해보는 것도 의미가 있을 것 같다. 물론 사람마다 다소 다를 수 있겠지만 누구나 자신을 웃지 못하게 하는 일들을 경험하면서 산다. 우리를 슬프게 하는 것들은 이루 헤아릴 수 없이 많다. 건강, 외모, 성격, 재능, 재산, 가족관계, 친구, 학교, 직장, 날씨, 환경 등 많은 것들이 자신을 괴롭히고 있다고 생각할 수 있다.

그런데 신앙생활과 연관해서 이야기를 풀어가자면 좀 더 본질적인 이야기를 할 수밖에 없다. 세상에서 가장 큰 두려움 혹은 슬픈 일이 무엇일까? 그것은 단연 죽음일 것이다. 나이가 들지 않았을 때는 죽음 문제가 아주 먼 얘기이거나 남의 얘기처럼 생각될 수도 있다. 하지만 반드시 그런 것만은 아니다. 교통사고를 당하거나 불치병에 걸릴 수도 있어서 죽음은 늘 나이와 관련 있는 것은 아닌 것 같다.

우리가 가장 두려워하면서도 과학이나 기술로 해결하지 못한 유일한 문제가 죽음이다. 그래서 죽음과 사후 문제는 결국 종교 영역에서 다루어질 수밖에 없다. 왜냐하면 그것은 믿음의 영역과 연결되기 때문이다.

죽음을 대하는 자세로는 크게 두 가지로 나누어 생각할 수 있다. 하나는 사후세계를 인정하는 것이고 또 하나는 그렇지 않은 경우가 있을 것이다. 생물학적 죽음이 모든 것의 끝이라고 생각한다면 더 이상 죽음에 대해 논하기보다 어떻게 건강하고 행복하게 살 것인가를 논하는 것이 훨씬 유익할 것이다.

하지만 생물학적 죽음이 모든 것의 끝이 아니고 사후세계가 엄연히 존재한다면 문제는 달라진다. 그냥 손 놓고 되는대로 살아서는 안 된다는 뜻이다. 지금 당장은 현재 누리는 권력이나 명예나 부富 등이 자신을 가장 기쁘게 할 수 있을지 모르겠지만, 그것들은 정작 죽음 앞에서 어떤 효력도 발휘하지 못하고 허무함을 더하게 할 게 뻔하다. 그렇다면 생물학적 죽음 이후에도 또 다른 세상이 있다면 육체적 호사 못지않게 영혼靈魂이라는 단어에 주목할 필요가 있지 않을까.

칼릴 지브란은 자신의 저서 《보여줄 수 있는 사랑은 아주 작습니다》에 다음과 같은 글을 담고 있다.

　때로
　우리 영혼이 알고 있는 것을
　우리 생각이 알아차리지 못한다.
　우리는 스스로 생각하고 있는 것보다
　무한히 더
　위대한
　존재들이다.*

영혼은 육체와 더불어 동전의 양면처럼 사람을 구성하고 있는 절대적 요소이다. 시대나 종교에 따라 영혼에 대한 해석이 다를 수

* 　칼릴 지브란 저 · 정은하 역, 보여줄 수 있는 사랑은 아주 작습니다, p.49, 진선books

있으나 대부분 육체에서 영혼이 빠져나가는 것을 죽음이라고 부른다. 사람이 죽으면 육체는 썩어서 흙으로 돌아간다는 사실을 누구나 잘 알고 있다. 하지만 영혼은 눈으로 확인할 수 없어서 여전히 해석이 분분하다.

그런데 성서는 영혼의 실체에 대해 분명히 밝히고 있다. 그 영혼은 하나님의 호흡이라는 사실이다. 태초에 하나님이 세상을 창조하셨는데 만물 가운데 가장 나중에 사람을 지으셨다. 먼저 흙으로 육체를 빚으시고 코에 생기를 불어넣으셔서 비로소 사람(생령)을 만드셨다.

여호와 하나님이 땅의 흙으로 사람을 지으시고 생기를 그 코에 불어넣으시니 사람이 생령이 되니라.(창세기 2:7)

그리고 사람이 죽으면 육체는 흙으로 돌아가고 영혼은 하나님의 심판을 받아 천국 혹은 지옥에 가게 된다고 분명히 밝히고 있다.

흙은 여전히 땅으로 돌아가고 영은 그것을 주신 하나님께로 돌아가기 전에 기억하라.(전도서 12:7)

또 내가 보니 죽은 자들이 큰 자나 작은 자나 그 보좌 앞에 서 있는데 책들이 펴있고 또 다른 책들이 펴졌으니 곧 생명책이라 죽은 자들이 자기 행위를 따라 책들에 기록된 대로 심판을 받으니(요한계시록 20:12)

하지만 예수님은 그 심판을 피할 수 있는 방법을 제시하셨다. 예수님을 믿는 자는 심판을 받지 않을 뿐 아니라 죽어도 살 것이라고 말씀하셨다.

예수께서 이르시되 나는 부활이요 생명이니 나를 믿는 자는 죽어도 살겠고 무릇 살아서 나를 믿는 자는 영원히 죽지 아니하리니 이것을 네가 믿느냐.(요한복음 11:25~26)

그렇다면 예수님을 믿는다는 것은 무엇을 의미할까? 사도 베드로와 사도 바울의 고백을 통해서 알아보자.

시몬 베드로가 대답하여 이르되 주는 그리스도요 살아 계신 하나님의 아들이시니이다. 예수께서 대답하여 이르시되 바요나 시몬아 네가 복이 있도다. 나를 네게 알게 한 이는 혈육이 아니요 하늘에 계신 내 아버지시니라.(마태복음 16:16~17)

베드로는 이 같은 고백을 함으로써 예수님으로부터 복 있는 자라고 칭찬받았다. 베드로는 예수님을 하나님으로부터 기름 부음 받은 그리스도라는 사실과 하나님의 아들이라는 신분에 대해서 명확히 알고 있었다.

내가 너희 중에서 예수 그리스도와 그가 십자가에 못 박히신 것 외에는 아무것도 알지 아니하기로 작정하였음이라(고린도전서 2:2)

그러나 내게는 우리 주 예수 그리스도의 십자가 외에 결코 자랑할 것이 없으니 그리스도로 말미암아 세상이 나를 대하여 십자가에 못 박히고 내가 또한 세상을 대하여 그러하리라.(갈라디아서 6:14)

위의 말씀은 사도 바울의 고백이다. 그는 복음의 핵심을 명확히 이해하고 있었다. "십자가 외에는 결코 자랑할 것이 없다"고 고백함으로써 예수님의 사역 가운데 핵심은 십자가라는 사실을 분명히 했다. 십자가는 예수님이 인류의 죄를 대신하여 못 박힌 곳이다. 그것은 죄 사함, 구원, 생명 등을 상징한다.

예수 그리스도께서도 십자가의 중요성을 너무나 잘 인지하고 계셨다. 십자가에 달리시기 직전, 그리고 십자가 위에서 죽음을 맞이하시면서 하신 말씀을 통해 예수님의 심경과 뜻을 명확히 이해할 수 있다.

제구시에 예수께서 크게 소리 지르시니 엘리 엘리 라마 사박다니 하시니 이를 번역하면 '나의 하나님, 나의 하나님 어찌하여 나를 버리셨나이까'라는 뜻이라.(마가복음 15:34)

하나님은 자신의 둘도 없는 독생자 예수님을 버리셨다. 이 상황을 직면한 하나님은 어떠셨고 또 예수님은 어떠셨겠는가? 감히 상상할 수조차 없다. 무엇을 위해 그렇게 하셨을까? 우리를 죄 가운데서 구원하시기 위해 자신을 희생하신 것이다. 인류가 저지른 죄의 모든 책임을 스스로 지셨다. 진짜 사랑이 무엇인지를 보여주신 것이다.

이때 예수 그리스도께서 얼마나 고통스러운 상황이었을지 나의 상상이 거기에 미치지 못한다. 육체를 입고 이 땅에 오신 예수 그리스도께서는 하나님의 신성神性으로서 이것을 쉽게 감당하신 것이 아니라 우리와 똑같은 인간의 성정으로 이 모든 고통을 견뎌 내셨다.

이 고통을 두고 잠시나마 묵상하지 않을 수 없다. 남의 고통에 공감하지 못한다면 진정한 사랑은 엄두도 내지 못할 것이다. 십자가 사건을 하나의 이벤트로 생각하거나 무감각한 인식에 그친다면 우리의 믿음도 표면적인 것에 머물 수밖에 없다. 예수님의 모든 말씀과 하신 일에 대해 영적 감성을 사용해야 한다. 그렇지 않으면 회개도 감동도 감사도 하기 어려울 것이다.

예수께서 신 포도주를 받으신 후에 이르시되 다 이루었다 하시고 머리를 숙이니 영혼이 떠나가시니라.(요한복음 19:30)

예수 그리스도께서는 세상에서 가장 무서운 형벌인 십자가의 죽음을 통해 인류를 구원하셨다. 예수 그리스도의 은혜로 아담과 하와의 선악과 사건 이후 죄로 신음하던 인류는 죄인 신분에서 벗어날 수 있게 되었다. 하나님의 치밀한 계획과 예수 그리스도의 온전한 순종을 통해 한 치의 오차도 없이 다 이루신 것이다. "다 이루었다"는 말씀에 주목할 필요가 있다. 그 말씀은 우리가 하나라도 더하거나 빼서는 안 된다는 뜻이 담겨 있다. 하나님의 뜻과 완전히 일치하게 이루셨다는 의미이다.

따라서 예수 그리스도를 믿는다는 것은 십자가를 통해 예수님께서 하나님의 인류에 대한 원대한 구원 계획을 완성하셨다는 사실을 있는 그대로 순전하게 마음으로 받아들이는 것을 말한다. 그리고 그 믿음으로 더 이상 두려워하거나 슬퍼할 필요가 없다는 것이다. 그야말로 기뻐하고 감사하고 기도하며 살기만 하면 된다. 예수님을 믿으면 우리는 하나님의 자녀가 되는 것이며 하늘나라 백성이 된다. 그런 믿음으로 말미암아 우리 영혼이 자유와 평화를 누릴 수 있게 된다.

이런 사실을 믿음으로 받아들인다면 어떤 자세로 살아야 할까?

좀 더 하나님을 알아가고 싶고 하나님과 소통하고 싶다는 생각이 들어야 할 것이다. 단순히 숭배자로서의 하나님이 아니라 아버지로서의 하나님을 느끼고 싶어 할 것이다. 그러기 위해서는 우선 내가 하고 싶은 이야기를 할 수 있어야겠지만, 역으로 하나님의 말씀을 더욱 경청할 수 있어야 할 것이다.

그것이 가능하겠는가?

정답은 '가능하다'이다. 신앙의 본질은 숭배에 있는 것이 아니라 소통과 사귐에 있다. 하나님은 태초부터 지금까지 자신을 따르는 사람들과 더불어 동행하셨다. 단순히 함께 해주시는 것에 그치는 것이 아니라 그들을 지켜주셨고, 그들의 길을 안내하셨고, 그들에게 필요한 것을 채워주셨으며 사랑과 은혜로 이끌어주셨다.

하나님은 당신의 영광을 사람들에게 나누어주시며 함께 누리기를 기뻐하신다. 피조물인 사람을 당신의 형상을 닮게 창조하셨을 뿐 아니라, 당신의 친구로 대하셨고 당신의 자녀로 여기셨으며 때로는 당신의 백성으로 생각하셨다. 심지어 예수님은 자신을 신랑이라고 부르고 믿는 자들을 신부라고 부를 만큼 친근감 있게 비유하셨다. 하나님은 자신의 지혜와 평강, 그리고 기쁨 등을 우리가 함께 공유하기를 바라신다.

따라서 신앙은 하나님의 무한한 은혜에 대한 감사의 표현이어야 한다. 신앙은 하나님의 사랑을 닮고자 하는 의지의 표현이어야 한다. 신앙은 하나님의 지혜보다 더 귀한 것이 없다는 것을 고백하는 것이어야 한다. 신앙은 모든 만물이 하나님의 손안에 있다는 것을 깨닫고 절대적으로 순종하는 마음을 드리는 것이어야 한다.

이런 믿음의 토대 위에 하나님과 소통하고 교제할 수 있어야 한다. 그렇지 않으면 하나님은 세상을 심판하시는 무서운 분으로만 기억한다든가, 하나님은 한없이 관대한 분으로 한도 끝도 없이 용서만 해주시는 분이라든가, 하나님의 전지전능을 의심하는 일이 생기거나 자신의 지혜나 의지를 내세우게 되는 우를 범할 수 있다.

이렇게 되면 하나님 말씀과 자신의 믿음이 따로따로 작용하게 되어 하나님을 그저 나의 삶의 조력자 정도로 인식하고 하나님을 기복신앙의 대상으로 전락시키거나 일방적으로 숭배받기를 좋아하는 하나님으로 오해하게 만들 수 있다.

하나님은 우리의 상상을 초월하는 신성神性을 지니고 계시지만 누구보다도 인간을 사랑하시는 분이시다. 그만큼 인간을 이해하시고 계신다는 것을 의미한다. 하나님이 당신의 독생자 예수 그리스도에게 육신을 입히셔서 이 땅에 보내신 것은 그것을 완벽하게 증명하시기 위해서였고 또 실제로 다 이루셨다.

예수님은 철저하게 인간의 편이 되어주셨다. 그것을 증명하기 위해 실제로 인간으로 사셔야만 했다. 그분은 우리가 느끼는 약함, 역경. 슬픔, 외로움 등을 하나도 마다하지 않으시고 몸소 겪으

섰다. 베들레헴 마구간에서 태어나셨고 예수님을 오해한 당시 사람들로부터 온갖 수모를 겪어야 했다. 가장 가까운 곳에서 예수님을 지켜본 제자들로부터 배신감을 느껴야 했고 사탄의 유혹을 이겨내야 했으며 십자가의 고통을 감내하셔야 했다.

보통의 인간이라면 흔히 느끼는 자신의 유익과 타인의 유익 사이에서 갈등하고 번민할 것도 같은 데 예수님은 단 한 번도 그런 적이 없으셨다. 오로지 하나님의 뜻만을 염두에 두셨다. 병든 자를 고치셨고 배고픈 자를 먹이셨고 간음한 여자를 구하셨고 귀신 들린 자의 몸에서 귀신을 쫓아내셨고 유대인들이 차별하던 이방 여인과 살갑게 대화를 나누셨으며 유대 종교 지도자들과의 치열한 논쟁도 마다하지 않으셨다.

우리가 올바른 신앙생활을 하기 위해서는 필수적으로 하나님 존재에 대해 명확히 이해해야 하고 하나님과 자신과의 관계 설정을 제대로 할 필요가 있다. 성서에는 하나님과 우리의 관계에 대해 창조주와 피조물, 어버지와 자녀, 왕과 백성, 신랑과 신부 등으로 표현하고 있고 그 밖에도 동행자, 친구 등으로 관계를 묘사하고 있다. 또한 하나님과 예수와 성령이 한 분으로 삼위일체 하나님이신 것을 가르쳐주고 있다. 하나님은 우리의 창조주인 동시에 구세주가 되신다.

우리는 하나님과 자신의 올바른 관계 설정을 위해 스스로 몇 가지 질문을 해볼 필요가 있다. 가령, 하나님이 우주 만물은 물론이고 나 자신을 창조한 창조주이신 것을 믿고 있는가?

예수님은 하나님의 아들이시고 우리 죄를 대속하시기 위해 십자가에 달리셨고 죽은 지 사흘 만에 부활하셨으며 지금 하나님 우편에 앉아계신다는 것과 다시 이 땅에 오실 분으로 확신하고 있는가?

또 예수님이 하나님 아버지 곁으로 가시면서 우리를 외롭게 두시지 않도록 성령을 우리 마음 가운데 보내주시겠다고 약속한 사실과 실제 생활에서도 성령의 임재를 느끼며 그분의 도움을 받으면서 살고 있는가?

그리고 성서의 말씀을 온전히 믿으며 성령 안에서 말씀을 깨달으며 자라가고 있는가? 그리고 그 과정에서 오는 크고 작은 고난이나 기쁨 등을 체험할 때 변함없이 하나님의 은혜라고 생각하며 하나님을 신뢰하고 있는가?

만약 망설임 없이 '예'라고 대답할 수 있다면 하나님과 나의 관계 설정은 긍정적으로 작용할 수 있을 것이다. 사실 성서를 달달 외운다고 해서 하나님의 뜻을 잘 안다고 말할 수 없다. 또 교회에서 열심히 헌신한다고 해서 하나님의 뜻대로 잘 실천하며 산다고 단정 지을 수 없다. 왜냐하면 유대인들은 현대인들보다 훨씬 더 제사(예배)에 충실했고 성경(모세오경)에 대해 능통한 사람들도 적지 않았다. 그런데 그들은 예수님으로부터 "외식하는 자들"이라는 소리를 들으며 책망 받았었다.

그런 면에서 우리는 얼마나 은혜로운 시대에 살고 있는지 모른다. 마음만 먹으면 하나님 말씀을 누구나 접할 수 있어서 얼마든지 하나님에 대해 알아갈 수 있는 시대에 살고 있기 때문이다. 중요한 것은 말씀하시는 분의 의도와 듣는 자의 귀가 일치해야 그 뜻이 살아난다는 점이다. 그래야 말씀의 능력이 발휘된다. 그런데 말씀하시는 분의 뜻과 전혀 다르게 받아들인다면 말씀의 효력이 사라질 뿐 아니라 시너지 효과를 발휘할 수 없다.

마치 톱니바퀴처럼 서로 톱니가 맞물려야 바퀴가 돌아갈 수 있는 것처럼 합이 맞아야 동력이 생기는 것이다. 하나님은 혼자 일하실 능력이 없어서가 아니라 우리와 함께 일하시기를 기뻐하신다. 그래서 우리는 하나님 말씀의 뜻을 제대로 깨달아야 한다.

하나님은 백성이라는 큰 틀에서도 소통하시지만, 특별히 각 개인과의 소통을 기뻐하신다. 그리고 개인과의 소통에 있어서는 개인의 특수성에 따라 섬세하게 고려하신다.

성서에는 각 시대를 대표하는 믿음의 사람들이 있다. 그것을 믿음의 계보라고 일컫는다. 시대를 불문하고 하나님은 믿음의 사람들을 기억하고 사랑하신다. 그래서 이스라엘 백성을 대표하는 사람들을 향하여 자신을 아브라함의 하나님, 이삭의 하나님, 야곱의 하나님 등으로 기억하도록 하신다.

그뿐만 아니라 개인에게도 특별한 하나님이셨다. 삭개오의 하나님, 사르밧 과부의 하나님, 우물가 사마리아 여인의 하나님, 간음한 여자의 하나님 등으로 누구에게나 동일한 하나님인 동시에 각 개인에게는 특별한 하나님이셨다. 그래서 하나님은 나에게 어떤 분인지가 매우 중요하다. 나의 하나님에 대한 고백이 결국 자신이 생각하는 하나님의 정체성을 규정하기 때문이다. 그것이 결국 하나님과 나의 관계에 결정적으로 영향을 미치게 된다.

예수님에 대한 사도 베드로의 고백은 결국 그에게 있어서 예수님의 정체성이 되었다. 신앙고백이 중요한 이유는 누구나 그 고백 이상의 믿음이 생길 수 없기 때문이다. 그 고백은 결국 베드로 자신의 정체성이 되기도 하였다. 또 신앙고백은 하나님의 비밀을 더

끌어내는 데 있어서 큰 역할을 하게 된다. 예수님은 베드로의 고백을 들으시고 비로소 십자가의 계획과 의미에 대해 가르쳐주신다. 어떤 믿음을 갖느냐는 그래서 중요하다.

> 또 물으시되 너희는 나를 누구라 하느냐 베드로가 대답하여 이르되 주는 그리스도이다 하매 이에 자기의 일을 아무에게도 말하지 말라 경고하시고 인자가 많은 고난을 받고 장로들과 대제사장들과 서기관들에게 버린바 되어 죽임을 당하고 사흘 만에 살아나야 할 것을 비로소 가르치시되(마가복음 8:29~31)

물론 베드로의 고백이 완벽하게 하나님의 뜻을 이해했다고 단정할 수는 없다. 왜냐하면 예수님의 계획을 듣고 베드로는 예수님을 말리다가 심하게 꾸중을 들었을 뿐 아니라 나중에 예수님을 세 번이나 부인하게 된 것을 보면 우리 믿음의 연약함을 다시 한 번 생각하게 된다. 그래서 믿음은 우리 자랑이 아니고 하나님 선물이라는 것을 분명히 알 수 있다. 어쨌든 그렇게 고백한 베드로에게 예수님은 큰 선물을 주셨다.

> 또 내가 네게 이르노니 너는 베드로라 내가 이 반석 위에 내 교회를 세우리니 음부의 권세가 이기지 못하리라, 내가 천국 열쇠를 네게 주리니 네가 땅에서 무엇이든지 매면 하늘에서도 매일 것이요 네가 땅에서 무엇이든지 풀면 하늘에서도 풀리라 하시고(마태복음 16:18~19)

한편, 당시 예수님과 동행하지 않은 사람으로서 사도 된 바울은 예수님을 다메섹 도상에서 환상으로 만나기 전까지는 예수님을 믿는 자들을 핍박한 사람이었다. 그런데 환상으로 예수님을 만나 회심한 이후로는 어느 사도들보다 더 예수님 말씀에 순종하였으며 깨달은 말씀을 누구보다도 헌신적으로 가르치고 전했다. 그의 고백은 시시때때로 이루어졌으며 예수님에 대한 정체성은 물론이고 자신의 정체성을 누구보다도 겸손하게 제시하였다. 다음은 사도 바울이 동역자 디모데에게 보내는 서신에서 밝힌 자신의 신앙고백이다.

내가 전에는 비방자요 박해자요 폭행자였으나 도리어 긍휼을 입은 것은 내가 믿지 아니할 때에 알지 못하고 행하였음이라. 우리 주의 은혜가 그리스도 예수 안에 있는 믿음과 사랑과 함께 넘치도록 풍성하였도다. 미쁘다 모든 사람이 받을 만한 이 말이여 그리스도 예수께서 죄인을 구원하시려고 세상에 임하셨다 하였도다. 죄인 중에 내가 괴수라.(디모데전서 1:13~15)

나는 선한 싸움을 싸우고 나의 달려갈 길을 마치고 믿음을 지켰으니 이제 후로는 나를 위하여 의의 면류관이 예비되었으므로 주 곧 의로우신 재판장이 그날에 내게 주실 것이며 내게만 아니라 주의 나타나심을 사모하는 모든 자에게도니라.(디모데후서 4:7~8)

그렇다. 예수님을 어떤 분으로 인식하느냐는 우리 신앙생활 전반에 걸쳐 엄청나게 영향을 미친다. 예수님은 사도 베드로, 사도 바울을 통해 자신의 정체성에 대해 말하게 하신 것이다. 그들의 고백은 단순히 개인의 고백을 넘어 예수님이 우리에게 전하시고자 하는 메시지가 담겨 있음을 알 수 있다.

예수님 은혜로 우리는 믿음으로 말미암아 성령을 모시는 성전이 되었다. 따라서 신앙고백은 믿는 자 한 사람 한 사람이 교회라고 고백하는 것이므로 우리는 거기에 합당한 역할을 할 수 있어야 하고, 이웃들을 천국으로 안내하는 길잡이가 될 수 있어야 한다. 무엇보다도 믿는 자로서 예수님의 정체성을 잘 드러내야 할 것이다.

결국 베드로는 믿음의 반석 위에 세워진 교회의 상징이 되었고 바울은 유대인이나 헬라인을 구별하지 않고 이방지역에까지 복음을 전하는 전도자의 상징이 되었다. 그것의 시작은 그들의 예수님에 대한 신앙고백에서부터 시작된 것이다.

예수님이 우물가에서 만난 사마리아 여인과의 대화는 신앙과 예배의 본질에 대해 많은 것을 생각하게 한다.

우리 조상들은 이 산에서 예배하는데 당신들의 말은 예배할 곳이 예루살렘에만 있다 하더이다. 예수께서 이르시되 여자여 내 말을 믿으라 이 산에서도 말고 너희가 아버지께 예배할 때가 이르리라, 너희는 알지 못하는 것을 예배하고 우리는 아는 것을 예배하노니 이는 구원이 유대인에게서 남이라, 아버지께 참되게 예배하는 자들은 영과 진리로 예배할 때가 오나니 곧 이때라. 아버지께서는 자기에게 이렇게 예배하는 자를 찾으시느니라, 하나님은 영이시니 예배하는 자가 영과 진리로 예배할지니라.(요한복음 4:20~24)

예수께서 언급하신 "이 산에서도 말고 너희가 아버지께 예배할 때가 이르리라"는 말씀에 주목할 필요가 있다. 예배는 장소 문제가 아니라 아버지께 예배하는 것이 중요하다. 이는 특정 성전 안에서만 드리던 예배에서 벗어날 때가 온다는 것이고 예배 대상도 하나님 아버지가 아닌 우상숭배를 해서는 안 된다는 것을 지적하는 말이다.

그래서 결론적으로 "아버지께서는 자기에게 이렇게 예배하는 자를 찾으시니라"라고 말씀하셨고 "하나님은 영이시니 예배하는 자가 영과 진리로 예배할지니라"고 가르쳐 주신 것이다. 영은 성령을 말하고 진리는 예수님을 가리킨다. 사실 성령의 도움 없이는 예배 자체를 드릴 수 없다.

이와 같이 성령도 우리의 연약함을 도우시나니 우리는 마땅히 기도할 바를 알지 못하나 오직 성령이 말할 수 없는 탄식으로 우리를 위하여 친히 간구하시느니라. 마음을 살피시는 이가 성령의 생각을 아시나니 이는 성령이 하나님의 뜻대로 성도를 위하여 간구하심이니라. 우리가 알거니와 하나님을 사랑하는 자 곧 그 뜻대로 부르심을 입은 자들에게는 모든 것이 합력하여 선을 이루느니라. (로마서 8:26~28)

그리고 모든 예배는 예수님 이름으로 드리는 것만 하나님이 받으신다. 왜냐하면 예수 그리스도께서 십자가의 보혈로 우리의 주권을 사신 바 되었기 때문이다. 그래서 우리는 항상 예수님을 의지해야 한다.

예수께서 이르시되 내가 곧 길이요 진리요 생명이니 나로 말미암지 않고는 아버지께로 올 자가 없느니라. 너희가 나를 알았더라면 내 아버지도 알았으리라 이제부터는 너희가 그를 알았고 또 보았느니라.(요한복음 14:6~7)

예수님이 하나님 나라와 우리의 주권을 가지고 계신다는 것을 알 수 있고 무엇보다 예수님이 하나님 자신이라는 것을 분명히 밝히고 있다는 점이다.

내 이름으로 무엇이든지 내게 구하면 내가 행하리라.(요한복음 14:14)

물론 구약시대에는 구별된 장소라는 차원에서의 예배처가 매우 중요했다.

내가 곧 그들을 나의 성산으로 인도하여 기도하는 내 집에서 그들을 기쁘게 할 것이며 그들의 번제와 희생을 나의 제단에서 기꺼이 받게 되리니 이는 내 집은 만민이 기도하는 집이라 일컬음이 될 것임이라.(이사야 56:7)

구별된다는 것은 거룩함을 의미한다. 그런데 이제 거룩함의 실체이신 예수 그리스도와 성령이 함께 하신다는 것을 감안하면 장소는 전혀 문제가 되지 않는다. 우리에게 요구되는 것은 온전한 믿음이다. 예수님이 오셔서 우리 한 사람 한 사람이 교회가 될 수 있음을 말씀해주셨다. 그리고 하나님과 예수님, 그리고 하나님을 믿는 자들이 하나로 연결될 수 있음을 알려주셨다.

그날에는 내가 아버지 안에, 너희가 내 안에, 내가 너희 안에 있는 것을 너희가 알리라.(요한복음 14:20)

사도 바울의 가르침에서도 하나님을 믿는 자 한 사람 한 사람이 성전이라는 것을 알 수 있다.

너희는 너희가 하나님의 성전인 것과 하나님의 성령이 너희 안에 계시는 것을 알지 못하느냐.(고린도전서 3:16)

사도 베드로도 예수님의 은혜로 그분을 믿는 자들의 신분이 바뀌었음을 분명히 했다.

그러나 너희는 택하신 족속이요 왕 같은 제사장들이요 거룩한 나라요 그의 소유가 된 백성이니 이는 너희를 어두운 데서 불러내어 그의 기인한 빛에 들어가게 하신 이의 아름다운 덕을 선포하게 하려 하심이라. 너희가 전에는 백성이 아니더니 이제는 하나님의 백성이요 전에는 긍휼을 얻지 못하였더니 이제는 긍휼을 얻은 자니라.(베드로전서 2:9~10)

택하신 족속. 제사장, 거룩한 나라, 소유된 백성 등은 구약시대 이스라엘 백성에게나 사용되었던 표현들이다. 이스라엘 백성은 하나님의 선택된 백성으로서 하나님으로부터 먼저 된 자로서 소명을 받은 것이다. 애굽에서 탈출한 이스라엘 백성이 시내 광야에 도착했을 때 하나님께서 모세를 통해 선포하신 말씀이다.

세계가 다 내게 속하였으니 너희가 내 말을 잘 듣고 내 언약을 지키면 너희는 모든 민족 중에서 내 소유가 되겠고 너희가 내게 대하여 제사장 나라가 되며 거룩한 백성이 되리라. 너는 이 말을 이스라엘 자손에게 전할지니라.(출애굽기 19:5~6)

주권과 자유를 빼앗겼던 이스라엘 백성은 400년 넘게 애굽에서 노예생활을 했다. 이런 그들을 하나님께서 모세를 통해 자유를 찾아주신 것이다. 그들은 열방 가운데 유일하게 하나님으로부터 선택된 백성이었다. 이것은 오래전 그들의 조상인 아브라함과 이삭과 야곱에게 약속하셨던 것을 재확인한 것이며 하나님은 약속을 반드시 지키시는 분이시라는 것을 상기시키고 있다.

이렇게 하나님은 이스라엘 백성에게 특별한 은혜를 주셨고 또 그들을 축복의 통로로 사용하시겠다는 계획을 가지고 계셨다. 하나님께서 아브라함을 부르셨을 때 이같이 약속하셨다.

너를 축복하는 자에게는 내가 복을 내리고 너를 저주하는 자에게는 내가 저주하리니 땅의 모든 족속이 너로 말미암아 복을 얻을 것이라 하신지라.(창세기 12:3)

하나님으로부터 선택받았다는 것은 참으로 놀라운 축복이다.

이런 놀라운 축복이 하나님의 큰 계획과 예수 그리스도의 은혜로 말미암아 이방인들에게도 동등한 권리가 주어졌다는 점에 대해 가벼이 여겨서는 안 될 것이다.

너희가 전에는 백성이 아니더니 이제는 하나님의 백성이요 전에는 긍휼을 얻지 못하였더니 이제는 긍휼을 얻은 자니라.(베드로전서 2:10)

신앙생활을 하면서 중요하게 생각해야 할 것 가운데 하나는 이 놀라운 축복에 대해 깊이 묵상해야 한다는 점이다. 이에 대해 진심으로 기뻐하고 감사하는 마음을 가져야 한다. 우리를 위해 긍휼과 사랑으로 구원 계획을 입안하신 하나님, 그리고 우리에게 축복을 가져다주시기 위해 몸소 행하신 예수님을 생각해야 한다. 그것도 깊이 생각해야 한다.

아삽은 심판하시는 하나님을 묵상하면서 이 같은 시를 읊었다.

하나님을 잊어버린 너희여 이제 이를 생각하라. 그렇지 아니하면 내가 너희를 찢으리니 건질 자가 없으리라.(시편 50:22)

지혜의 왕 솔로몬은 때를 불문하고 항상 하나님을 떠올려 생각하라고 권면한다.

형통한 날에는 기뻐하고 곤고한 날에는 생각하라. 하나님이 이 두 가지를 병행하게 하사 사람으로 그 장래 일을 능히 헤아려 알

지 못하게 하셨느니라.(전도서 7:14)

히브리서 기자는 로마교회의 히브리인들에게 보낸 서신에서 우리가 지치고 낙심하지 않기 위해서는 한결같고 너그러우신 예수님을 생각하라고 가르친다.

너희가 피곤하여 낙심하지 않기 위하여 죄인들이 이같이 자기에게 거역한 일을 참으신 이를 생각하라.(히브리서 12:3)

사도 바울은 골로새서 교인들에게 보낸 서신에서 예수 그리스도의 은혜로 다시 살리심을 받았으면 이제 위의 것을 생각하라고 가르쳤다. 그러면서 예수 그리스도가 하나님 우편에 계신다는 것을 주지시킨다.

그러므로 너희가 그리스도와 함께 다시 살리심을 받았으면 위의 것을 찾으라 거기는 그리스도께서 하나님 우편에 앉아 계시느니라. 위의 것을 생각하고 땅의 것을 생각하지 말라.(골로새서 3:1~2)

히브리서 기자는 로마교회의 히브리인들에게 보낸 서신에서 예수님을 깊이 생각하라고 강조하고 있다.

그러므로 함께 하늘의 부르심을 받은 거룩한 형제들아 우리가 믿는 도리의 사도이시며 대제사장이신 예수를 깊이 생각하라.(히브리서 3:1)

이제 하나님 아버지를 바로 바라보고 생각하면서 온전한 관계를 설정해야 한다. 그러기 위해서는 주님이 우리를 아는 것 같이 우리도 주님에 대해 알아가야 할 것이다. 주님은 우리에게 어떤 분이신가? 주님은 우리의 머리털까지 세시는 분이시다.

> 참새 두 마리가 한 앗시리온에 팔리지 않느냐. 그러나 너희 아버지께서 허락하지 아니하시면 그 하나도 땅에 떨어지지 아니하리라. 너희에게는 머리털까지 다 세신 바 되었나니 두려워 말라 너희는 많은 참새보다 귀하니라.(마태복음 10:29~31)

하나님과 제대로 된 관계 설정만이 우리를 영생으로 이끌 수 있음을 깨달아야 한다. 올바른 관계를 형성하고 유지하기 위해서는 하나님과 예수님을 더욱 알아가는 데 힘써야 한다. 왜냐하면 그분에게 영생이 있기 때문이다.

> 영생은 곧 유일하신 참 하나님과 그의 보내신 자 예수 그리스도를 아는 것이니이다.(요한복음 17:3)

하나님과 예수님을 제대로 알아갈 때 비로소 지적으로나 영적으로 제대로 된 관계를 형성할 수 있다. 예수님에 대한 정보나 지식을 넓혀가는 것에 그치는 것이 아니라 나와의 특별한 관계, 인격적인 만남이 매우 중요하다. 제대로 된 관계 속에서 제대로 된 소통이 이루어질 수 있기 때문이다.

사도 바울은 독특한 방법으로 예수님을 만났다. 많은 제자들이 예수님의 부르심을 받고 직접 가르침을 받은 반면에, 바울은 간접적으로 예수님을 만났다. 그는 예수 믿는 자들을 탄압하기 위해 다메섹으로 가는 길에서 환상을 통해 예수님을 만났다. 그는 그 일을 통해 예수 믿는 자를 탄압하던 입장에서 180도로 변하여 누구보다도 열성적인 예수님의 제자가 되었다.

무엇이 그를 그렇게 만들었을까?

그는 예수님을 제대로 알고 깨달았다. 우리가 어떤 사물이나 사실에 대해 제대로 알지 못하면 오해할 수밖에 없다. 그리고 자신이 알고 있는 것이 정답인 것처럼 잘못을 저지르기 쉽다. 바울도 그런 사람이었다. 예수님에 대해 잘 몰랐고 그래서 오해했었다. 그가 환상을 통해 예수님을 만난 이후 실로 놀랄 만한 믿음의 소유자로 변했다. 그의 신앙고백 속에 그의 심경이 고스란히 녹아 있다.

그러나 무엇이든지 내게 유익하던 것을 내가 그리스도를 위하여 다 해로 여길뿐더러 또 모든 것을 해로 여김은 내 주 그리스도 예수를 아는 지식이 가장 고상하기 때문이라. 내가 그를 위하여 모든 것을 잃어버리고 배설물로 여김은 그리스도를 얻고 그 안에서 발견되려 함이니 내가 가진 의는 율법에서 난 것이 아니요 오직 그리스도를 믿음으로 말미암은 것이니 곧 믿음으로 하나님께로 난 의라.(빌립보서 3:7~9)

나는 사도 중에 가장 작은 자라. 나는 하나님의 교회를 박해하였으므로 사도라 칭함 받기를 감당하지 못할 자니라.(고린도전서 15:9)

모든 성도 중에 지극히 작은 자보다 더 작은 나에게 이 은혜를 주신 것은 측량할 수 없는 그리스도의 풍성함을 이방인에게 전하게 하시고 영원부터 만물을 창조하신 하나님 속에 감추었던 비밀의 경륜이 어떠한 것을 드러내게 하려 하심이라.(에베소서 3:8~9)

미쁘다 모든 사람이 받을 만한 이 말이여 그리스도 예수께서 죄인을 구원하시려고 세상에 임하셨다 하였도다. 죄인 중에 내가 괴수니라.(디모데전서 1:15)

우리가 하나님의 자녀가 되고 백성이 된다는 것은 영혼으로 소통하는 사이가 되었다는 것을 의미한다. 영혼을 사용한 사랑만이 진정한 사랑이다. 예수님이 그런 사랑을 몸소 보여주셨다.

히브리서 11장에는 믿음으로 하나님과 좋은 관계를 맺었던 선진들의 이름이 열거되어 있다. 아벨, 에녹, 노아, 아브라함, 이삭, 야곱, 요셉, 모세, 기생 라합 등이다. 이와 관련한 사람들을 모두 열거하기 위해서는 시간이 부족할 정도라고 말하고 있다. 그들은 어떤 어려운 상황에서도 하나님에 대한 믿음을 저버리지 않고 하나님과의 관계를 잘 유지하였다.

그들은 믿음으로 나라들을 이기기도 하며 의를 행하기도 하며 약속을 받기도 하며 사자들의 입을 막기도 하며 불의 세력을 멸하기도 하며 칼날을 피하기도 하며 연약한 가운데서 강하게 되기도 하며 전쟁에 용맹 되어 이방 사람들의 진을 물리치기도 하며 여자들은 자기의 죽은 자들을 부활로 받아들이기도 하며 또 어떤 이들은 더 좋은 부활을 얻고자 하여 심한 고문을 받되 구차히 풀려나기를 원하지 아니하였으며 또 어떤 이들은 조롱과 채찍질뿐 아니라 결박과 옥에 갇히는 시련도 받았으며 돌로 치는 것과 톱으로 켜는 것과 시험과 칼로 죽임을 당하고 양과 염소의 가죽을 입고 유리하여 궁핍과 환난과 학대를 받았으니 (히브리서 11:33~37)

그들은 환난이나 고난을 만날 때마다 믿음을 견고히 하며 마음 속으로 더욱 굳건히 다짐하였다.

믿음의 주요 또 온전하게 하시는 예수를 바라보자. 그는 그 앞에 있는 기쁨을 위하여 십자가를 참으사 부끄러움을 개의치 아니하시더니 하나님 보좌 우편에 앉으셨느니라.(히브리서 11:2)

그렇다. 좋은 관계를 위해서는 서로 바라보아야 한다. 예수님은 짝사랑하는 사람처럼 일방적으로 우리를 바라보셨다. 이제 우리도 예수님을 바라보아야 한다. 그래야 예수님의 사랑이 우리 안으로 들어올 수 있다. 우리는 살면서 의외로 예수님을 외면할 때가 많다. 세상일로 너무 바빠서 예수님께 눈길을 돌릴 시간이 없다. 우리에게 지금 필요한 것은 하나님 말씀을 묵상하고 주님을 바라보는 것이다. 주님을 제대로 알고 나면 참사랑이 무엇인지 알게 된다. 왜냐하면 주님은 사랑 그 자체이시기 때문이다. 하나님은 사랑을 설계하셨고 예수님은 사랑을 몸소 실천하셨다.

사랑하는 자들아 우리가 서로 사랑하자 사랑은 하나님께 속한 것이니 사랑하는 자마다 하나님으로부터 나서 하나님을 알고 사랑하지 아니하는 자는 하나님을 알지 못하나니 이는 하나님은 사랑이심이라. 하나님의 사랑이 우리에게 이렇게 나타난바 되었으니 하나님이 자기의 독생자를 세상에 보내심은 그로 말미암아 우리를 살리려 하심이라.(요한일서 4:7~9)

우리는 변덕이 심해서 사랑했다 안 했다를 반복하며 서툰 사랑을 이어가지만, 하나님 사랑은 그렇지 않다. 우리를 향한 하나님 사랑은 한결같으시다. 예수님은 우리가 믿고 따르기만 하면 영원히 함께하시겠다고 약속하셨다. 이 얼마나 은혜롭고 영광스러운 일인가!

내가 너희에게 분부한 모든 것을 가르쳐 지키게 하라. 볼지어다 내가 세상 끝날까지 너희와 항상 함께 있으리라 하시니라.(마태복음 28:20)

세상이 이처럼 어려운 것은 관계가 엉망이 되었기 때문이다. 서로 신뢰하지 못하고 사랑하지 않기 때문이다. 하나님을 바라보지 않기 때문이다. 창조주로서 하나님의 뜻과 창조 질서에 대해 제대로 알려고 하지 않았기 때문이다. 태초에 에덴동산에서 아담과 하와도 그랬고, 바벨탑을 쌓아 하나님께 대적했던 사람들도 그랬고, 세상일에 분주하여 하나님을 바라보지 않았던 소돔과 고모라, 노아시대 사람들도 마찬가지였다.

우리 지혜대로 세상을 살기에는 우리가 세상에 대해 너무 모른다. 세상은 날마다 새로운 지식으로 넘쳐난다. 하지만 그것들은 하나님의 지혜에 비하면 아무것도 아니다. 우리가 세상에서 평화롭고 자유롭게 살려면 창조주이신 하나님의 도움이 필수적이다. 그분만이 우리 삶을 온전하게 하실 수 있기 때문이다.

그러나 인간은 그렇지 못했다. 세상이 잘 흘러간다 싶으면 바로 교만에 빠져 하나님을 멀리하였다. 지금 과학기술이 첨단을 달리고 있고 경제적으로 그 어느 때보다도 풍요를 누리고 있다. 그런데 세상 사람들은 그다지 행복해 보이지 않는다.

그 이유는 무엇일까?

하나님과 동행하지 않기 때문이다.

> 사람이 마음으로 자기의 길을 계획할지라도 그의 걸음을 인도하시는 이는 여호와시니라. (잠언 16:9)

사도 바울도 자신의 열성이나 지혜를 보면 교만해질 만도 한데 그는 전혀 그렇지 않았다. 그는 자신의 공로도 하나님이 관여하시지 않으면 아무것도 아니라고 고백했다. 내 삶에서 하나님이 일하시게 하려면 이런 믿음이 필요하다. 내가 나무를 심고 물을 주었다고 해서 모든 나무가 저절로 잘 자라는 것이 아니다. 내가 한 것처럼 보여도 다 하나님이 하신 것이라는 사실을 잊어서는 안 된다.

> 나는 심었고 아볼로는 물을 주었으되 오직 하나님께서 자라게 하셨으니 그런즉 심는 이나 물 주는 이는 아무것도 아니로되 오직 자라게 하시는 이는 하나님뿐이니라. (고린도전서 3:6~7)

살면서 우리가 하나님과 동행한다는 것은 하나님 말씀과 동행하는 것을 말하고 그것은 성령과 동행함을 의미한다.

주의 말씀은 내 발에 등이요 내 길에 빛이니이다.(시편 109:105)

우리가 해야 할 것은 하나님 우편에 앉아 계신 예수님을 바라보는 것이다. 그래서 그분의 뜻에 따라 살고자 그분을 향해 발걸음을 옮기는 것이다. 그분의 뜻에 따라 산다는 것은 무엇을 말하는가?

하나님은 태초부터 우리에 대해 예정하셨는데 그것은 우리를 당신의 자녀 삼는 일이다. 그것을 자신의 독생자 예수 그리스도를 통해 그 일을 수행하게 하신 것이다. 그래서 하나님(성부)이 우리의 주권을 예수님(성자)께 맡기신 것이다. 이 사실을 믿고 따르는 것이 하나님의 뜻이다.

하나님이 미리 아신 자들을 또한 그 아들의 형상을 본받게 하기 위하여 미리 정하셨으니 이는 그로 많은 형제 중에서 맏아들이 되게 하려 하심이니라, 또 미리 정하신 그들을 또한 부르시고 부르신 그들을 또한 의롭다 하시고 의롭다 하신 그들을 영화롭게 하셨느니라.(로마서 8:29~31)

따라서 하나님의 은혜 가운데 예수 그리스도를 믿고 구원받은 자들은 더 이상 세상에 속한 자들이 아니고 하나님 나라에 속한 자로서 하나님의 자녀 혹은 상속자의 신분이 된다. 그런 의미에서 우리는 항상 기뻐하고 기도하고 감사하며 살아야 한다.

하나님의 뜻을 깨닫는 것은 매우 중요하다. 그렇지 않으면 하나님의 뜻과는 전혀 다른 길로 갈 수 있기 때문이다. 하나님의 뜻은 우리가 자신의 달라진 신분을 깨닫고 자기 삶을 윤택하게 사는 것이다. 요컨대 영혼이 즐거워하는 삶을 사는 것이다. 그리고 하나님을 사랑하고, 자신을 사랑하는 것이다. 아울러 그 사랑을 이웃과 함께 나누는 것이다.

예수께서 이르시되 네 마음을 다하고 목숨을 다하고 뜻을 다하여 주 너의 하나님을 사랑하라 하셨으니 이것이 첫째 되는 계명이요. 둘째도 그와 같으니 네 이웃을 네 자신 같이 사랑하라 하셨으니 이 두 계명이 온 율법과 선지자의 강령이니라. (마태복음 22:37~40)

우리는 살면서 많은 선택을 요구받는다. 그럴 때마다 대부분 당장의 유익을 따져가며 선택할 때가 많다. 그것은 여전히 육체적인 안목으로 판단하는 경우가 많다는 것을 의미한다. 성서는 우리에게 먹고 마시는 것, 시집가고 장가가는 것, 부귀영화를 누리는 것보다 더 중요한 것이 있다고 가르쳐주고 있다. 그 중요한 것을 알고 그것을 추구하게 되면 나머지 것들은 부수적으로 다 따라온다는 것이다. 그것을 믿는 것이 중요하다.

그런즉 너희는 먼저 그의 나라와 의를 구하라. 그리하면 이 모든 것을 너희에게 더하시리라. (마태복음 6:33)

왜, 그의 나라와 의를 먼저 구하라고 하셨을까?

하나님 나라는 먹고 마시는 육체적 호사에 있는 것이 아니라 영혼의 평안에 있다는 것을 의미한다. 사도 바울은 성령 안에서 우리 영혼이 의를 사랑하고 평강과 희락을 누리는 것이 중요하다고 가르쳤다. 왜냐하면 하나님 나라가 곧 그런 곳이기 때문이다.

하나님의 나라는 먹고 마시는 것이 아니요 오직 성령 안에 있는 의와 평강과 희락이라. 이로써 그리스도를 섬기는 자는 하나님을 기쁘시게 하며 사람에게도 칭찬을 받느니라. (로마서 14:17~18)

따라서 우리는 세상에 사는 동안 지나치게 생물학적 삶에 초점을 맞추거나 물질적 풍요 또는 신분의 위상에 집착하기보다는 우리 영혼이 성령 안에서 쉼을 얻고 평강을 누릴 수 있는지에 더욱 관심을 기울일 필요가 있다. 궁극적으로 영원한 생명이 거하는 하나님 나라를 지향하는 삶을 살아야 할 것이다.

04

존재하는 것과 행하는 것

만약 우리 삶을
요란스럽고 세속적인 것들로 잔뜩 채워 행복해지려 한다면
영혼의 샘물은 점점 더 고갈될 것이다.
마치 우리 삶을 영위하는 데 있어서
영혼을 사용하지 않고 감각으로 대체하려는 것과 다를 바 없다.

존재하는 것과 행하는 것은 어떤 관계일까?

이 둘은 서로를 설명하는 데 있어서 불가분의 관계라는 측면에서 동전의 양면과 같은 속성이 있다. 존재를 설명하는 데 있어서 행동이 필요하고 행동의 근거가 존재이기 때문이다.

토마스 머튼은 그의 저서 《존재하는 것과 행하는 것》에서 다음과 같이 설명하고 있다. "우리를 따뜻하게 해주는 것은 불이지 불에서 나오는 연기가 아니다. 우리로 하여금 바다를 건너게 하는 것은 배이지 배가 지나가는 자국이 아니다. 그와 마찬가지로 우리 참모습은 우리 자신의 행위에 대한 외적 성찰에서 찾을 것이 아니다. 우리의 진정한 자아는 우리 존재의 충격에 의해 생겨난 거품에서가 아니라 우리 모든 행위들의 본원인 우리 자신의 영혼에서

찾아야만 한다."*

그래서 나를 발견하는 것 자체도 너무나 어려운 일처럼 느껴진다. 자신의 것이라고는 하지만 자신의 영혼을 본 사람은 없을 것이기 때문이다. 자기가 매일 거울로 보고 있는 것은 어쩌면 진정한 자기가 아니라 자신의 그림자 같은 것일지 모른다. 그림자를 보고 그 그림자의 주인을 알아가는 것은 여간 어려운 일이 아니다. 더욱이 멈춰 있는 그림자만으로 그 사람을 알아가는 것은 훨씬 힘들다. 다만 여러 가지 움직이는 모습을 보면서 조금씩 유추해갈 뿐이다.

언젠가 TV 프로그램에서 가려진 천 뒤에 서 있는 사람을 실루엣만 보고 맞추는 게임을 하는 장면을 본 적이 있다. 개성이 강한 사람일수록 대중들에게 쉽게 노출되는 경향이 있으나 평소 하던 행동을 재연하는 것만으로 그 사람이 누군지 맞추는 것은 쉽지 않다. 그리고 진행자와 상대방 패널들은 좀 더 많은 힌트를 주거나 오히려 방해되는 멘트를 날리며 혼란을 가중시킨다. 그 결과 의외의 인물이 등장하는 경우가 종종 있다.

이처럼 그 사람이 누군지 알고 싶을 때는 말이나 행동을 통해 알아가는 수밖에 없다. 그러나 그것은 일시적이거나 피상적인 것들에 불과하다. 그 사람을 안다는 것은 그 사람의 영혼을 어느 정도 이해할 수 있어야 한다. 영혼이 소통하는 관계라면 최고의 관계를 상징한다. 흔히 그런 관계를 소울 메이트Soul mate라고 부른다. 서로 영혼으로 교감이 이루어지고 있음을 의미한다.

우리가 누군가와 오랫동안 사귀게 되면 상대방의 말과 행동이

* 　토마스 머튼 저 · 위미숙 역, 존재하는 것과 행하는 것, p.49, 자유문학사

자신의 뇌리 속에 축적되게 된다. 그것은 상대방의 영혼을 이해하는데 좋은 정보로 작용한다. 이런 말과 행동에 근거하여 서로를 조금씩 알아간다. 그래서 말이나 행동이 없는 영혼은 죽은 것이나 마찬가지다. 영혼이 있는 사람은 말하고 행동한다. 그것이 살아 있다는 증거다. 그렇다고 영혼을 헤아리는 방법이 말과 행동에 국한되는 것은 아니다.

토마스 머튼은 말과 행동에서만 영혼을 찾는 것은 "따뜻한 자기 집을 놔두고 집 앞의 길가에서 잠자는 것과 같다"*고 했다. 사람들이 자기 자신이 되는 것에 만족하지 않고 자기 자신을 보고 싶어 하는 이유는 진정으로 자신의 영혼이 존재하는 것을 의식하지 못하거나 찾으려 하지 않기 때문이다. 그것이 타인의 영혼에 대해 대수롭지 않게 생각하는 이유일 것이다.

그렇다면 어떻게 영혼을 인식하며 살 수 있을까?

그리고 어떻게 영혼에 대한 이야기를 나누며 살아갈 수 있을까?

우리를 창조하신 하나님을 알지 못하고서는 한 걸음도 나아갈 수 없다. 태초에 하나님이 우주 만물을 창조하시고 사람을 지으셨다는 사실은 성서 창세기에 기록되어 있다. 그것을 부인하게 되면 모든 성서는 한낱 옛날이야기에 불과하다. 더 중요한 것은 성서 말씀을 부인하게 되면 영혼이라는 존재에 대해 알 길이 없다.

고대부터 많은 철학자들이 영혼에 대해 연구하고 분석하는 노력을 해왔지만 모두 시원스러운 해답을 내놓지는 못했다. 여전히 논쟁 중에 있다는 것이 그 증거이다. 하나님을 믿는다고 하면서도

---

* 전게서, p.50

자신의 영혼에 대해 관심이 없고 영혼을 사모하지 않는다면 그것은 하나님을 믿지 않은 사람들과 크게 다를 바 없다.

어떤 의미에서든 믿음이 없다는 것은 곧 영혼이 존재한다는 사실에 대한 감각의 완전한 상실을 의미한다. 존재라는 말속에는 하나님의 존재와 자신의 존재, 이 둘이 자연스럽게 연결되어 있다. 그 연결고리가 바로 영혼이다. 하나님을 믿지 않는 것은 영혼을 믿지 않는 것이다. 영혼을 믿지 않는 사람들의 특징은 학문이나 기술, 눈에 보이는 것들에 의한 정보에 지나치게 의존한다는 점이다. 사실 그런 정보들 속에는 그럴듯해 보이지만 적지 않은 거짓 정보들이 섞여 있다.

우리가 영혼을 발견하기 위해서는 눈에 보이는 정보들에서 잠시 눈을 떼야 한다. 우리가 매일 보는 거울 속에서는 자신의 영혼을 볼 수 없다. 또 우리가 가진 하찮은 정보들로는 하나님의 존재를 깨닫지 못한다. 그런 의미에서 하나님을 믿는 것도 마찬가지다. 그분의 존재는 그분의 뜻 속에 녹아 있다. 다행히 그분의 뜻은 말씀으로 남겨져 있다. 그것이 성서^{Bible}다.

사실 자신이 누구인지 알고 싶지 않은 사람은 거의 없을 것이다. 그것의 실체는 단순한 육체가 아니라 영혼이라는 것은 두말할 필요 없다. 철학의 최대 명제도 곧 자신이 누구인지를 아는 것에서부터 시작한다. 소크라테스도 무엇보다 "너 자신을 알라"고 하지 않았던가. 또 수행하는 이들도 명상하는 이들도 영혼을 발견하기 위해 그토록 고행을 마다하지 않았다. 여전히 논쟁이 진행되고 있는 것은 사실이지만, 영혼의 가치에 대해서는 누구라고 할 것 없이 공감대를 형성하고 있다고 보아도 될 것이다.

그렇다면 우리가 어떻게 자신의 영혼과 소통할 수 있는지가 관건이다. 자신의 영혼을 소홀히 여기게 되면 모든 것을 밖에서만 찾으려 한다. 그렇게 간절하게 추구하는 행복도, 삶의 목표도 그것이 부질없다고 느껴지기 전까지 영혼은 그대로 방치될 것이다. 왜냐하면 자기 자신을 이롭게 하는 방법을 알지 못하기 때문이다. 능력도 노력도 소유물도 제대로 영혼과 소통이 이루어진 상태에서만 의미를 갖게 된다.

요즘 '영끌'이라는 단어를 심심찮게 사용한다. '영혼을 끌어들인다'의 줄임말이다. 그런데 흥미로운 것은 주로 돈과 연관된 곳에 사용한다는 점이다. 주로 주식이나 주택을 구입할 때 사용하고 있다. 말하자면 있는 돈 없는 돈 다 끌어들이다 못해 영혼까지 투입하는 것이다. 영혼이 소비재로 전락하고 있는 실정이다. 얼마나 절실하면 영혼을 끌어들이면서까지 거기에 올인하겠는가. 어느 정도 이해할 수 있지만 영혼이라는 말을 이런 곳에 사용하는 것이 적절한지에 대해서는 좀 따져봐야 할 것 같다.

이 표현에는 두 가지 의미를 내포하고 있는 것 같다. 하나는 영혼이라는 마지막 카드까지 사용해서라도 자기가 갖고 싶은 것을 소유하겠다는 의지를 반영하고 있다. 또 하나는 영혼이라는 것을 마치 소모품처럼 인식하고 있다는 점이다. 이것은 영혼의 중요성을 망각한 심각한 오해에서 비롯된 표현이라는 것을 알 수 있다. 말하자면 영혼을 팔아서라도 현실적 행복을 사고 싶다는 간절함이 담겨 있다는 점에서 얼마나 세속적인 생각인지 그저 안타까울 따름이다.

좀 더 쉽게 말하자면 이런 표현을 사용하는 사람들은 부와 명예,

권력 등에 자기 삶을 걸겠다는 것이다. 이런 눈에 보이는 것들에서 자아를 발견하고 행복을 찾을 수 있었다면 철학이라는 학문은 이미 사라졌을 것이며 종교도 자취를 감추었을 것이다. 하지만 현실은 그렇지 않다. 사람들이 그런 곳에 눈을 돌리면 돌릴수록 혼란, 자괴감, 공허함 등은 더해만 갈 것이다.

우리가 영혼의 존재를 인식하고 그 안에서 평화와 자유, 행복을 느끼기 위해서는 노력이나 소유, 결과물 등으로부터 자유로워야 한다. 그렇다면 누가 무엇이 우리를 자유롭게 할 것인가?

진리를 알지니 진리가 너희를 자유롭게 하리라.(요한복음 8:32)

진리는 누구인가? 혹은 무엇인가?

한마디로 말하면 하나님이고 예수 그리스도이다. 그리고 하나님 말씀이다. 진리를 이해하려면 성부, 성자, 성령이 한 분이라는 사실을 이해해야 한다. 그리고 하나님의 말씀에 대해 깊은 이해가 있어야 한다.

예수께서 이르시되 내가 곧 길이요 진리요 생명이니 나로 말미암지 않고는 아버지께로 올 자가 없느니라. 너희가 나를 알았더라면 내 아버지도 알았으리로다 이제부터는 너희가 그를 알았고 또 보았느니라.(요한복음 14:6)

예수 그리스도와 하나님이 동일한 분이심을 알려주는 예수님의 말씀이다. 성서는 예수님에 관한 이야기다. 구약은 예수님의 오실 것을 예언한 내용이고 신약은 예수님이 성육신으로 오셔서 직접 사람들 속에서 가르치고 십자가에서 자신이 하나님임을 입증하신 내용이다. 그리고 하늘로 올라가시기 전에 우리에게 약속하셨다. 자신의 역할을 성령이 오셔서 하시게 될 것이라고 말씀하셨다.

그러나 진리의 성령이 오시면 그가 너희를 모든 진리 가운데로 인도하시리니 그가 스스로 말하지 않고 오직 들은 것을 말하며 장래 일을 너희에게 알리시리라. 그가 내 영광을 나타내리니 내 것을 가지고 너희에게 알리시겠음이라.(요한복음 16:13~14)

또 하나님 말씀은 성부, 성자, 성령께서 공히 역사하시는 능력이자 지혜이다. 그리고 말씀은 하나님의 정체성이다. 말씀을 통해 우리와 소통하시고 자신의 뜻을 나타내신다.

태초에 말씀이 계시니라 이 말씀이 곧 하나님과 함께 계셨으니 이 말씀은 곧 하나님이시니라 그가 태초에 하나님과 함께 계셨고 만물이 그로 말미암아 지은 바 되었으니 지은 것이 하나도 그가 없이 된 것이 없느니라. 그 안에 생명이 있었으니 이 생명은 사람들의 빛이라.(요한복음 1:1~4)

모든 만물은 이 말씀으로 창조되었으며 모든 약속도 말씀으로 이루어졌으며 세상의 끝도 말씀으로 예언되었다.

예수 그리스도의 계시라 이는 하나님이 그에게 주사 반드시 속히 일어날 일들을 그 종들에게 보이시려고 그의 천사를 그 종 요한에게 보내어 알게 하신 것이라. 요한은 하나님의 말씀과 예수 그리스도의 증거 곧 자기가 본 것을 다 증언하였느니라. 이 예언의 말씀을 읽는 자와 듣는 자와 그 가운데에 기록한 것을 지키는 자는 복이 있나니 때가 가까움이라.(요한계시록 1:1~3)

하나님 말씀은 생명이다. 그것의 일부가 우리 영혼이다. 그렇다면 영혼이 실재하는 삶이란 무엇일까? 매사에 하나님을 인정하는 것이다. 그리고 하나님의 선한 뜻을 실천하는 것이고 하나님의 이름을 영화롭게 하는 것이다.

그러나 내가 그들이 거주하는 이방인의 눈앞에서 그들에게 나타나 그들을 애굽 땅에서 인도하여 내었으니 이는 내 이름을 위함이라. 내 이름을 그 이방인의 눈앞에서 더럽히지 아니하려고 행하였음이라.(에스겔 20:9)

그런즉 너희가 먹든지 마시든지 무엇을 하든지 다 하나님의 영광을 위하여 하라.(고린도전서 10:31)

영혼을 실재화하는 방법으로는 우리 생각이 눈에 보이는 것에 국한하지 않을 것, 즉각적인 자기 유익을 구하지 않을 것, 자기애에 빠지지 않는 것, 알 수 없는 것들에 대해 자신의 안목으로 판단하지 않을 것 등을 들 수 있다.
우리가 진정으로 자유로워지기 위해서는 우리가 알고 있는 자신, 요컨대 자기애로부터 벗어나는 것에서부터 시작된다. 그래야 자신의 원자아原自我에 주목하게 될 것이고 그 원자아의 주인이신 하나님과 소통할 수 있게 된다. 오직 하나님의 지혜에 의존하는 것만이 영혼을 현재화하는 길이다.

좀 더 구체적으로 말하면 내게 주어진 자유의지를 내가 하고 싶은 것에 국한하여 사용하는 것이 아니라 우리 영혼의 주인이신 창조주 하나님의 뜻에 따라 살게 된다. 우리가 유일하게 자유로워질 수 있는 길은 진리 안에 있을 때다. 자신의 영역을 확대하기 위하여 밖으로만 확장하는 것이 좋은 방법은 아니다. 하나님의 진리 안에 있지 않고 자신의 안목과 정욕에 뿌리를 두고 사는 한 자신의 안과 밖 어느 곳에서도 자유로울 수 없다.

그런 점에서 진리 안에 있다는 것은 진리 관점에서 사고하고 행동하는 것을 의미한다. 진리 안에서 산다는 것은 어떤 혁명보다 어떤 발명보다 위대하다. 우리가 생각하는 세속적 위대성이라는 것은 자신을 우쭐하게 만들어주기 때문에 과도하게 집착하게 되면 진리에서 벗어날 우려가 있고 그것을 신화처럼 떠받들며 살기 쉽다. 그래서 우리는 세상의 허탄한 신화에 빠지지 않도록 주의해야 한다.

> 망령되고 허탄한 신화를 버리고 경건에 이르도록 네 자신을 연단하라. 육체의 연단은 약간의 유익이 있으나 경건은 범사에 유익하니 금생과 내생에 약속이 있느니라.(디모데전서 4:7)

진리 안에 속한다는 것은 경건한 삶을 산다는 것을 뜻한다. 다만, 우리 스스로 경건해질 수 없다는 것이 문제이다. 그래서 항상 진리 안에 있는지 아닌지 살펴야 한다. 진리 안에 거한다는 것은 의식 속에 생각을 가두어 두는 것이 아니라 행동으로 나타내야 한다. 경건해진다는 것은 어떤 의미에서 자기애는 작게 하고 원초적 자아를 확장하는 것을 의미한다.

행동은 살아 있다는 것을 나타내는 것이며 행동으로 표현되는 생명은 내적인 질서정연함을 유지하면서 자신을 강화할 때 가장 안전하다. 내적인 질서를 유지하기 위해 꼭 필요한 것이 믿음이다. 믿음을 갖기 위해서 반드시 많은 경험이 필요한 것은 아니다. 오히려 경험이 필요 없는 순수, 요컨대 보이지 않는 것을 믿을 수 있는 용기와 지혜가 요구된다.

어떤 사람이 전시회에서 멋진 그림을 감상하느라 잠시 자신을 잃어버렸다고 하자. 그 순간만큼 그 사람은 순수한 원자아 속으로 돌아가 있었다고 볼 수 있다. 그 사람은 시간을 헛되게 낭비한 게 아니라 오히려 시간을 유익하게 사용한 것이다. 예술 영역뿐 아니라 대인관계에서도 그 같은 것을 경험할 수 있다. 영혼을 사용하여 대화하거나 행동하는 사람들을 보면 흠뻑 빠져드는 경우가 있다. 그런 경험을 통하여 자기 안에 있는 존재의 새로운 깊이를 인식하게 될 것이며 앞으로의 삶이 질적으로 훨씬 나아질 것이다.

한번은 예수님이 길을 가다가 마리아와 마르다라는 자매의 집에 초대받은 적이 있었다. 그런데 예수님을 대하는 두 자매의 자세는 사뭇 달랐다. 마르다는 예수님과 일행을 대접하기 위해 음식을 부지런히 준비했고 마리아는 평생 다시 볼 수 있을지 어쩔지 모르는 일이라 예수님과 조금이라도 함께 있고 싶어 했다. 어쨌든 두 자매는 자신의 마음 가는 대로 몸을 움직였다. 여기서 우리가 주목해야 할 핵심적인 메시지는 무엇이 중요하고 무엇이 부수적인지를 깨닫는 것이다.

그들이 길 갈 때에 예수께서 한 마을을 들어가시매 마르다라 이름하는 한 여자가 자기 집으로 영접하더라. 그에게 마리아라 하는 동생이 있어 주의 발치에 앉아 그 말씀을 듣더니 마르다는 준비하는 일이 너무 많아 마음이 분주한지라 예수께 나아와 이르되 주여 내 동생이 나 혼자 일하게 두는 것을 생각지 아니하시나이까 저를 명하사 나를 도와주라 하소서. 주께서 대답하여 이르시되 마르다야 마르다야 네가 많은 일로 염려하고 근심하나 몇 가지만 하든지 혹 한 가지만이라도 족하니라 마리아는 이 좋은 편을 택하였으니 빼앗기지 아니하리라 하시니라.(누가복음 10:38~42)

우리 육체는 많은 욕망으로 가득 차 있다. 그래서 우리 안목이 늘 정확한 것은 아니다. 아무런 자극 없이 살아온 대로 살아간다면 욕망이라는 전차가 폭주하여 자신을 파멸의 길로 인도할 것이다. 바르지 않은 생각, 사사로운 경험 등은 우리 삶을 더욱 건조하게 하고 피폐하게 이끌어갈 뿐이다. 좀 더 본질적으로 말하자면 영혼에 아무런 유익이 되지 못할 것이다.

그런 점에서 진리 안에 있지 않은 어떤 것도 실재하지 않는 것과 다를 바 없다. 실재하지 못한다는 것은 존재의 의미대로 있지 않다는 것을 말한다. 실재하지 않는 사람은 공허해지고 불행하다고 느낄 것이며 죄의식만 더 커질 뿐이다.

사도 바울은 고린도 교회와 교인들에게 보낸 편지에서 예수 그리스도라는 터 위에 세우는 것만 공적으로 남는다고 가르쳤다.

이 닦아 둔 것 외에 능히 다른 터를 닦아 둘 자가 없으니 이 터는 곧 예수 그리스도라 만일 누구든지 금이나 은이나 보석이나 나무나 풀이나 짚으로 이 터 위에 세우면 각 사람의 공적이 나타날 터인데 그날이 공적을 밝히리니 이는 불로 나타내고 그 불이 각 사람의 공적이 어떠한 것을 시험할 것임이라. 만일 누구든지 그 위에 세운 공적이 그대로 있으면 상을 받고 누구든지 그 공적이 불타면 해를 받으리니 그러나 자신은 구원을 받되 불 가운데서 받는 것 같으리라.(고린도전서 3:11~15)

그리고 예수 그리스도라는 터 위에 세워진 한 사람 한 사람이 성전이라고 가르치고 있다. 그리고 그 성전에는 하나님의 성령이 거하신다고 가르치고 있다.

너희는 너희가 하나님의 성전인 것과 하나님의 성령이 너희 안에 계시는 것을 알지 못하느냐 누구든지 하나님의 성전을 더럽히면 하나님이 그 사람을 멸하시리라 하나님의 성전은 거룩하니 너희도 그러하니라.(고린도전서 3:16~17)

위의 말씀은 무엇을 의미하는가?
바울은 앞선 고린도전서에서 다음과 같이 말했다.

우리는 하나님의 동역자들이요 너희는 하나님의 밭이요 하나님의 집이니라.(고린도전서 3:9)

너희는 하나님의 집이라고 했다. 이 서신의 다른 부분(고린도전서 6:13~20)을 보면 고린도 교회의 거짓 선생들은 스스로 그릇된 생활을 했을 뿐 아니라 방탕한 교리를 가르친 것 같다

너희 몸은 너희가 하나님께로 받은바 너희 가운데 계신 성령의 전인 줄을 알지 못하느냐 너희는 너희 것이 아니라. 값으로 산 것이 되었으니 그런즉 너희 몸으로 하나님께 영광을 돌리라.(고린도전서 6:19~20)

성전은 생활공간이 아니다. 특별히 예배를 드리는 공간이라는 점을 감안하면 이제 우리 삶이 예배로 바뀌어야 함을 가르치고 있다. 요컨대 구별된 삶이 요구되는 것이다. 무엇보다 가난한 심령이 되어 성령이 가르치시는 말씀에 귀를 기울여야 할 것이다. 사도 바울은 말씀을 이어간다. '자신을 속이지 말라'고 가르친다.

아무도 자신을 속이지 말라. 너희 중에 누구든지 이 세상에서 지혜 있는 줄로 생각하거든 어리석은 자가 되라 그리하여야 지혜로운 자가 되리라.(고린도전서 3:18)

요컨대 복음의 단순성에 대해 말하고 있고 아울러 진리에서 떠나지 말라는 뜻이 담겨 있다. 인간의 지혜나 세상 정보를 높이 평

가하면 속아 넘어가기 쉽다. 자기 경험이나 지식을 의지해서는 안 된다는 것을 가르치고 있다. 자기 지혜를 버린다는 것은 자기애 편향의 욕망에서 떠나는 것을 의미한다. 자기 지혜를 버리고 하나님의 진리를 따르는 자만이 진리와 함께 할 수 있는 지혜를 얻게 되는 것이다. "이 세상에서 지혜 있는 줄로 생각하면 어리석은 자가 되라. 그리하여야 지혜로운 자가 되리라"는 말씀을 깊이 묵상할 필요가 있다.

우리 자신의 완전한 실재를 느끼기 위해서는 지금 취하고 있는 방식을 내려놓아야 한다. 그것은 자칫 모래 위에 세우는 건물이 될 수 있다. 적은 비에도 무너져 떠내려가 버릴 수 있다.

사실 열심히 사는 것이 무슨 죄냐? 많은 경험을 하는 것이 무슨 잘못이냐? 고 반문할 수 있을 것이다. 그런 사람들은 아무것도 하지 말고 그저 멈추라는 얘기가 자신을 불행하게 할 것이라고 불평할지도 모른다. 또 자기 삶의 방식이 오히려 도전적이고 성공적이라고 항변할 수도 있다. 그러나 그런 방식은 나무나 풀이나 짚으로 건축물을 세우는 것과 같아 불에 타면 남는 것이 없다.

반면 금, 은, 동으로 세우는 건축물은 불에 타도 그대로 남게 된다. 그것은 예수님의 터 위에 세우는 것을 의미한다. 그것이 각자의 공적으로 인정받을 수 있는 길이다. 모든 사람에게는 공적이 드러날 때가 온다. 우리의 모습과 행위가 진리의 빛 아래 숨김없이 드러날 때가 온다.

내가 자책할 아무것도 깨닫지 못하나 이로 말미암아 의롭다 함을 얻지 못하노라 다만 나를 심판하실 이는 주시니라. 그러므로 때가 이르기 전 곧 주께서 오시기까지 아무것도 판단하지 말라. 그가 어둠에 감추인 것들을 드러내고 마음의 뜻을 나타내시리니 그때에 각 사람에게 하나님으로부터 칭찬이 있으리라.(고린도전서 4:4~5)

공적 없는 인생은 공허할 뿐이다. 우리가 스스로 자신의 정체성을 찾지 못하면 그 삶은 남의 삶의 모방할 것이고 자기 삶을 살지 못할 가능성이 크다. 특히 진리의 터 위에 자신을 세우지 않으면 종국에 아무것도 남지 않을 것이다. 구멍난 통에 포도주를 채운다면 포도주가 통에서 흘러나와 길바닥으로 사라져버릴 것이다. 그렇게 되면 정작 포도주가 필요할 때 마실 수 없게 될 것이고 우리 갈증은 더욱 심해질 것이다.

우리가 잘 못 행동하는 이유는 진리를 모르기 때문이고 설령 알고 있다고 할지라도 진리의 길을 따르지 않기 때문이다. 남의 것이 부럽다고 해서 남의 것을 탐내서는 안 된다. 세상에는 내가 취해야 할 것이 있고 취해서는 안 되는 것이 있다. 그러나 적지 않은 사람들이 자신의 지식에 의존하거나 타인의 노래에 흠뻑 빠져드는 경향이 있다.

궁극적으로 우리 삶에서 얼마나 많은 것을 수확할 것이냐는 우리가 진리의 터 위에 얼마나 순전하게 쌓느냐 그렇지 않느냐에 달려 있다. 그런 의미에서 예수님의 포도나무 비유는 우리에게 진리에 대한 핵심을 가르쳐준다.

나는 참포도나무요 내 아버지는 농부라 무릇 내게 붙어 있어 열매를 맺지 아니하는 가지는 아버지께서 그것을 제거해버리시고 무릇 열매를 맺는 가지는 더 열매를 맺게 하려 하여 그것을 깨끗하게 하시느니라. 너희는 내가 일러준 말로 이미 깨끗하여졌으니 내 안에 거하라 나도 너희 안에 거하리라. 가지가 포도나무에 붙어 있지 않으면 스스로 열매를 맺을 수 없음 같이 너희도 내 안에 있지 아니하면 그러하리라.(요한복음 15:1~4)

우리의 진정한 존재는 경험이나 성취에 의해 증명되는 것이 아니라 진리 안에서 발견되는 것이다. 내가 나를 알지 못하는 것은 세상의 지식과 평판에 지나치게 의존하기 때문이다. 타인의 시선으로부터 자유롭지 못하면 진정한 자신을 발견하기 어려울 것이다.

자신의 존재에 대한 근원이나 가치에 대해 알게 되면 자신의 삶이 아닌 것에 시간을 허비하는 일 같은 것은 하지 않을 것이다. 하나님의 창조목적과 부합되지 않는 일을 위해 영혼을 소모하지 않을 것이다. 지금 자신이 그런 진리 안에 있지 않다고 생각되면 잠시 하던 일을 멈추고 깊이 성찰해볼 필요가 있다.

우리 행위가 자신의 목적에 부합하지 못하고 있다고 생각되거나 또 영혼의 갈증을 해소하지 못하고 있다면 오던 길을 돌아보고 가려던 길을 수정해야 할지도 모른다. 인생을 살면서 올바른 길을 걷기 위해 실패하는 것이 그릇된 길을 가면서 성공하는 것보다 낫다. 무엇을 잃을까 노심초사하여 진정 얻어야 할 것을 얻지 못한다면 그것처럼 안타까운 일이 또 어디 있겠는가. 세상이 요란한 것은 행복이 존재하지 않는 곳에 사람들이 몰려 아우성치기 때문이다.

우리 영혼에서는 순수한 원자아와 이기적인 자기애가 다툼을 이어가고 있다. 이 두 자아가 내적 분쟁을 계속 이어간다면 결국 파국을 면치 못할 것이다. 존재와 행위의 새로운 질서를 깨닫기 위해서는 진리이신 하나님을 경외하고 그분에 뜻에 따라야 한다. 그래야만 온전한 원자아를 회복할 수 있다.

그리고 자신의 약함과 무지함을 기탄없이 드러내야 한다. 어떤 목적을 달성했거나 원하는 것을 손에 넣었을 때 행복해진다면 그 행복은 아주 짧은 순간만 유효할 것이다. 행복이 뭘 이루거나 어디에 도달하거나 무엇을 소유하는 것에 있다면 거기에는 피치 못할 경쟁과 갈등과 싸움이 병존할 것이다. 행복은 본질적으로 그런 곳에 존재하지 않는다. 진정한 행복은 영혼 저 깊은 곳에 내재되어 있다. 그것은 하나님의 진리를 간과하고서는 발견될 수 없다. 왜냐하면 우리는 하나님에 의해 창조되었기 때문에 그분만이 우리 행복의 열쇠를 쥐고 계시기 때문이다.

음악이 제대로 소리를 낼 수 있는 이유는 적절한 타이밍에 쉼표가 있기 때문이다. 소리와 침묵이 병존하지 않으면 리듬이라는 것이 생겨날 수 없다. 만약 우리 삶을 요란스럽고 세속적인 것들로 잔뜩 채워 행복해지려 한다면 영혼의 샘물은 점점 더 고갈될 것이다. 마치 우리 삶을 영위하는 데 있어서 영혼을 사용하지 않고 감각으로 대체하려는 것과 다를 바 없다.

우리가 수고하고 땀을 흘려야 하지만 우리에게 최고의 선물은 안식과 평안이다. 요컨대 안식하지 않는 영혼에는 하나님이 거할 곳이 없다. 세상은 여전히 일하고 먹고 마시고 시집가고 장가가는 일로 분주하다. 그래서 하나님과 교제할 시간이 없다.

홍수 전에 노아가 방주에 들어가던 날까지 사람들이 먹고 마시고 장가가고 시집가고 있으면서 홍수가 나서 그들을 다 멸하기까지 깨닫지 못하였으니 인자의 임함도 이와 같으리라.(마태복음 24:38~39)

우리가 진정으로 원하는 것이 무엇인지 한 번쯤 생각해보자.

먹고 마시고 장가가고 시집가고 그렇게 저렇게 살다가 인생이 허무하게 끝나도 괜찮은 것인지, 아니면 고결한 영혼의 저 깊은 곳까지 감동하는 어떤 삶을 고대하는지 성찰해볼 필요가 있다. 이 세상을 자기 생각대로 원 없이 누리다 죽는 순간 아무 미련도 후회도 없이 생을 마감하고 싶은지, 아니면 우리를 창조한 창조주의 품으로 돌아가 천국 백성이 되어 영원한 삶을 살고 싶은지. 만약 후자라면 우리는 원치 않은 결과를 위해 의미 없는 허망한 것들에 낭비하는 시간을 최소화해야 하지 않겠는가.

우리 자신이 누구인지 각자가 알아차리지 못한다면 누구도 자기 삶을 대신해서 살 아 줄 수 없다. 그래서 우리는 각자의 영혼을 살피는데 시간을 투자해야 한다. 그런데 분별없는 생각이나 기계적인 삶을 통해서는 영혼의 존재를 알기 쉽지 않다. 먼저 우리 자신에 대한 과대평가를 멈추고 기대치를 높게 가져서는 안 된다. 왜냐하면 그런 사람들은 자신이 하는 일에 너무 많은 의미 부여를 하고 거기에 많은 에너지를 쏟아붓게 된다. 그래서 정작 자신의 정체성을 찾는 데 쓸 여력이 없어진다.

세상은 불완전, 불만족, 허무, 무상, 유한 등으로 가득 차 있다. 하지만 하나님의 진리 안에는 기쁨, 감사, 사랑, 완전, 영원 등이 있다. 우리가 지상에서 사는 한 우리는 미완성이고 불완전하고 불만족스럽고 불행하며 무덤을 향해 가는 유한한 존재이다. 그러나 하나님의 진리를 받아들인다면 그분의 권능과 자비와 평화와 영원함을 상속받는 존재가 된다. 하나님은 자신의 완전하심과 영광을 우리 삶 속에 받아들여 그것을 현재 삶에서도 천국에서도 누리기를 바라신다. 행복은 우리 삶에 필요한 단 한 가지를 어떻게 발견하느냐에 달려 있다. 그것은 진리이다. 그것은 구하고 찾는 자에게 발견된다. 아니 선물로 주어진다.

구하라 그리하면 너희에게 주실 것이요 찾으라 그리하면 찾아낼 것이요 문을 두드리라 그리하면 너희에게 열릴 것이니 구하는 이마다 받을 것이요 두드리는 이에게 열릴 것이니라.(마태복음 7:7~8)

그것이 창조주 하나님, 진리이신 하나님의 신실하신 약속이다. 우리가 믿고자 하는 믿음은 바로 그런 것이어야 하지 않을까.

05

영혼의 언어로 쓰는 단 한 줄의 시

무엇보다 우리가
영혼까지 끌어다 소비하는 시대에 살고 있다는 것이 너무 슬프다.
우리가 살면서
절대 하지 말아야 할 것은 영혼에 상처를 주는 일이다.

우리는 지금 고도의 소비사회에 살고 있다. 휴대폰으로 버튼 몇 번만 터치하면 내가 원하는 상품을 어렵지 않게 손에 넣을 수 있다. 무엇이든 원하는 것을 주문하면 자기 턱밑에까지 갖다 바치는 사회에 살고 있다. 앞으로 인공지능^AI 기술이 더 발전하면 상상하지도 못한 많은 것들을 로봇이 해결해주는 시대가 올 것이다.

그런데 유심히 들여다보면 그 근저에는 돈이라는 놈이 떡하니 자리 잡고 있다는 것을 알 수 있다. 과학기술이 인류를 구할 것처럼 기세등등하지만, 사실 돈을 버는 수단으로 전락한지 오래다. 과학기술을 주도하고 있는 사람들은 불특정 소비자를 겨냥하고 있다. 도저히 소비하지 않으면 안 되도록 사회 시스템이 탄탄하게 구축되어 있다. 돈이 우리 사회를 조정하고 있다는 느낌이 든다. 돈 자체가 나쁜 것은 아니다. 하지만 돈을 사랑하게 되면 문제는 달라진다.

　　돈을 사랑함이 일만 악의 뿌리가 되나니 이것을 탐내는 자들은 미혹을 받아 믿음에서 떠나 많은 근심으로써 자기를 찔렀도다.(디모데전서 6:10)

요즘 사람들은 마치 소비를 통해 자신의 존재를 증명하려는 듯하다. 이런 소비 취향을 가진 사람들은 소비를 부추기는 사람들에게 훌륭한 먹잇감이 되고 있다.

　　근신하라 깨어라 너희 대적 마귀가 우는 사자같이 두루 다니며 삼킬 자를 찾나니(베드로전서 5:8)

그렇다고 모든 소비를 부정적으로만 생각할 일은 아니다. 자신을 위해서도 남을 위해서도 얼마든지 유익한 소비가 있을 수 있기 때문이다. 그런데 사람의 소비는 그 사람의 위상과 직접 혹은 간접적으로 맞물려 있다는 것에 주목할 필요가 있다. 일견 소비가 사람의 위상을 대변해준다고 생각하는 경향이 있다는 점도 무시할 수 없다. 자신의 소비 능력을 보여줌으로써 다른 사람보다 우월감을 느끼려 한다. 그래서 심지어 빚을 내서라도 그런 욕구를 충족시키려 한다.

소비에 집착하는 사람들은 어떤 집에 사는지, 무슨 차를 타는지, 어떤 브랜드의 의상을 착용하는지에 적잖이 신경을 쓴다. 그런데 중요한 것은 모든 사람의 경제 수준이 각각 다름에도 불구하고 몇몇 가진 자들의 소비행태를 대중들이 모방한다는 점이다. 그것을 소비하고 사용하는 순간 왠지 자기 신분이 상승하는 기분이 들어서일지 모른다.

상품을 만드는 기업들은 무차별적으로 소비를 부추긴다. 당신이라면 이런 상품 정도는 사용해야 한다고 소비자의 위상에 꽤 신경을 쓰는 척하며 그 속내는 소비를 강요한다. 온갖 미사여구를 동원하여 감성을 자극하고 소위 사회에서 잘 나가는 유명모델을 기용한 광고로 소비를 종용한다.

그때 등장하는 신이 있다. 바로 '지름신'이다. 이는 동사 '지르다'와 '신神'을 합친 신조어로 충동구매를 강조할 때 사용한다. 요컨대 사람들은 소비욕구로 충만해질 때 자기 몸에 지름신이 들어왔다고 말한다. 이런 식의 소비패턴을 보이는 사람들은 순간적으로 무엇에 홀려서 자신의 처지를 따질 겨를도 없이 소비에 취해 버린다. 이것은 비단 특정인들만의 얘기가 아니다. 누구도 예외일 수 없다.

얼마나 비정한 사회인가?

얼마나 무분별한 소비인가?

누구를 위한 위상인가?

그런데 소비과정에서 우리를 아주 당혹스럽게 하는 표현이 등장한다. 소비를 위해 혹은 무엇인가를 손에 넣기 위해 '영끌한다'는 표현을 사용한다. '영끌'은 '영혼'과 '끌어들이다'의 합성어로 주택 마련이나 주식 등 간절히 소유하고 싶은 것을 사는 경우에 주로 사용한다. 얼마나 갖고 싶으면 영혼까지 끌어들이겠는가. 자신의 재화와 빚을 끌어다 쓰는 것도 모자라 영혼까지 끌어들여 소비하는 것이다. 물론 간절한 소망을 극단적으로 표현하는 것이라고 너그럽게 넘어갈 수도 있지만, 이것이 얼마나 무서운 말인지 생각하면 생각할수록 섬뜩해진다.

여기서 중요한 사실은 영혼이 마지막 보루이고 가장 소중한 것이라는 사실을 자연스럽게 드러내고 있다는 점에서 다행이라고 생각한다. 다만 영혼의 가치나 그 소중함을 알았다면 이 같은 경우에 영혼을 끌어다 쓰는 일은 없어야 하지 않겠는가.

영혼은 오직 인간에게만 사용하는 세상에서 가장 고상한 단어 가운데 하나이다. 영혼은 그만큼 특별한 하나님의 선물이라는 뜻이다. 그런데 현실은 내 위상을 높여줄 수만 있다면 아무 데나 영혼을 끌어다 쓰는 형국이다.

무엇보다 우리가 영혼까지 끌어다 소비하는 시대에 살고 있다는 점이 너무 슬프다. 우리가 살면서 절대 하지 말아야 할 것은 영혼에 상처를 주는 일이다. 영혼은 한번 상처받으면 육체의 상처와는 달리 쉽게 아물지 않는다. 설령 자신이 원하는 것을 손에 넣었다고 하더라도 그것들이 이미 상처받은 영혼을 위로해주지 못한다. 어떤 소비로도 영혼을 대신할 수 있는 것은 없다. 세상에서 가장 끔찍한 짓은 영혼을 짓밟는 일이다. 오히려 영혼은 모든 것을 내주고서라도 지켜야 할 소중한 생명이라는 사실을 숙지해야 한다.

천국은 마치 밭에 감추인 보화와 같으니 이를 발견한 후 숨겨 두고 기뻐하며 돌아가서 자기의 소유를 다 팔아 그 밭을 사느니라. (마태복음 13:44)

하나님의 궁극적인 목적은 우리 영혼을 하나님 나라에 들어가게 하는 것이다. 따라서 함부로 해서 안 되는 것은 내 영혼만이 아니다. 타인의 영혼도 똑같이 귀하게 여겨야 한다. 모든 영혼은 하나님이 주인이시기 때문이다.

혹여 지금 영혼 없는 삶을 살고 있다면 지금 바로 영혼을 챙겨야 한다. 또 누군가의 영혼에 상처를 준 적이 있다면 가장 낮은 자세로 용서를 구해야 할 것이다. 행여 지금 영혼을 팔아 무엇인가를 얻으려고 한다면 당장 그만두어야 한다. 영혼보다 귀한 것은 세상에 없다. 평소 영혼을 방치하고 있다는 생각이 든다면 지금 당장 자신의 영혼을 어루만져주어야 한다.

성서에 의하면 에서는 팥죽 한 그릇에 자신의 영혼을 팔았고 가룟 유다는 은화 30전에 영혼을 팔았으며 요셉의 형제들은 은화 20냥에 영혼을 팔았으며 아합왕은 우상을 섬기는 이세벨을 아내로 맞이하기 위해 영혼을 팔았다. 지금 당장 자신에게 유익을 주고 행복을 가져다줄 거라는 생각이 들지라도 절대 영혼을 팔아서는 안 된다.

사람의 영혼은 그 사람의 본질이고 정체성이며 하나님의 일부이다. 그래서 하나님은 우리 영혼을 구하기 위해 예수님을 기꺼이 십자가에 내놓으셨다. 왜? 당신이 창조하신 우리 영혼이 무엇으로도 바꿀 수 없을 만큼 소중하다는 것을 알고 계시니까. 만물의 주인이신 하나님은 인류의 모든 영혼을 살리시기 위해 예수님을 기꺼이 내놓으신 것이다.

그렇다면 지금 내 영혼은 어디에 소비되고 있는가?

생각해볼 일이다. 하나님은 공중의 새도 먹이시고 들의 백합화도 기르시는 분이시다. 상한 갈대를 꺾지 않으시고 생명을 귀히 여기시는 분이다. 비록 우리가 상한 갈대처럼 아파하며 살고 있다고 할지라도 우리는 복 있는 사람들이다. 예수님이 우리 안에 오셔서 우리 영혼을 지키시고 안아주시고 치유하여 주시기 때문이다.

　보라 내가 택한 종 곧 내 마음에 기뻐하는바 내가 사랑하는 자로다. 내가 영을 그에게 줄 터이니 그가 심판을 이방에 알게 하리라. 그는 다투지도 아니하며 들레지도 아니하리니 아무도 길에서 그 소리를 듣지 못하리라. 상한 갈대를 꺾지 아니하기를 심판하여 이길 때까지 하리니 또한 이방인이 그의 이름을 바라리라 함을 이루려 하심이니라.(마태복음 12:18~20)

　우리는 상한 갈대 같은 인생들이다. 자신의 탐욕에 상처받고 세상의 편견에 고통 받고 수많은 무례한 사람들에게 치이며 살고 있다. 한 마디로 상처투성이 인생이다. 그래서 우리 영혼은 누군가로부터 혹은 무엇인가에 의해 위로받고 싶은 것이다.

　사람들은 자신에게 위로를 주는 것이 소비라고 생각하는 것 같다. 그래서 많은 선택지 중에 가장 빠르게 소비를 선택한다. 소비를 통해 남의 것이 내 것이 되는 순간, 통쾌한 짜릿함을 맛본다. 소비의 즐거움은 이루 말로 다 형언할 수 없다. 하지만 소비에 따른 모든 즐거움에는 유효기간이 있다는 사실이다. 설령 소비를 통해 어느 정도 위로받는다고 해도 그것은 그리 오래가지 못한다.

　삶이 외롭고 지루하고 고통스러울 때 차라리 아무것도 하지 말고 잠시 눈을 감아보자. 눈에 보이는 것들 저 너머에 반드시 우리에게 진정한 위로를 줄 누군가 혹은 무엇인가가 있을 수 있다는 것을 생각해보자.

세상에 '희망'이라는 단어가 있는 이유가 무엇이겠는가. 하나님을 제외하고 세상의 모든 것은 이미 있는 것으로부터 창조된다. 보이는 것이건 보이지 않는 것이건 모두 하나님이 이미 창조하셨다. 분명히 이 세상에 하나님의 본질인 진리가 차고 넘친다는 사실을 알게 될 것이다. 과학기술이 우주와 해와 달에 관해 분석할 수 있어도 우주와 해와 달을 창조하지 못하는 것처럼 모든 원천적 기술의 저작권은 하나님이 가지고 계신다.

그래서 우리가 반드시 알고 깨달아야 할 것은 진리이다. 진리를 사모하지 않으면 하나님을 알 수 없다. 진리는 과학기술이나 지식으로 알 수 있는 것이 아니기 때문이다. 오직, 영혼을 바로 사용해야 알 수 있다. 진리와 소통할 수 있는 영혼의 언어를 사용해야 한다. 진리는 오직 영혼의 언어로만 소통할 수 있기 때문이다. 성서는 그 진리가 바로 예수 그리스도라고 전하고 있다.

예수께서 이르시되 내가 곧 길이요 진리요 생명이니 나로 말미암지 않고는 아버지께로 올 자가 없느니라.(요한복음 14:6)

우리가 예수님 안에 거하고 그분이 우리 안에 계신다면, 예수님의 사랑이 우리의 영혼을 치유하시고 구원하실 것이다.

내 안에 거하라 나도 너희 안에 거하리라 가지가 포도나무에 붙어 있지 아니하면 스스로 열매를 맺을 수 없음 같이 너희도 내 안

에 있지 아니하면 그러하리라. (요한복음 15:4)

영혼의 실체를 알게 되면 경이로움을 금치 못할 것이다. 영혼의 파편들을 하나하나 짜맞추어보면 영혼의 실체를 어렴풋이 알 수 있을 것이다. 그 파편들은 무엇을 의미하는가? 바로 언어이다. 하나님께서 말씀으로 세상을 창조하셨다는 사실을 떠올려보자. 하나님 말씀은 영혼의 언어이다. 세상에 하나님 말씀으로 해석이 분분한 것은 온전히 영적인 언어로 받아들이지 못하기 때문이다. 그래서 우리가 영혼의 언어를 신중하게 받아들이고 사용해야 함을 깨달아야 한다.

만일 누가 말하려거든 하나님의 말씀을 하는 것 같이 하고 누가 봉사하려면 하나님이 공급하시는 힘으로 하는 것 같이 하라. 이는 범사에 예수 그리스도로 말미암아 하나님이 영광을 받으시게 하려 함이니 그에게 영광과 권능이 세세에 무궁하도록 있느니라, 아멘. (베드로전서 4:11)

영혼의 언어는 영혼의 양식이다. 영혼의 양식을 공급받지 않으면 영혼은 생명력을 잃고 말 것이다. 어떤 언어를 사용하느냐에 따라 그 사람이 영적인 사람인지 육적인 사람인지 어렵지 않게 알 수 있다. 사람들이 사용하는 말을 들어보면 그 사람이 무엇을 생각하고 무엇을 중요하게 여기는지 어느 정도 알 수 있다.

우리는 영혼의 언어를 최대한 많이 생각하고 시도 때도 없이 입에 달고 살아야 한다. 영혼의 언어를 구체적으로 떠올려보자. 은혜, 감사, 사랑, 믿음, 소망, 자유, 나눔, 진리, 기도, 축복, 기쁨, 배려, 순종, 영광, 행복, 용서, 회개, 치유, 기적, 은사, 예배, 헌신, 봉사, 친절, 경이로움, 아름다움, 칭찬, 천국, 천사, 깨달음, 구원, 정신, 마음, 빛, 소금, 조화, 균형, 그리움, 기다림, 따뜻함, 속사람, 영감, 의미, 가치, 꿈, 공정, 겸손, 생명, 영원, 창조 등이 있다. 아, 이 얼마나 고상한 언어들을 잊고 살았던가!

반면에 영혼에 상처를 주는 언어들을 생각해보자. 불평, 불신, 미움, 분노, 시기, 질투, 무시, 이기심, 가식, 절망, 거짓말, 상처, 고통, 다툼, 배신, 악마, 질병, 귀신, 교만, 이자, 권력, 탐욕, 좌절, 배타, 멸망, 어둠, 의심, 냉소, 불공정, 차별, 증오, 고집, 쾌락, 겉사람, 비판, 추함, 분쟁, 갈등, 부조화, 불균형, 저주, 이간질, 무관심, 불확실, 폭력, 비겁, 지배, 잔혹, 파괴, 종말, 타락, 유혹, 비교, 지옥, 무지, 속임, 불쾌, 죽음 등 수없이 많다. 아, 이 얼마나 세속적인 언어들을 의식하며 입에 달고 살았던가!

빛이 있고 어둠이 있듯이 하나님이 계시고 사탄이 엄연히 존재하듯이 세상에는 영적인 언어와 세속적인 언어가 혼재되어 있다. 우리에게 필요한 것은 분별력이다. 우리 스스로 할 수 없는 것은 영혼의 주인에게 의지해야 함을 말해주고 있다. 그래서 무엇보다 영혼의 양식을 제대로 섭취해야 한다.

오래전 바벨탑을 쌓아 올렸던 사람들은 영혼의 언어를 사용하지 않고 자신들의 이기적인 언어를 서로 사용했었다. 하나님은 하늘에서 그것을 들으시고 바벨탑을 무너뜨리셨고 사람들을 흩어버리셨으며 서로 다른 언어를 사용하게 만들어버렸다.

그러므로 그 이름을 바벨이라 하니 이는 여호와께서 거기서 온 땅의 언어를 혼잡하게 하셨음이니라 여호와께서 거기서 그들을 온 지면에 흩으셨더라.(창세기 11:9)

세상에서 가장 고상한 삶은 영혼의 언어를 사용하며 사는 것이다. 자신이 사용하는 언어가 곧 그 사람의 영성지수Spiritual Quotient이다. 그래서 누구든 영혼의 언어사전을 만들어 사용할 필요가 있다. 영혼의 언어는 자신도 살리고 타인도 살린다. 하나님은 당신이 창조한 말씀이지만 결코 저작권을 주장하시지 않는다. 샘물처럼 열심히 퍼서 사용하는 것을 즐거워하신다. 아무리 사용해도 그 샘물은 마르지 않는다. 따라서 우리는 뜻을 다하고 마음을 다하여 매일 영혼의 언어로 단 한 줄의 시라도 쓸 수 있어야 한다.

마음을 다하고 뜻을 다한다는 것이 무슨 뜻일까?

그것은 하나님의 뜻이 깃든 순전한 영혼으로 하나님과 소통하는 것이 아니겠는가. 말하자면 자기애를 버리고 하나님으로부터 공급받은 영혼의 언어로 하나님을 찬양하고 이웃을 섬기는 것이다. 그것이 정상적으로 이루어질 때 우리는 하나님의 사랑을 온전히 깨닫게 되고 영혼이 즐거운 삶을 살 수 있게 될 것이다.

우리가 진리를 배울 수 있는 분은 오직 한 분뿐이시다. 그분은 예수 그리스도이시다. 그분은 기도도 사랑도 가르침도 하나님의 뜻을 다하고 마음을 다하셨다. 나는 오늘 하나님의 뜻을 다하여 마음을 다하여 한 줄의 시를 써본다.

하나님 말씀은 언제나 옳으시다.

06

말의 품격 그리고 능력

예수 그리스도는
하나님의 온전한 뜻과 자신이 하신 모든 말씀을 책임지고 다 이루셨다.
예수 그리스도야말로
말의 품격과 능력을 동시에 보여주신 유일한 분이시다.

말하는 것이 그 사람의 품격이다.

왜냐하면 사람의 말에는 그 사람의 생각과 품성이 고스란히 배어 있기 때문이다. 게다가 사람의 말을 듣고 있으면 그 사람이 얼마나 타인을 배려하고 있는지 그렇지 않은지를 어렵지 않게 알 수 있다. 또 말을 어떻게 하느냐는 상대방을 웃게도 하고 울게도 한다. 말에는 보이지 않는 어떤 힘이 있기 때문이다.

말은 사람과 사람이 소통하는 최고의 수단이다. 그래서 그런지 말에 대한 속담이나 격언들이 참 많다. "말 한마디로 천 냥 빚을 갚는다", "칭찬은 고래도 춤추게 한다", "앞에서 할 수 없는 말은 뒤에서도 하지 말라" 등이 있다.

그뿐만 아니라 세계적인 석학들도 말에 관한 명언들을 남겼다. "언어의 한계가 곧 자기 세계의 한계다"(비트겐슈타인), "오물이 입에 가득한 자가 노래를 부를 수 있다는 말인가?"(칼릴 지브란), "말하고자 하는 바를 먼저 행하라. 그런 다음 말하라"(공자), "아는 것을 안다고 하고 모르는 것을 모른다고 하는 것이 말의 근본이다"(순자), "말을 많이 하는 것과 잘 하는 것은 별개다"(소포클레스), "행동하는 것으로 만족하고, 말하는 것은 다른 사람의 몫으로 남겨두라"(발타자르 그라시안), "언어는 장전된 권총과 같다"(사르트르) 등을 들 수 있다.

한마디 말이 사람을 살리기도 하고 죽게 할 수도 있다는 것을 말해준다. 그와 관련된 고사성어도 있다. 바로 촌철살인寸鐵殺人이다. 이 이야기의 근원은 남송南宋의 나대경羅大經이 지은 《학림옥로鶴林玉露》인데, 한 치의 쇳조각만 있어도 사람을 죽일 수 있다는 뜻이다. 정신을 집중하여 수양하면 비록 아주 작은 터득이라 할지라도 그 작은 것 하나가 사물을 변화시키고 사람을 감동시킬 수 있다는 뜻으로도 사용된다.

동서고금을 막론하고 짧은 경구 하나로 사람을 감동시키거나 어떤 일의 핵심을 찌르는 경우가 허다하다. 특히 사람의 혀는 사람을 변화시키기도 감동을 주기도 하며 심지어 죽이기까지도 한다. 말의 중요성은 아무리 강조해도 지나치지 않을 것이다.

성서에도 말의 중요성을 언급하고 있는 곳이 여러 군데 있다. 그도 그럴 것이 성서는 하나님의 영감을 통해 많은 선지자들과 사도들에 의해 기록된 하나님 말씀 모음서이기 때문이다. 특히 성서 말씀은 단순한 격언이나 속담과는 또 다른 의미를 지니고 있다. 왜냐하면 하나님은 말씀으로 존재하시며 말씀으로 세상을 창조하셨으며 말씀으로 세상을 경영하고 계시기 때문이다.

태초에 말씀이 계시니라 이 말씀이 하나님과 함께 계셨으니 이 말씀은 곧 하나님이시라, 그가 태초에 하나님과 함께 계셨고 만물이 그로 말미암아 지은 바 되었으니 지은 것이 하나도 그가 없이는 된 것이 없느니라.(요한복음 1:1~3)

사도 바울은 고린도 교회에 보낸 서신에서 사랑에 대해 언급하면서 말의 중요성뿐만 아니라, 말이 어떻게 행동에 반영되는지도 중요하다고 언급하고 있다. 사람이 나이 들어가면서 성장하듯 말도 성숙해야 함을 가르치고 있다.

내가 어렸을 때에는 말하는 것이 어린아이와 같고 깨닫는 것이 어린아이와 같고 생각하는 것이 어린아이와 같다가 장성한 사람이 되어서는 어린아이의 일을 버렸노라.(고린도전서 13:11)

어린아이 때에는 여러모로 성숙하지 않은 때이므로 당연히 말이나 행동이 어리숙할 수밖에 없다. 그러나 성장하면서 말도 어른스럽게 바뀌어야 한다. 어린아이 때에는 말이 서툴러도 너그럽게 넘어간다. 하지만 어른이 되면 자신이 하는 말에 대해 스스로 책임져야 한다. 그 말의 무게감이 달라지기 때문이다. 말 한마디가 사람을 어둠 속으로 밀어 넣기도 하고 때로는 춤추게 하기도 한다. 예수님께서는 말은 그럴듯하게 하면서 행동이 상반되는 것에 대해서도 지적하셨는데 말은 마음을 대변하기 때문이다.

이 백성이 입술로는 나를 공경하되 마음은 내게서 멀도다. 사람의 계명으로 교훈을 삼아 가르치니 나를 헛되이 경배하는도다 하였느니라. 무리를 불러 이르시되 듣고 깨달으라. 입으로 들어가는 것이 사람을 더럽게 하는 것이 아니라 입에서 나오는 그것이 사람을 더럽게 하는 것이니라.(마태복음 15:8~11)

말씀은 지혜를 나타내는 것이고 능력을 발휘하게 하며 만물의 질서를 잡는 역할을 한다. 태초에 하나님이 천지를 창조하셨는데 이 말씀으로 흑암과 공허와 혼돈 속에서 질서를 잡으셨으며 만물 하나하나를 지으시면서도 말씀으로 그에 상응한 역할을 부여하셨다. 말씀에 귀를 기울여야 함이 이 때문이다.

태초에 하나님이 천지를 창조하시니라, 땅이 혼돈하고 공허하며 흑암이 깊음 위에 있고 하나님의 영은 수면 위에 운행하시니라, 하나님이 빛이 있으라 하시니 빛이 있었고 빛이 하나님이 보시기에 좋았더라 하나님이 빛과 어둠을 나누사 하나님이 빛을 낮이라 부르시고 어둠을 밤이라 부르시니라 저녁이 되고 아침이 되니 이는 첫째 날이니라.(창세기 1:1~5)

하나님이 창조하신 우주 만물을 우리가 다 알 수는 없다. 하지만, 여기에 하나님이 정하신 위계질서가 있고 각종 피조물들이 서로 다른 역할을 하면서 적절한 관계를 형성하고 있다는 것을 짐작할 수 있다. 그 원천적 에너지원이 바로 하나님 말씀이다.

하나님이 말씀으로 세상을 창조하셨다는 것은 말씀이 단순히 의사소통의 수단이나 허공을 가르는 소리에 그치는 것이 아니라 말씀 자체가 하나님의 존재방식 가운데 하나라는 것을 가르쳐준다. 그래서 하나님의 모든 말씀은 한 치의 오차도 없고 서로 모순되는 일도 없으며 그 말씀이 완벽하게 이루어진다는 것을 의미한다.

하나님이 말씀으로 천지와 사람을 창조하셨는데 하나님은 하나하나 창조작업을 마치실 때마다 보시기에 좋았다고 스스로 흡족해하셨다. 전지전능하신 하나님이 만족하셨다는 것은 모든 것이 하나님의 뜻에 부합되었으며 완벽했다는 것을 뜻한다.

하나님이 지으신 모든 것을 보시니 보시기에 심히 좋았더라 저녁이 되고 아침이 되니 이는 여섯째 날이니라.(창세기 1:31)

우리가 잘 말해야 하는 이유가 여기에 있다. 말에는 창조 능력이 있기 때문이다. 나쁜 나무가 나쁜 열매를 맺고 좋은 나무가 좋은 열매를 맺듯 말은 그에 상응한 열매를 맺기 때문이다. 가능하면 욕이나 저주보다는 칭찬이나 긍정적인 말을 하는 것이 좋다. 우리 옛 격언에도 "말이 씨가 된다"는 말이 있다. 무심코 뱉었던 말이 현실화하는 경우가 허다하다는 얘기다. 말은 마치 엎질러진 물과 같이 한번 뱉고 나면 주워 담을 수 없다.

전 영국총리 마가렛 대처Margaret Thatcher는 이런 말을 했다. "생각을 조심하라. 말이 된다. 말을 조심하라. 행동이 된다. 행동을 조심하라. 습관이 된다. 습관을 조심하라. 성격이 된다. 성격은 당신의 모든 것이다." 말의 위력이 어떠한지를 잘 알려주는 명언이다.

말은 마치 씨앗과도 같다. 좋은 씨앗이 좋은 열매를 맺듯이 같은 값이면 좋은 씨앗을 골라서 심어야 한다. 말은 하는 이 듣는 이 모두에게 영향을 미친다는 점에서 신중해야 한다.

경우에 합당한 말은 아로새긴 은 쟁반에 금 사과니라. (잠언 25:11)

어차피 비용이 들어가는 것도 아니라면 스스로에게도 남에게도 유익한 말을 하며 살 필요가 있다. 하나님을 믿는 사람들에게 하나님 말씀은 참 각별하다. 하나님을 믿는 근거가 하나님 말씀이기 때문이다. 아브라함은 하나님으로부터 부르심을 받았을 때 갈 바를 알지 못했지만, 그 말씀에 의지하여 믿음으로 순종했다.

믿음으로 아브라함은 부르심을 받았을 때에 순종하여 장래의 유업으로 받을 땅에 나아갈새 갈 바를 알지 못하고 나아갔으며 (히 브리서 11:8)

기드온은 하나님 말씀을 듣고 비로소 큰 용사가 되었다. 하나님의 사자使者가 나타나서 큰 용사라고 말했기 때문이다.

여호와의 사자가 기드온에게 나타나 이르되 큰 용사여 여호와 께서 너와 함께 계시도다 하매 (사사기 6:12)

이스라엘 백성이 여리고 성을 무너뜨린 것은 무기가 좋아서도 아니고 군사가 많아서도 아니다. 이스라엘 백성이 하나님 말씀에 순종함으로써 하나님께서 함께하셨기 때문에 가능했다.

이에 백성은 외치고 제사장들은 나팔을 불매 백성이 나팔 소리를 들을 때에 크게 소리를 들을 때에 크게 소리 질러 외치니 성벽이 무너져 내린지라 백성이 각기 앞으로 나아가 그 성에 들어가서 그 성을 점령하고 (여호수아 6:20)

하나님은 이스라엘 백성에게 언약하시고 신실하게 이행하셨으며 사랑을 베푸셨다. 종살이하던 애굽에서 구해주셨고 광야에서 동행하셨으며 이스라엘 자손이 가나안에 들어갈 수 있도록 인도하셨다.

그런즉 너는 알라 오직 네 하나님 여호와는 하나님이시요 신실하신 하나님이시라 그를 사랑하고 그의 계명을 지키는 자에게는 천 대까지 그의 언약을 이행하시며 인애를 베푸시되 (신명기 7:9)

하나님은 한번 약속하신 것을 끝까지 지키신다는 것을 알고 그 말씀에 순종해야 함을 깨닫게 한다.

너희가 이 모든 법도를 듣고 지켜 행하면 네 하나님 여호와께서 네 조상들에게 맹세하신 언약을 지켜 네게 인애를 베푸실 것이라. (신명기 7:12)

그렇다면 하나님 말씀에 순종하면 또 어떤 일이 생길까?

오늘 내가 명령하는 여호와의 규례와 명령을 지키라. 너와 네 후

손이 복을 받아 네 하나님 여호와께서 네게 주시는 땅에서 한없이 오래 살리라.(신명기 4:40)

하나님을 믿는 사람들이 성공한다는 것은 하나님 말씀에 순종하며 사는 것을 말한다. 그래서 시도 때도 없이 하나님 말씀에 귀를 기울이는 것이 몸에 배어야 한다.

이스라엘아 들으라. 우리 하나님 여호와는 오직 유일한 여호와이시니 너는 마음을 다하고 뜻을 다하고 힘을 다하여 네 하나님 여호와를 사랑하라.(신명기 6:4~5)

시편 기자는 자신의 눈을 열어서 하나님의 율법(말씀)에서 놀라운 것을 보게 해달라고 기도했다.

내 눈을 열어서 주의 율법에서 놀라운 것을 보게 하소서(시편 119:18)

왜냐하면 하나님 말씀은 우리에게 지혜를 가르쳐주시기 때문이라고 고백하기도 했다.

주의 말씀을 열면 빛이 비치어 우둔한 사람들을 깨닫게 하나이다.(119:130)

아울러 하나님 말씀은 우리에게 마음의 평안을 가져다준다. 말씀에서 멀어지면 우리 삶에서 평화가 깨진다는 것을 가르쳐준다.

> 내가 하나님 여호와께서 하실 말씀을 들으리니 무릇 그 백성, 그
> 의 성도들에게 화평을 말씀하실 것이라 그들은 다시 어리석은 데
> 로 돌아가지 말지로다.(시편 85:8)

또 히브리서 기자는 하나님 말씀의 능력에 대해 다음과 같이 기
록하고 있다. 하나님 말씀은 살아 움직이면서 우리 육체는 물론이
고 영혼에 이르러 실질적인 영향을 미친다.

> 하나님의 말씀은 살아 있고 활력이 있어 좌우에 날선 어떤 검보
> 다도 예리하여 혼과 영과 및 관절과 골수를 찔러 쪼개기까지 하며
> 또 마음의 생각과 뜻을 판단하나니 지으신 것이 하나도 그 앞에
> 나타나지 않음이 없고 우리의 결산을 받으실 이의 눈앞에 만물이
> 벌거벗은 것 같이 드러나느니라.(히브리서 4:12~13)

한편 사도 바울이 동역자인 디모데에게 전한 말에는 깊은 영적
울림이 있다.

> 모든 성경은 하나님의 감동으로 된 것으로 교훈과 책망과 바르
> 게 함과 의로 교육하기에 유익하니 이는 하나님의 사람으로 온전
> 하게 하며 모든 선한 일을 행할 능력을 갖추게 하려 함이라.(디모
> 데후서 3:16~17)

아울러 사도 바울은 하나님 말씀을 사랑하는 자들, 요컨대 그 뜻대로 부르심을 입은 자들을 모든 것이 합력하여 선한 길로 인도하신다고 했다.

우리가 알거니와 하나님을 사랑하는 자 곧 그 뜻대로 부르심을 입은 자들에게는 모든 것이 합력하여 선을 이루느니라.(로마서 8:28)

또 사도 요한은 하나님 말씀에는 영생이 있으므로 우리가 하나님 나라에 대한 진리가 담겨 있음을 전하고 있다.

내가 하나님의 아들의 이름을 믿는 너희에게 이것을 쓰는 것은 너희로 하여금 너희에게 영생이 있음을 알게 하려 함이라.(요한일서 5:13)

아들을 믿는 자에게는 영생이 있고 아들에게 순종하지 아니하는 자는 영생을 보지 못하고 도리어 하나님의 진노가 그 위에 머물러 있느니라.(요한복음 3:36)

예레미야 선지자는 하나님 말씀은 우리에게 기쁨을 준다고 가르쳐주었다. 그의 고백 속에서 알 수 있는 것은 하나님 말씀을 마치 음식을 먹는 것처럼 영의 양식으로 섭취했다는 것을 알 수 있다. 그것도 돈 주고 사 먹은 것이 아니라 '얻어먹었다'는 표현을 사용했다. 이를 통해 알 수 있듯이 영의 양식을 대가 없이 선물로 받은 것이다.

만군의 하나님 여호와시여 나는 주의 이름으로 일컬음을 받는
자라 내가 주의 말씀을 얻어먹었사오니 주의 말씀은 내게 기쁨과
내 마음의 즐거움이오나(예레미야 15:16)

이에 반해 세상 지식은 완전히 상업화하여 모든 정보와 기술은
돈을 내고 사거나 배우지 않으면 안 된다. 심지어 이를 '지식산업'
이라고 부를 정도로 오늘날의 지식은 첨단 산업화하여 모든 선진
국가들에 있어서 경제발전의 근간이 되고 있다.

그러나 하나님은 누구에게나 아무런 대가 없이 지혜를 선물로
주시겠다고 하시는데 이를 외면한다는 것이 그저 아이러니할ironical
따름이다. 천지와 사람을 창조하실 만큼 전지전능한 하나님 말씀
은 세상 지식의 원천이라는 점에서 우리가 무엇보다 먼저 섭취해
야 할 지식 중의 지식이다.

현대를 사는 우리는 뭔가에 쫓기거나 시달리며 늘 압박 속에 살
아가고 있다. 예전에 우리가 가난할 때는 물질에 허덕이며 살았
다고 한다면 지금은 물질보다는 정신적인 문제가 아닌가 싶다. 왜
이런 문제가 발생했을까? 이는 관계의 어그러짐 때문에 생긴 결
과가 아닐까.

하나님과 우리의 관계, 가족관계, 대인관계 등 사회적 관계망이
제대로 작동하지 않을 때 집단적인 스트레스로도 작용하지만, 그
무게만큼 고스란히 개인에게도 스트레스로 다가온다. 이런 상황
에서 하나님 말씀은 실의에 빠진 우리에게 소망을 안겨준다.

무엇이든지 전에 기록된 바는 우리의 교훈을 위하여 기록된 것이니 우리로 하여금 인내로 또는 성경의 위로로 소망을 가지게 함이니라.(로마서 15:4)

성육신으로 이 땅에 오신 예수님도 우리 인간과 똑같은 성정으로 사셨기 때문에 사탄의 유혹을 극복하는 일이 만만한 것은 아니었다. 그럴 때마다 예수님은 하나님 말씀에 의지함으로 그 유혹을 물리치셨다.

시험하는 자가 예수께 나아와서 이르되 네가 만일 하나님의 아들이어든 명하여 이 돌들로 떡덩이가 되게 하라. 예수께서 대답하여 이르시되 기록되었으되 사람이 떡으로만 살 것이 아니요 하나님의 입으로부터 나오는 모든 말씀으로 살 것이라 하였느니라 하시니 이에 마귀가 예수를 거룩한 성으로 데려다가 성전 꼭대기에 세우고 이르되 네가 만일 하나님의 아들이어든 뛰어내리라 기록되었으되 그가 너를 위하여 그의 사자들을 명하시리니 그들이 손으로 너를 받들어 발이 돌에 부딪치지 않게 하리로다 하였느니라. 예수께서 이르시되 또 기록되었으되 주 너의 하나님을 시험하지 말라 하였느니라 하시니 마귀가 또 그를 데리고 지극히 높은 산으로 가서 천하만국과 그 영광을 보여 이르되 만일 내게 엎드려 경배하면 이 모든 것을 네게 주리라. 이에 예수께서 말씀하시되 사탄아 물러가라 기록되었으되 주 너의 하나님께 경배하고 다만 그를 섬기라 하였느니라.(마태복음 4:3~10)

예수께서 시험을 이기시기 위해 인용하신 구약 말씀은 신명기 말씀이었다. 모세가 광야에서 이스라엘 백성들에게 권면했던 하나님 말씀이다. 이스라엘 백성들은 하나님이 주신 은혜보다 자신들의 불편에 대해서는 아주 민감하게 반응하면서 즉각적으로 불평불만을 토로했었다. 그런 백성들을 향해 모세는 하나님이 그동안 하신 일을 회고하고 또 하실 일을 소망하라는 메시지를 전했었다.

너희가 맛사에서 시험한 것 같이 너희 하나님 여호와를 시험하지 말고(신명기 6:16)

너를 낮추시며 너를 주리게 하시며 또 너도 알지 못하며 네 조상들도 알지 못하던 만나를 네게 먹이신 것은 사람이 떡으로만 사는 것이 아니요 여호와의 입에서 나오는 모든 말씀으로 사는 줄을 네가 알게 하려 하심이라.(신명기 8:3)

맛사는 어떤 곳일까?

한참 동안 광야를 헤매다 어렵사리 진을 친 곳에서 마실 물이 없자 유랑생활에 지친 일부가 불만 세력을 규합하여 모세의 지도력에 반기를 들며 하나님에 대해서도 불평불만을 쏟아냈던 곳이다. 이에 모세와 백성들이 다투게 되었는데 백성들은 그동안의 하나님 은혜에 대한 감사는 온데간데없고 자신들의 요구사항만 들어달라고 생떼를 부렸었다.

백성이 모세와 다투어 이르되 우리에게 물을 주어 마시게 하라

모세가 그들에게 이르되 너희가 어찌하여 나와 다투느냐 너희가
어찌하여 여호와를 시험하느냐.(출애굽기 17:2)

그가 그곳 이름을 맛사 또는 므리바라 불렀으니 이는 이스라
엘 자손이 다투었음이요 또는 그들이 여호와를 시험하여 이르기
를 여호와께서 우리 중에 계신가 안 계신가 하였음이더라.(출애굽
기 17:7)

이스라엘 백성들이 왜 이처럼 하나님을 온전히 신뢰할 수 없었
을까?

그것은 말씀을 가까이하지 않았기 때문이다. 하나님 말씀을 의
지했더라면 그런 불충은 저지르지 않았을 것이다. 그들은 이미 애
굽으로부터의 탈출 과정에서 하나님 말씀의 위력을 생생하게 체험
했던 사람들이다. 열 가지 재앙을 넘어가게 하셨고 구름기둥과 불
기둥을 통해 밤낮으로 인도함을 받았으며 홍해의 기적을 통해 무
사히 애굽으로부터 탈출할 수 있었다.

그뿐만이 아니다. 광야생활 동안에도 만나를 먹이셨고 물을 마
시게 하셨고 잠자리를 돌보시며 그들과 동행하셨다. 그럼에도 불
구하고 말씀을 의지하며 신의를 지키는 것이 아니라 이기적인 생
각에 사로잡혀 결국 하나님을 모욕하기에 이른 것이다.

이 모든 것이 말씀을 경청하지 않은 데에서 비롯되었다. 하나님
말씀은 단순히 소통의 수단만이 아니다. 지혜이고 능력이며 하나
님 자신이라는 것을 알았어야 했다. 그 말씀에서 믿음이 생긴다는
것도 깨달았어야 했다. 시편 기자는 그런 이유에서 주야로 하나님

말씀을 묵상하라고 했다.

> 복 있는 사람은 악인들의 꾀를 따르지 아니하며 죄인들의 길
> 에 서지 아니하며 오만한 자들의 자리에 앉지 아니하고 오직 여
> 호와의 율법을 즐거워하여 그의 율법을 주야로 묵상하는 자로
> 다.(시편 1:1~2)

사도 바울도 로마와 골로새에 있는 성도들에게 보낸 서신에서
그와 같은 취지의 말씀으로 가르친 적이 있었다. 그리고 성령 충
만의 결과와 그리스도의 말씀이 풍성히 거하는 것의 결과가 다르
지 않음도 가르쳐 주었다.

> 그러므로 믿음은 들음에서 나며 들음은 그리스도의 말씀으로
> 말미암았느니라.(로마서 10:17)

> 그리스도의 말씀이 너희 속에 풍성히 거하여 모든 지혜로 피차
> 가르치며 권면하고 시와 찬송과 신령한 노래를 부르며 감사하는
> 마음으로 하나님께 찬양하며 또 무엇을 하든지 말에나 일에나 다
> 예수 이름으로 하고 그를 힘입어 하나님 아버지께 감사하라.(골로
> 새서 3:16~17)

이제 광야에서 이스라엘 백성이 하나님을 찬양하기보다는 그저
불평불만을 털어놓기에 급급했던 가장 큰 이유는 무엇이었는지가
분명해진다. 그들의 마음속에는 하나님 말씀이 없었고 따라서 그

들은 믿음이 결핍된 상태였었다. 하나님 말씀은 세상의 어떤 말과도 비교할 수 없다. 오직 하나님 한 분만이 창조 능력과 지혜를 가지고 계시기 때문이다. 하나님 형상을 닮은 우리는 하나님 자녀로서 그분 안에 있기만 하면 그분의 지혜와 능력을 얻을 수 있다. 그러나 그러기 위해서는 하나님 안에 거해야 한다. 말씀 안에 있을 때만 그 능력이 발휘될 수 있기 때문이다.

예수님은 포도나무 비유를 통해 열매, 즉 성령의 열매에 관해 말씀하셨다. 예수 그리스도는 포도나무 즉 참 포도나무이시다. 믿음의 사람들은 포도나무의 가지이며 그리스도는 포도나무의 뿌리이시다. 뿌리는 나무를 지탱해 주고 활력소를 공급해주며 나무를 무성하게 하고 풍성한 열매를 맺게 한다. 땅에 심어졌다는 말은 육신으로 이 땅에 오셨다는 것을 의미한다. 포도나무는 가지를 뻗는 식물이며 그리스도는 땅끝까지 구원하시는 분이심을 상징한다.

너희가 내 안에 거하고 내 말이 너희 안에 거하면 무엇이든지 원하는 대로 구하라 그리하면 이루리라. (요한복음 15:7)

우리가 원하는 것을 하나님께 요청하거나 하나님과 소통하는 것을 흔히 기도라고 부른다. 그런데 구하기 전에 우리가 꼭 명심해야 할 중요한 전제가 하나 있다. 그것은 하나님 안에, 예수님 안에, 말씀 안에 우리가 거하는 것이다. 하나님 안에 있지 않으면 그런 기도는 밑 빠진 독에 물 붓는 격이다.

만약에 하나님의 뜻과 상관없는 세상 사람들의 모든 기도를 다 들어준다고 생각해보자. 세상은 이루 말할 수 없을 정도로 어지러워질 것이다. 생각만 해도 끔찍하다. 예수님은 자신 안에 거하기만 하면 모든 것을 구하라고 말씀하셨고 다 들어주신다고 약속하셨다. 예수님 안에 거한다는 말은 하나님의 뜻을 공유한다는 의미이고 성령의 도우심을 받는다는 뜻이다. 그래서 하나님과 예수님과 우리가 하나로 연결되는 것이다.

아담과 하와는 선악과 사건 이후 에덴동산에서 추방되어 에덴의 동쪽 놋이라는 땅에 정착하게 되었다. 놋이라는 곳은 '방황하다', '방랑하다'라는 의미이다. 선악과 이전에 하나님과 자유롭게 소통할 수 있었던 시절과는 달리 하나님과의 소통이 제한될 수밖에 없었다. 그래서 하나님의 뜻을 제대로 알 수 없는 처지가 되었다.

아담 이후 예수님이 이 땅에 오시기 전까지는 하나님을 제대로 알지도 깨닫지도 못하는 시대였다고 할 수 있다. 하나님의 진의를 곡해하고 하나님의 말씀을 오해하는 일들이 빈번하게 일어났다. 갈 바를 알지 못하고 할 일을 분별하지 못하는 그야말로 방황하는 나그네 같은 인생이었다. 이제 하나님 은혜로 예수님이 이 땅에 오심으로 인해 우리는 하나님과 소통할 수 있는 길이 열린 것이다.

구약시대에도 하나님과 소통하는 방법이 없었던 것은 아니다. 하지만 먼저 선택된 이스라엘 백성을 통해, 그리고 선지자나 제사장 등 제한적인 사람들이나 제사라는 형식에 의해서 만날 수 있었다. 그러나 이제는 다르다. 예수님이 오심으로 인해 열방의 모든 사람들에게 문호가 개방된 것이다. 선지자나 제사장 등과 같은 특정인을 통하지 않고서도 하나님과 직접 소통할 수 있는 길이 열린 것이다.

　구하라 그리하면 너희에게 주실 것이요 찾으라 그리하면 찾아
낼 것이요 문을 두드리라 그리하면 열릴 것이니 구하는 이마다 받
을 것이요 찾는 이는 찾아낼 것이요 두드리는 이에게는 열릴 것이
니라.(마태복음 7:7~8)

　예수님은 이 사실을 직접 가르쳐 주셨다. 믿음으로 구하면 구
하는 이, 찾는 이, 문을 두드리는 이가 응답을 받을 것이라고 분
명히 약속하셨다. 하나님 말씀은 지혜와 능력의 보고寶庫이다. 무
엇보다 하나님의 모든 말씀은 신실하시다는 점이다. 사람들처럼
입술로 고백한 것을 유명무실하게 하거나 약속한 것을 어기는 분
이 아니시다.
　하나님 말씀은 어떤 이의 말보다 힘이 있다. 그 말씀이 단순히
바른 말이어서이거나 교훈이 된다는 차원에서가 아니다. 세상을
경영하시고 우리 영혼을 이끄시는 에너지의 원천이기 때문이다.
하나님은 당신의 입에서 나온 모든 말씀은 헛되이 돌아오지 않는
다고 이사야 선지자를 통해 말씀하셨다.

　내 입에서 나가는 말도 이와 같이 헛되이 내게로 돌아오지 아
니하고 나의 기뻐하는 뜻을 이루며 내가 보낸 일에 형통함이니
라.(이사야 55:11)

　하나님 말씀은 절대적으로 신뢰할 수 있다. 그래서 우리가 하나

님 말씀에 귀 기울여야 한다고 가르치신 것이다. 왜? 무엇보다 우리 영혼을 살리시는 말씀이기 때문이다.

너희는 귀를 기울이고 내게로 나아와 들으라. 그리하면 너희의 영혼이 살리라. 내가 너희를 위하여 영원한 언약을 맺으리니 곧 다윗에게 허락한 확실한 은혜이니라.(이사야 55:3)

따라서 하나님 형상을 닮았고 또 하나님 호흡으로 지어진 우리의 말도 그 안에 힘이 있다는 것을 깨달아야 한다. 그래서 우리는 하나님이 가르쳐주신 영혼의 언어를 사용해야 한다. 베드로는 하나님 말씀을 마치 갓난아이가 순전하고 신령한 젖을 사모하는 것처럼 사모하라고 가르쳤다. 왜냐하면 하나님 말씀 안에 지혜와 구원이 있기 때문이다.

갓난아기들 같이 순전하고 신령한 젖을 사모하라. 이는 그로 말미암아 구원에 이르도록 자라게 하려 함이라.(베드로전서 2:2)

우리는 하나님 말씀으로 지은 바 되었으므로 마땅히 그분의 말씀을 경청하고 따라야 한다. 그리고 우리 마음에서 자기애를 버리고 세상 것을 비우며 스스로 가난해져야 한다. 그럴 때 하나님이 우리를 직접 돌보아주신다.

나 여호와가 말하노라. 내 손이 이 모든 것을 지었으므로 그들이 생겼느니라. 무릇 마음이 가난하고 심령에 통회하며 내 말을 듣고

떠는 자 그 사람은 내가 돌보려니와(이사야 66:2)

잠언 기자도 우리가 어떻게 말해야 하는지 권면하고 있다.

구부러진 말을 네 입에서 버리며 비뚤어진 말을 네 입술에서 멀리하라.(잠언 4:24)

선지자 사무엘도 하나님 말씀을 듣는 것이 얼마나 중요한지에 대해 가르쳐주고 있다.

사무엘이 이르되 여호와께서 번제와 다른 제사를 그의 목소리를 청종하는 것을 좋아하심 같이 좋아하시겠나이까 순종이 제사보다 낫고 듣는 것이 숫양의 기름보다 나으니라.(사무엘상 15:22)

사도 바울은 우리가 하나님 말씀을 듣는 것은 물론이고 말하는 것, 먹고 마시는 것 등 모든 일에 있어서 하나님 영광을 구하는 자세로 살아야 함을 권면하고 있다. 아울러 우리가 그리스도 안에서 자유를 누리면서도 늘 말씀 안에서 할 것과 하지 말 것을 분별하라고 하면서 오히려 자기 유익보다는 남의 유익을 구하라고 가르쳤다.

그런즉 너희가 먹든지 마시든지 무엇을 하든지 다 하나님의 영광을 위하여 하라.(고린도전서 10:31)

모든 것이 가하나 모든 것이 유익한 것은 아니요 모든 것이 가하나 모든 것이 덕을 세우는 것이 아니니 누구든지 자기 유익을 구하지 말고 남의 유익을 구하라.(고린도전서 10:23~24)

그런 의미에서 아침부터 저녁까지 하나님 말씀에서 떠나서는 안 된다는 것을 알 수 있다. 하나님 말씀을 영의 양식으로 여기고 듣고 묵상하고 말씀에 따라 살려고 노력해야 한다. 다윗이 하나님 말씀을 대하는 자세가 어떠했는지 알 수 있는 구절이 있다.

아침에 나로 하여금 주의 인자한 말씀을 듣게 하소서 내가 주를 의뢰함이니이다. 내가 다닐 길을 알게 하소서 내가 내 영혼을 드림이니이다.(시편 143:8)

이스라엘 영적 지도자 모세도 늘 하나님과 소통하며 하나님 말씀에 귀를 기울인 사람이었다. 그런 그가 하나님으로부터 받은 은혜를 이스라엘 백성들에게 전하는 말씀이다.

주께서 사십 년 동안 너희를 광야에서 인도하게 하셨거니와 너희 몸의 옷이 낡아지지 아니하였고 너희 신이 해어지지 아니하였으며 너희에게 떡도 먹지 못하며 포도주나 독주를 마시지 못하게 하셨음은 주는 너희의 여호와이신 줄을 알게 하려 하심이라.(신명기 29:5~6)

하나님이 사람들이 원하는 모든 것을 다 이루어준다면 세상은 어떻게 되겠는가? 아마도 사람들은 하나님을 하나님답게 기억하거나 온전한 감사나 찬양을 드리지 않을 것이다. 하나님은 그릇된 일에 대해 하지 말라고 하신다. 왜? 하나님의 뜻이 아니기 때문이다. 또 하나 중요한 이유는 하나님을 제대로 기억하라는 뜻이다. 그것은 아담에게 선악과를 따먹지 말라고 한 이유와 같다.

하나님은 이스라엘 백성을 위해 부족함 없는 은혜를 베푸셨지만, 때로는 불편하거나 어려움을 겪게도 하셨다. 그런데 이스라엘 백성은 조금만 불편해도 하나님에 대한 불평불만을 모세에게 털어놓았었다.

> 이스라엘 자손 온 회중이 그 광야에서 모세와 아론을 원망하여 이스라엘 자손이 그들에게 이르되 우리가 애굽 땅에서 고기 가마 곁에 앉아 있던 때와 떡을 배불리 먹던 때에 여호와의 손에 죽었더라면 좋았을 것을 너희가 이 광야로 우리를 인도해내어 이 온 회중이 주려 죽게 하는도다. (출애굽기 16:2~3)

이스라엘 백성의 광야 생활이 오래 지속되자 당연히 먹을 것 등 상황이 애굽에 있을 당시보다 좋지 못했을 것이다. 그래서 지금까지 인도하신 과정에서 베푼 하나님의 은혜는 모두 잊어버리고 당장 눈에 보이는 불편함만을 호소했었다. 하지만 하나님은 우리가 기쁜 일뿐만 아니라 어려운 일을 만났을 때도 모두 그 안에서 하나님을 발견할 수 있기를 바라신다.

우리가 모든 일상에서 하나님의 존재하심을 발견하는 일은 매우 중요하다. 하나님은 우리가 즐겁게 사시는 것을 누구보다도 바라신다. 다만, 우리가 자칫 그런 재미에 빠져 하나님으로부터 멀어지는 것을 우려하시는 것이다. 믿음의 사람들은 그래서 기쁜 일뿐 아니라 고난 속에서도 하나님의 존재를 느끼며 감사했었다. 사도 바울의 고백은 그의 믿음이 어떠했는지 잘 드러나 있다.

> 또한 모든 것을 해로 여김은 내 주 그리스도 예수를 아는 지식이 가장 고상하기 때문이라 내가 그를 위하여 모든 것을 잃어버리고 배설물로 여김은 그리스도를 얻고 그 안에서 발견되려 함이니 내가 가진 의는 율법에서 난 것이 아니요 오직 그리스도를 믿음으로 말미암은 것이니 곧 믿음으로 하나님께로부터 난 의라.(빌립보서 3:8~9)

사도 바울은 빌립보 교회에 보낸 서신에서 자신이 예수 그리스도 안에서 새롭게 발견되기를 바란다고 고백했다. 그래서 예수 그리스도를 아는 지식 외에는 모든 것을 배설물로 여길 정도로 확고한 믿음을 갖고 있었다. 사도 바울은 에베소 교회에 보낸 서신에서도 그 같은 취지로 믿음의 근원에 대해 분명히 밝히고 있다.

> 너희는 그 은혜에 의하여 믿음으로 말미암아 구원을 받았으니, 이것은 너희에게서 난 것이 아니요 하나님의 선물이라, 행위에서 난 것이 아니니 이는 누구든지 자랑하지 못하게 함이라.(에베소서 2:8~9)

우리가 지금 하나님을 믿는다고 해도 그것은 우리의 공로가 아니다. 믿음은 하나님의 선물이기 때문이다. 그래서 믿음이 있는 사람이라고 해서 특별히 자랑할 일은 아니다. 그저 감사할 따름이다. 그래서 믿음을 선물로 주신 하나님께 감사하면서 하나님을 사랑하고 이웃을 사랑하는 것으로 보답하며 살아야 한다. 그것이 하나님을 믿는 자들의 올바른 자세다. 옳은 말은 누구나 할 수 있다. 그것이 정말 옳은 말이 되려면 행동으로 증명해야 한다. 말의 품격이나 능력, 그리고 신뢰는 행동할 때 비로소 완성되는 것이다.

내 형제들아 만일 사람이 믿음이 있노라 하고 행함이 없으면 무슨 유익이 있으리요. 그 믿음이 능히 자기를 구원하겠느냐. 만일 형제나 자매가 헐벗고 일용할 양식이 없는데 너희 중에 누구든지 그에게 이르되 평안히 가라, 덥게 하라, 배부르게 하라 하며 그 몸에 쓸 것을 주지 아니하면 무슨 유익이 있으리요. (야고보서 2:14~16)

믿음과 사랑은 서로 다른 낱말이지만 동전의 양면처럼 하나님을 상징하는 두 개의 커다란 기둥이다. 하나님 말씀이 위대한 것은 하나님 말씀대로 예수님을 통해서 믿음대로 사랑을 다 이루셨기 때문이다.

예수께서 신 포도주를 받으신 후에 이르시되 다 이루었다 하시고 머리를 숙이니 영혼이 떠나가시니라. (요한복음 19:30)

예수 그리스도는 하나님의 온전한 뜻과 자신이 하신 모든 말씀을 책임지고 다 이루셨다. 예수 그리스도야말로 말씀의 품격과 능력을 동시에 보여주신 유일한 분이시다. 우리는 예수 그리스도를 어떤 분으로 기억하고 있는가. 그것이 중요하다.

07

마음이 가난한 사람

물질로 부자가 되고 싶어 하는 사람들을 보라.

그들은 욕망의 노예가 된다.

권력에 사활을 거는 사람들을 보라.

그들은 죽을 때까지 권력의 언저리에서 좀처럼 벗어나지 못한다.

명예에 목숨 건 사람들을 보라.

그들은 남의 시선에서 좀처럼 눈을 떼지 못하고

남의 평판에 아주 민감하게 반응하며 주체적인 삶을 살지 못한다.

사람들은 '가난'이라는 단어를 지긋지긋하게 싫어한다. 그래서 마음만이라도 부자가 되고 싶어 한다. 그런데 예수 그리스도는 "마음이 가난한 자가 복이 있나니 하늘나라가 그들의 것이라"(마 5:3)고 했다.

미음이 가난하다는 것은 무엇을 의미할까?

마음에 아무런 짐도 없고 어떤 소유물이나 권력, 명예 등에 구애받지 않을 정도로 마음이 비워진 상태를 말한다. 그런 부수적인 것들은 사람의 정체성과 아무런 관련이 없고 본질적인 행복과는 거리가 멀다. 마음이 가난하다는 것은 태초에 하나님께서 사람을 창조하실 때 허락하신 원초적인 자아, 요컨대 하나님 형상을 닮은 순수한 마음 상태를 유지하고 있는 것을 말한다. 그런 상태에서는 오직 하나님만을 바라볼 수밖에 없다.

그런데 아담 이후 그런 사람은 한 사람도 없었다. 그런데 왜 하나님은 애초부터 불가능한 일을 하라고 말씀하셨을까? 거기에는 이유가 있다. 그런 상태로 갈 수 있는 길을 선물하시겠다는 것이다. 그것은 추상적인 얘기가 아니라 구체적으로 보내주셨는데, 그분이 바로 예수 그리스도이시다.

아담이 에덴동산에서 저지른 원죄로 말미암아 우리 안에 자기애가 형성되었다. 태초에 하나님이 불어넣어주신 우리 원자아原自我의 입지가 좁아진 것이다. 이것은 하나님이 관여하시기 힘들어졌다는 의미이다. 그런데 중요한 것은 스스로 그 원죄原罪로부터 자유로워질 수 없는 처지가 되었다는 점이다.

그런데 하나님께서 말할 수 없는 긍휼과 자비로 예수 그리스도를 통해 구원의 손길을 뻗치신 것이다. 그것의 실제는 예수 그리스도의 십자가 죽음과 부활이다. 그로 인해 우리는 예수님의 사랑과 희생으로 인해 우리 죄를 용서받고 다시 하나님의 백성이 될 수 있는 길이 열린 것이다.

이제 그동안 원죄로 인해 자기애로 채워졌던 마음을 가난하게 하는 것이 가능해졌고 또 그것이 매우 중요해졌다. 우리 안에 자리 잡고 있던 자기중심적 사고와 세속적 지식을 비우고 그 자리에 진리이신 예수님으로 채우는 일이다. 그래서 내가 원하는 삶으로 마음을 부자로 만드는 것이 아니라 오직 예수님을 믿고 의지하는 가난한 마음으로 만드는 것이다.

자신의 사회적 계급이나 소유물에 의한 위상은 사실상 허구라는 점을 잊어서는 안된다. 부나 권력이나 명예 등은 마치 옷을 치장하는 액세서리처럼 잠시 자신의 가슴을 뿌듯하게 할 수 있을지 몰라도 자신의 영혼까지 위로하지는 못한다. 있다가도 없는 것, 요컨대 영원하지 않은 것들은 잠시 위력을 발휘하는 것 같아도 그것이 자신의 정체성을 대변해주지는 못한다.

가령 사람이 죽으면 모든 것을 잃는다고 가정해보자. 그렇다면 그래도 잃지 않을 것이 있을 가능성이 있다고 생각해본다면 무엇이 있을까? 그것은 영혼뿐이다. 그렇다면 인생에서 모든 것을 걸고서라도 영혼을 구하기 위해 힘써야 하지 않을까? 예수님은 영혼이 영원히 거할 곳을 천국이라고 말씀하셨다. 그리고 그 천국을 얻기 위해서는 자기가 가진 모든 것과 바꾸어서라도 그것을 취해야 한다고 비유를 통해 말씀해주셨다.

천국은 마치 밭에 감추인 보화와 같으니 사람이 이를 발견한 후 숨겨두고 기뻐하며 돌아가서 자기의 소유를 다 팔아 그 밭을 사느니라. (마태복음 13:44)

영원히 가질 수 없는 것에 미련이 있다는 것은 여전히 자기애(ego)가 자신을 채우고 있다는 증거다. 그런데 그것을 위해 자신의 인생을 소비한다는 것은 모래 위에 집을 세우는 일과 다를 바 없다. 말하자면 공허한 몸짓에 불과한 것이다. 마음이 부자라는 것은 자신이 갖고 싶은 것, 자신이 바라는 것들로 잔뜩 채워져 있다는 뜻이다. 그런 사람은 현세에서 더 오래 살고 싶고 더 오래 누리고 싶을 것이다. 천국을 소망하는 일도 없을 것이고 영혼을 위해 무엇을 할 것인지 고민하지 않을 것이다. 부자인 지금의 자신이 가난한 천국 백성보다 더 낫다고 생각할 것이기 때문이다.

그런데 마음이 가난해질 때 영혼이 행복해진다는 사실을 알아야 한다. 하나님께서 영원한 것들로 채워주실 것이라는 사실을 믿어야 한다. 그러나 그런 믿음을 갖기 위해서는 자기애에서 벗어나야 한다. 왜냐하면 자기애의 특성은 자신이 바라는 것에 집착하게 만들어버리기 때문이다. 그래서 자기애 밖의 더 좋은 것을 놓치기 일쑤다.

물질로 부자가 되고 싶어 하는 사람들을 보라. 그들은 욕망의 노예가 된다. 권력에 사활을 거는 사람들을 보라. 그들은 죽을 때까지 권력의 언저리에서 좀처럼 벗어나지 못한다. 명예에 목숨 건 사람들을 보라. 그들은 남의 시선에서 좀처럼 눈을 떼지 못하고 남의 평판에 아주 민감하게 생각하며 주체적인 삶을 살지 못한다.

중요한 것은 자기애의 산물들로 가득 채워진다고 해도 절대 만족이 없다는 것이다. 자신이 가지고 있는 것에 주목하는 것이 아니라 현재 소유하지 못하는 것들에 언제나 눈길이 가 있기 때문이다. 그래서 욕망은 더욱 팽창되어가고 반대로 만족은 점점 줄어든다. 오히려 갈수록 참 자아를 찾아가는 데 장애요인이 될 뿐이다.

우리 마음속에 자기애라는 녀석이 자리 잡고 있는 한 절대로 행복해질 수 없다. 그래서 우리 삶의 목표는 자기애를 비워서 가난한 마음을 어떻게 유지할 것인가에 초점이 맞추어져야 한다. 자기애는 자기 삶을 옥죌 뿐 아니라 타인의 삶에도 상처를 주기 십상이다. 자기애는 자꾸만 눈에 보이는 시각적인 것에만 주목하게 만든다. 학력, 외모, 계급, 소유 등이 자신의 정체성이라고 착각하게 만든다. 그런 사람들은 사회적으로 실패하거나 지신의 가진 것들을 잃어버리게 되면 자신의 정체성마저 잃어버렸다고 생각한다. 그래서 한순간에 절망의 늪에 빠지고 만다. 그래서 참 자아, 요컨대 정체성은 그런 것에 의해 좌우되는 것이 아니다. 그런 것들은 삶을 불편하게 하거나 체면을 구기게 할 수는 있으나 마음이나 영혼마저 어떻게 하지는 못하기 때문이다.

　　몸은 죽여도 영혼은 능히 죽이지 못하는 자들을 두려워하지 말고 오직 몸과 영혼을 능히 지옥에 멸하실 수 있는 이를 두려워하라.(마태복음 10:28)

　정작 중요한 것은 유한한 육체적 삶보다는 영원한 영혼에 관심 갖는 일이다. 그 영혼은 정신, 마음 등을 포함한 것으로 하나님의 형상을 닮은 우리의 실체다. 아름다운 외모, 육체적인 힘, 재력, 재능 등이 있다고 해서 그것이 나쁠 이유가 있겠는가. 그런 것들도 하나님께서 허락하신 귀한 은사다. 그러나 그것들보다 더 소중한 것이 있다. 그것이 바로 영혼이다.

　그것을 구원하기 위해 예수님이 이 땅에 오신 것이다. 우리가 지각으로 감지되는 육체, 물질 등은 언젠가 사라질 것이라는 사실은 우리가 다 알고 있다. 그런 것들을 무조건 무시하거나 방치하자는 것이 아니다. 모든 것에는 우선순위가 있고 경중이 있다. 감각적으로 자신을 인식하는 것에서 벗어나 내면의 깊은 곳에 자리한 영혼에 대해 더 깊이 묵상할 필요가 있다는 것이다. 그리고 그것을 꺼내어 사용해야 한다. 그것만이 하나님과 소통할 수 있는 유일한 길이기 때문이다.

우리 영혼을 통해서 성령도 성자도 성부도 만날 수 있다. 성삼위일체이신 하나님을 만날 수 있다. 그러기 위해서는 먼저 마음이 가난해져야 한다. 그랬을 때 비로소 영혼을 채워줄 누군가를 소망하게 된다. 그런 마음을 갖게 될 때 모든 생활방식에서 예수님을 닮아가고 싶어진다. 그것이 믿음이고 사랑이다. 물질이 주는 위안보다 하나님이 주시는 영혼의 위로를 느끼게 되면 모든 삶에서 평안을 누리게 된다. 그분을 만나면 영적인 문제, 육적인 문제 등 모든 것이 한꺼번에 해결된다.

우리 마음이 가난해져야 할 이유가 분명해졌다. 아담과 하와의 선악과 범죄 이후 죄성罪性으로 인하여 우리 안은 자기애로 가득 차 있다. 그래서 자기애를 비우고 대신 성령으로 채우지 않으면 안 된다. 우리 마음은 만물보다 거짓되고 심히 부패한 상태라는 사실을 직시해야 한다.

만물보다 거짓되고 심히 부패한 것은 마음이라 누가 능히 알리요마는 나 여호와는 심장을 살피며 폐부를 시험하고 각각 그의 행위와 그의 행실대로 보응하나니 불의로 치부하는 자는 자고새가 낳지 아니한 알을 품음 같아서 그의 중년에 그것이 떠나겠고 마침내 어리석은 자가 되리라.(예레미야 17:9~11)

사도 바울은 우리 영을 살리기 위해서는 하나님의 영이 우리 안에 거하셔야 함을 강조하고 있다.

예수를 죽은 자 가운데서 살리신 이의 영이 너희 안에 거하시면 그리스도 예수를 죽은 자 가운데서 살리신 이가 너희 안에 거하시는 그의 영으로 말미암아 너희 죽을 몸도 살리시리라.(로마서 8:11)

그는 허물과 죄로 죽었던 너희를 살리셨도다.(에베소서 2:1)

우리 생명은 영혼 안에 있다. 그러므로 무엇보다 영혼에 관심을 기울여야 한다. 근대 철학의 창시자로 불리는 17세기 철학자 데카르트는 "나는 생각한다. 고로 존재한다"고 했다. 그는 자신이 언제나 생각하고 있다는 것은 의심할 여지가 없는 사실임을 깨닫고 생각과 존재를 동일시했다. 즉, 생각과 정체성이 동일하다고 생각한 것 같다. 그는 진리를 발견하는 대신 자기애의 근원을 발견한 듯하지만, 정작 그것을 인지하지는 못한 것이 아닐까. 말하자면 생각을 낳는 혹은 움직이는 그 무엇이 있다는 것을 생각하지 못한 것이다.

그것은 하나님 호흡과 연결된 영혼이 있다는 사실을 간과했기 때문이다. 영혼을 부정하는 순간 우리 생각이 우리 존재를 컨트롤할 수 있다고 믿을 수 있다. 그러나 그런 생각은 인간이 지닌 감정이지 우리의 생각을 주관하는 근원까지 포함하고 있지 않다.

가우르 고팔 다스의 《아무도 빌려주지 않은 인생책》에는 '인생 나무'라는 비유가 등장한다. "우리가 나무를 볼 때 그 나무의 가장 본질적인 부분 중 하나는 그것의 뿌리다. 나무에는 세 가지의 본질적인 부분이 있다. 첫 번째는 뿌리이고 두 번째는 둥치이며 세 번째는 나무의 꼭대기 부분이다. 건강한 나무는 건강한 뿌리를 가지고 있다. 뿌리가 깊고 튼튼할수록 나무는 폭풍, 태풍 등 어떤 강한 바람에도 튼튼하게 서 있다. 그 뿌리는 우리의 영성에 비유될 수 있다. 우리의 성취는 사람들에게 보인다. 우리의 재산은 사람들에게 보이고 우리의 추종자는 사람들에게 보이고 우리의 카리스마는 사람들에게 보인다. 우리의 성공은 사람들에게 보인다. 하지만 사람들 눈에 보이지 않는 것이 우리의 뿌리, 즉 우리의 영성이다.''*

그렇다. 세상에는 보이지 않지만 중요한 것들이 많다. 그 가운데 하나가 영혼이다. 그것에 의존하여 살고자 하는 정신이 영성이다. 제아무리 우리가 다른 것에 정신이 팔려 영혼의 존재가치에 동의하지 않는다고 해도 그것의 중요성은 본질적으로 변하지 않는다.

우리 눈이나 세상 지식으로는 사랑이나 즐거움, 그리고 슬픔이나 두려움의 원천에 대해 알 수 없다. 그래서 영혼에 대해 깊이 묵상해야 한다. 그 영혼에 대해 깨달을 때 비로소 진정한 삶을 누릴 수 있다. 왜냐하면 그런 생각의 근원이 하나님이기 때문이고 그 소통의 통로가 영혼이기 때문이다.

예수께서 자기를 믿은 유대인들에게 이르시되 너희가 내 말에 거하면 참으로 내 제자가 되고 진리를 알지니 진리가 너희를 자유롭게 하리라.(요한복음 8:31~32)

사도 바울은 그것을 경험했다. 그래서 마음의 평안을 중요하게

* 가우르 고팔 다스 저 · 이나무 역, 아무도 빌려주지 않은 인생책, p.39, 수오서재

생각했다. 그래서 각 교회와 성도들에게 보낸 서신마다 하나님 아버지와 예수 그리스도를 좇아 평안하기를 기도했다.

하나님의 뜻으로 말미암아 그리스도 예수의 사도 된 바울은 에베소에 있는 성도들과 그리스도 예수 안에 있는 신실한 자들에게 편지하노니 하나님 우리 아버지와 주 예수 그리스도로부터 은혜와 평강이 너희에게 있을지어다.(에베소서1:1~2)

내면에 존재하는 영혼을 사용하여 성령의 도움으로 하나님과 소통할 때 비로소 내면의 평화가 찾아온다는 것을 알 수 있다.

사람의 영혼은 여호와의 등불이라 사람의 깊은 속을 살피느니라.(잠언 20:27)

하나님이 우리 영혼을 주관하실 때 어떤 외부의 방해도 받지 않고 참 자유와 평안을 누릴 수 있다. 공중을 나는 새처럼, 들에 핀 백합화처럼 우리를 자유롭게 하시고 평안을 누리게 하실 것이다. 우리 마음이 가난해져야 하는 이유다.

08

너희의 그 헤아림으로

누군가의 헤아림을 기대한다면
먼저 누군가에게 헤아림을 베풀어야 하고
누군가로부터 대접받고 싶으면
먼저 누군가를 대접해야 한다.
그것이 하나님 나라의 법이다.
그것이 다름 아닌 사랑의 법이다.

하나님은 우리가 당신을 얼마나 알게 되기를 바라시는 걸까?
우리는 또 얼마나 하나님을 알 수 있을까?

성서는 우리에게 하나님을 알아가라고 말씀하신다. 그리고 하나님 안에서 자라가라고 말씀하신다. 호세아 선지자는 이스라엘 자손들을 향해 당시 상황을 이렇게 술회하며 한탄하고 있다.

이스라엘 자손들아 여호와의 말씀을 들으라. 여호와께서 이 땅 주민과 논쟁하시나니 이 땅에는 진실도 없고 인애도 없고 하나님을 아는 지식도 없고 오직 저주와 속임과 살인과 도둑질과 간음뿐이요 포악하여 피가 피를 뒤이음이라. 그러므로 이 땅이 슬퍼하며

거기 사는 자와 들짐승과 공중의 나는 새가 다 쇠잔할 것이요 바다의 고기도 없어지리라.(호세아 4:1~3)

사도 베드로는 우리가 세상을 이기는 힘은 오직 하나님으로부터 나온다는 것을 알고 우리 주 곧 예수 그리스도의 은혜와 그를 아는 지식에서 자라가라고 권면하고 있다.

오직 우리 주 곧 구주 예수 그리스도의 은혜와 그를 아는 지식에서 자라 가라 영광이 이제와 영원한 날까지 그에게 있을지어다.(베드로후서 3:18)

또 사도 바울은 무리하게 하나님을 알려고 하기보다는 자신에게 부여된 믿음의 분량대로 지혜롭게 생각하고 그것을 바탕으로 마땅히 생각할 그 이상의 생각을 품지 말라고 강조하며 절제된 자세를 권면한다.

내게 주신 은혜로 말미암아 너희 각 사람에게 말하노니 마땅히 생각할 그 이상의 생각을 품지 말고 오직 하나님께서 각 사람에게 나누어 주신 믿음의 분량대로 지혜롭게 생각하라.(로마서 12:3)

이같이 각각 성서 말씀이 생각하기에 따라서는 서로 배치되는 말씀으로 해석될 수 있는 부분이 있다. 그래서 성서를 읽을 때마다 참으로 조심스럽다. 왜냐하면 성서의 잘못된 해석이 하나님의 뜻에서 멀어질 수 있기 때문이다. 따라서 우리가 어떤 곳을 향해 걸어갈 때 목적지에서 멀어지는지 혹은 가는 길에서 이탈하는지를 잘 살피며 조심스럽게 걸어야 한다. 이와 마찬가지로 하나님이 제시하신 푯대를 살피며 걸어가야 한다. 그렇지 않으면 의도치 않게 곁길로 샐 수 있기 때문이다. 사도 바울도 빌립보 교인들에게 보낸 서신에서 그 점을 강조했다.

형제들아 나는 아직 내가 잡은 줄로 여기지 아니하고 오직 한 일, 즉 뒤에 있는 것은 잊어버리고 앞에 있는 것을 잡으려고 푯대를 향하여 그리스도 예수 안에서 하나님이 위에서 부르신 부름의 상을 위해 달려가노라.(빌립보서 3:13~14)

그런 의미에서 성서를 읽을 때 잊지 말아야 할 것은 궁극적으로 하나님의 가장 큰 계획, 가장 큰 뜻을 헤아리려고 애써야 할 것 같다. 그래서 문자나 문장 등에 지나치게 집착하다가 행간 속에 숨겨진 의미나 문장의 맥락을 놓쳐서는 안 될 것이다. 오직 성령의 도움을 요청하며 기도하는 마음으로 영의 양식을 섭취해야 할 것이다.

중요한 것은 초심을 잃지 않고 하나님을 사랑할 수 있어야 한다. 처음에는 순수하게 하나님을 사랑하다가도 지식이 늘어나거나 뭔가 좀 이루어졌다고 생각할 때 종종 교만해지는 경우를 볼 수 있다. 하나님에 관한 지식은 우리가 성장했다고 해서 교만해질 정도의 수준이 아니라는 것을 명심할 필요가 있다.

하나님의 계획과 뜻은 예수님을 통해 온전히 이루어졌다. 그래서 예수님 자체가 완전한 하나님의 계시이자 성취라는 것을 깨달을 필요가 있다. 예수님은 이 땅에 오셔서 하나님의 뜻을 온전히 이루셨다. 그것은 예수님을 통해 율법을 다 완성하게 하시고 인류의 모든 죄를 담당하게 하신 것이다. 그래서 우리는 예수님이 우리 구세주라는 사실을 믿음으로 인해 구원받을 수 있는 길이 열린 것이다.

예수님은 십자가에 달려서 못 박혀 죽으셨고, 죽으신 후 사흘 만에 부활하셨다. 그리고 하나님이 계획하신 모든 사역을 마치시고 하나님 우편으로 올라가셨다. 그렇지만 예수님은 우리를 고아처럼 내버려 두지 않으시고 우리와 영원히 함께하시겠다고 약속하셨다.

성령이라는 존재방식으로 우리와 함께하신다. 성령은 우리 마음 가운데 오셔서 우리의 일거수일투족을 주관하시고 하나님과의 소통을 도우신다. 우리가 하나님을 더 알고 하나님의 뜻을 더 헤아릴 수 있도록 도우신다. 그리고 그 뜻에 따라 순종할 수 있는 믿음을 유지할 수 있도록 돕고 계신다.

그렇다면 우리는 무엇을 믿어야 할까?

또 무엇을 구해야 할까?

먼저 하나님께서 우리의 창조주이시며 만물을 주관하고 계신다는 것과 예수 그리스도가 우리를 구원하시기 위해 이 땅에 오신 메시아라는 사실을 믿어야 한다. 그리고 하나님의 긍휼과 사랑을 믿어야 하고 더불어 우리도 하나님을 사랑해야 한다. 아울러 그분의 의와 그분의 나라를 구해야 한다.

하나님 나라에 대한 소망이 없으면 자연히 세상의 것들을 소망하게 될 것이다. 우리는 끊임없이 하나님의 의와 그분의 나라를 소망해야 하는 이유가 거기에 있다. 그것이 우리가 하나님을 대하는 올바른 자세다. 우리가 하나님을 믿을 수 있다는 것은 순전히 하나님 은혜다. 우리가 지식이 뛰어나서도 마음이 착해서도 아니다. 하나님께서 우리에게 순종하는 마음을 허락하셨기 때문에 가능한 일이다. 그래서 '믿는다'가 아니라 어쩌면 '믿어진다'는 표현이 옳지 않을까 생각된다.

우리는 지속적으로 하나님의 의를 구하고 하나님의 뜻대로 살기를 간구해야 한다. 왜 그럴까? 그것은 하나님이 그렇게 말씀하셨기 때문이다. 특히 하나님의 존재방식 가운데 하나는 '말씀'이라는 사실을 간과해서는 안 되겠다. 태초에 하나님은 말씀으로 존재하셨다. 그리고 하나님은 말씀으로 이 세상을 창조하셨다.

> 태초에 하나님이 천지를 창조하시니라. 땅이 혼돈하고 공허하며 흑암이 깊음 위에 있고 하나님의 영은 수면 위에 운행하시니라. 하나님이 이르시되 빛이 있으라 하시니 빛이 있었고(창세기 1:1~3)

> 태초에 말씀이 계시니라 이 말씀이 하나님과 함께 계셨으니 이 말씀은 곧 하나님이시라. 그가 태초에 하나님과 함께 계셨고 만물이 그로 말미암아 지은 바 되었으니 하나도 그가 없이는 된 것이 없느니라.(요한복음 1:1~3)

인류는 말씀으로 시작되었고 말씀으로 경영되고 있으며 말씀으로 끝난다고 해도 과언이 아니다. 왜냐하면 그 말씀대로 세상의 시작과 끝이 계시되었기 때문이다.

예수 그리스도의 계시라 이는 하나님이 그에게 주사 반드시 속히 일어날 일들을 그 종들에게 보이시려고 그의 천사를 그 종 요한에게 보내어 알게 하신 것이라. 요한은 하나님의 말씀과 예수 그리스도의 증거 곧 자기가 본 것을 다 증언하였느니라. 이 예언의 말씀을 읽는 자와 듣는 자와 그 가운데 기록한 것을 지키는 자는 복이 있나니 때가 가까움이라.(요한계시록 1:1~3)

흔히 말씀을 로고스Logos와 레마Rhema로 구분한다. 로고스는 모든 사람에게 공통으로 주시는 하나님 말씀이다. 로고스를 통하여 일반적인 은혜를 받는다. 반면, 레마는 계시적 성경을 띠고 있다. 성경을 읽거나 말씀을 듣고 묵상하고 기도하는 과정에서 받는 하나님의 영적 메시지를 통해 특별한 감동을 말한다. 레마를 통하여 성령의 권능이 역사하고 개인적인 은혜와 특별한 영적 체험을 하며 주님의 성품을 만나게 되는 것이다. 이처럼 하나님 말씀은 로고스와 레마로 동시에 역사하신다.

그러면 무엇을 말하느냐 말씀이 네게 가까워 네 입에 있으며 네 마음에 있다 하였으니 곧 우리가 전파하는 믿음의 말씀이라. 네가 만일 네 입으로 예수를 주로 시인하며 또 하나님께서 그를 죽은 자 가운데서 살리신 것을 네 마음에 믿으면 구원을 받으리라.(로마서 10:8~9)

구원은 하나님 말씀으로 시작되며 그 말씀을 믿고 입으로 시인하면 구원으로 이어진다. 말씀은 창조의 시작일 뿐 아니라 구원의 시작이라는 것을 알 수 있다. 그래서 사도 바울은 골로새 교회에 보낸 서신에서 말씀의 중요성을 강조하고 그리스도의 말씀이 마음 가운데 풍성히 거하도록 하고 또 하나님 지혜에 의지하여 피차 말씀을 가르치며 권면하기를 강조하였다.

그리스도의 말씀이 풍성히 거하여 모든 지혜로 피차 가르치며 권면하고 시와 찬송과 신령한 노래를 부르며 감사하는 마음으로 하나님을 찬양하고 또 무엇을 하든지 말에나 일에나 다 주 예수의 이름으로 하고 그를 힘입어 하나님께 감사하라.(골로새서 3:16~17)

사도 바울은 디모데에게 보낸 서신에서도 오직 하나님 말씀과 기도로 거룩하여질 수 있음을 가르쳤다. 이것은 당시 세태 그리고 장차 닥칠 여러 가지 징조들이 만만치 않음을 직시하고 말씀과 기도로 이겨나가라는 권면이라고 할 수 있다.

하나님의 말씀과 기도로 거룩하여짐이라. 네가 이것으로 형제를 깨우치면 그리스도 예수의 좋은 일꾼이 되어 믿음의 말씀과 네가 따르는 좋은 교훈으로 양육을 받으리라. 망령되고 허탄한 신화를 버리고 경건에 이르도록 네 자신을 연단하라. 육체의 연단은 약간의 유익이 있으나 경건은 범사에 유익하니 금생과 내생에 약속이 있느니라.(디모데전서 4:5~8)

야고보가 흩어져 있는 지파들에게 보낸 서신에서 강조한 내용도 역시 하나님 말씀으로 온갖 시험을 기쁘게 받아들이고 이겨나가라는 권면이다. 하나님 말씀을 받는 것은 속히 하고 오히려 자기 생각을 말하는 것과 성내는 것은 더디 하여 하나님의 의를 이루라고 가르치고 있다. 하나님의 의는 내가 이루는 것이 아니라 내 안에 있는 말씀이 이루신다. 그래서 그것을 믿고 말씀을 온유함으로 받는 것이 중요하다는 것을 알 수 있다.

> 그가 피조물 중에 우리로 첫 열매가 되게 하시려고 자기의 뜻을 따라 진리의 말씀으로 우리를 낳으셨느니라. 내 사랑하는 형제들아 너희가 알지니 듣기는 속히 하고 말하기는 더디 하며 성내기도 더디 하라. 사람이 성내는 것이 하나님의 의를 이루지 못함이라. 그러므로 모든 더러운 것과 넘치는 악을 내버리고 너희 영혼을 능히 구원할 바 마음에 심어진 말씀을 온유함으로 받으라.(야고보서 1:18~21)

사도 바울은 에베소 교인들에게 보낸 편지에서도 말씀이 얼마나 중요한지 조목조목 가르치고 있다. 말씀이 우리 안에 자리 잡지 못하면 하나님에 대한 찬양도 이루어지지 못하고 구원이나 성령의 인치심도 이루어질 수 없음을 지적하고 있다. 모든 하나님 은혜는 말씀을 받는 것으로부터 시작됨을 알 수 있다.

> 그 안에서 너희도 진리의 말씀 곧 너희의 구원의 복음을 듣고 그 안에서 또한 믿어 약속의 성령으로 인치심을 받았으니 이는 우리 기업의 보증이 되사 그 얻은 것을 속량하시고 그의 영광을 찬송하게 하려 하심이라.(에베소서 1:13~14)

사도 베드로는 하나님 말씀의 능력을 보았기 때문에 우리가 평소에도 우리말이 위력을 발휘할 것이라는 사실을 익히 알고 있었다. 그래서 우리가 말하려면 하나님 말씀을 하는 것 같이 하라고 가르치고 있다. 왜냐하면 그 말씀을 통해 하나님의 영광과 권능이 드러나기 때문이다.

만일 누가 말하려면 하나님의 말씀을 하는 것 같이 하고 누가 봉사하려면 하나님이 공급하시는 힘으로 하는 것같이 하라. 이는 범사에 예수 그리스도로 말미암아 하나님이 영광 받으시게 하려 함이니 그에게 영광과 권능이 세세에 무궁토록 있느니라. 아멘(베드로전서 4:11)

사도 요한은 이미 예수 그리스도를 믿는 사람들에게 전하는 메시지로서 이미 하나님의 사랑을 경험한 것을 바탕으로 말씀을 더욱 굳건하게 붙들고 마지막 때를 살아갈 것을 강권하는 가르침이다. 말하자면 영생의 소유와 교제에 대한 참된 지식을 가르치고 있다.

이 서신의 수신자는 이방인 출신의 신자들이었을 것으로 추측된다. 왜냐하면 "자녀들아 너희 자신을 지켜 우상에게서 멀리하라"(요한일서 5:21)고 경고하고 있는 점 때문이다. 궁극적으로 하나님 말씀의 실존과 그 말씀의 권능에 대해서 다시 한 번 상기시킨다.

태초부터 있는 생명의 말씀에 관하여는 우리가 들은 바요 눈으

로 본 바요 자세히 보고 우리의 손으로 만진 바라. 이 생명이 나타
내신바 된 지라. 이 영원한 생명을 우리가 보았고 증언하여 너희
에게 전하노니 이는 아버지와 함께 계시다가 우리에게 나타내신
바 된 이시니라. 우리가 보고 들은 바를 너희에게도 전함은 너희
로 우리와 사귐이 있게 하려 함이니 우리의 사귐은 아버지와 그의
아들 예수 그리스도와 더불어 누림이라.(요한일서 1:1~3)

그렇다. 성서 말씀은 하나님이시다. 예수 그리스도이시다. 성
령이시다. 삼위일체 하나님께서 태초 이래 우리와 함께 계신다는
점이다. 우리가 말씀을 받는다는 것은 하나님과 사귄다는 의미다.
그 사귐은 하나님 아버지와 예수 그리스도와 더불어 영생을 누리
는 것을 뜻한다.

그렇다면 어떻게 하나님 말씀을 듣고, 깨닫고 그 말씀에 순종하
며 은혜 가운데 살 수 있을까? 성령의 도움이 필수적이다. 우리 지
혜로는 하나님을 알 수 없고 말씀을 깨달을 수도 없다. 그래서 중
요한 것은 성령이 항상 우리 안에서 활동하실 수 있도록 우리 마음
자리를 내어드리는 것이다. 하나님의 논리는 한결같다. 왜냐하면
하나님 말씀은 불변하는 진리이기 때문이다.

비판을 받지 아니하려거든 비판하지 말라. 너희가 비판하는 그
비판으로 너희가 비판을 받을 것이요 너희가 헤아리는 그 헤아림
으로 너희가 헤아림을 받을 것이니라.(마태복음 7:1~2)

우리가 하나님 말씀을 비판하면 우리도 비판을 면치 못한다. 하

지만 하나님 말씀을 헤아리면 그만큼, 아니 그보다 더 헤아림을 받는다. 우리 마음이 성령으로 충만할 때 은혜의 기쁨과 감사가 넘쳐나게 된다. 그와 반대로 성령에 의지하지 않고 자신의 이성이 지배할 때 우리는 걱정과 두려움, 그리고 슬픔, 시기, 질투, 욕심 등으로 우리 안이 가득 채워질 것이다. 그래서 성서는 우리에게 성령을 충만하게 받을 것을 강권한다. 다음은 예수님이 하늘로 승천하시기 전에 우리에게 주신 마지막 말씀이다.

오직 성령이 너희에게 임하시면 너희가 권능을 받고 예루살렘과 온 유대와 사마리아와 땅끝까지 이르러 내 증인이 되리라 하시니라. (사도행전 1:8)

하나님의 뜻을 헤아리기 위해서는 성령의 도움 없이는 불가능하다. 성서는 진리를 설명하기 위해 많은 비유를 통해 가르친다. 마태복음에는 달란트 비유가 나온다.

또 어떤 사람이 타국에 갈 때 그 종들을 불러 자기 소유를 맡김과 같으니 각각 그 재능대로 한 사람에게는 금 다섯 달란트를, 한 사람에게는 두 달란트를, 한 사람에게는 한 달란트를 주고 떠났더니 다섯 달란트 받은 자는 바로 가서 그것으로 장사하여 또 다섯 달란트를 남기고 두 달란트 받은 자도 그같이 하여 또 두 달란트를 남겼으되 한 달란트 받은 자는 가서 땅을 파고 그 주인의 돈을 감추어 두었더니 오랜 후에 그 종들의 주인이 돌아와 그들과 결산할 새 다섯 달란트 받았던 자는 다섯 달란트를 더 가지고 와서 이르되 주인이여 내게 다섯 달란트를 주셨는데 보소서 내가 또 다섯 달란트를 남겼나이다. 그 주인이 이르되 잘 하였도다 착하고 충성된 종아 네가 적은 일에 충성하였으매 내가 많은 것을 네게 맡기리니 네 주인의 즐거움에 참여할지어다 하고 두 달란트 받았던 자도 와서 이르되 주인이여 내게 두 달란트를 주셨는데 보소서 내가 또 두 달란트를 남겼나이다. 그 주인이 이르되 잘 하였도다 착하고 충성된 종아 네가 적은 일에 충성하였으매 내가 많은 것을 네게 맡기리니 네 주인의 즐거움에 참여할지어다 하고 한 달란트 받았던 자는 와서 이르되 주인이여 당신은 굳은 사람이라 심지 않은 데서 거두고 헤치지 않은 데서 모으는 줄을 내가 알았으므로 두려워하여 나가서 당신의 달란트를 땅에 감추어 두었나이다 보소서 당신 것을 가지셨나이다. 그 주인이 대답하여 이르되 악하고 게으른 종아 나는 심지 않은 데서 거두고 헤치지 않은 데서 모으는 줄로 네가 알았느냐. 그러면 네가 마땅히 내 돈을 취리取利하는 자들에게나 맡겼다가 내가 돌아와서 내 원금과 이자를 받게 하였을 것이니라 하고 그에게서 한 달란트를 빼앗아 열 달란트 가진 자에게 주어라. 무릇 있는 자는 받아 풍족하게 되고 없는 자는 그 있는 것까지 빼앗기리라. (마태복음 25:14~29)

여기에 등장하는 달란트는 대개 맡겨진 은사 혹은 사명 등으로 해석하여 하나님 말씀에 충성할 것을 강조한다. 물론 그 해석도 은혜가 된다. 하지만 달란트를 성령으로 해석해보아도 또 다른 은혜가 된다. 사람마다 성령의 크기나 몫이 다를 수 있다. 하나님이 주시는 소명이 다르기 때문이다.

예수님이 제자들 곁을 떠나 하늘 아버지께 가시기 전에 성령을 보내주실 것을 약속하셨다. 이 상황은 어쩌면 멀리 타국으로 떠나면서 달란트를 맡기는 주인과 크게 다르지 않음을 알 수 있다. 예수님께서 승천하시기 전에 약속하신 성령을 누구나 믿음으로 받을 수 있다. 그런데 자기가 받은 성령의 분량을 기뻐하고 감사하며 주어진 성령의 분량에 맞는 삶을 사는 것이 아니라 분량에만 관심을 두거나 아예 무감각하여 의미 없는 삶을 사는 것은 하나님께서 성령을 주시는 의미를 망각한 처사가 아니겠는가.

반면에 성령의 분량이 크든 적든, 때를 얻든 못 얻든 오로지 하나님의 은혜로 알고 충성할 때 하나님으로부터 "착하고 충성된 종아 잘 하였도다"라고 칭찬하실 것이다. 우리는 성령이 충만해질 수 있도록 기도해야 하지만 성령이 크고 작음에 주목할 것이 아니라 그 은혜에 주목하고 거기에 합당하고 충성된 삶을 살아야 하지 않을까. 그렇다면 우리는 어떻게 반응해야 할까? 사도 바울은 이에 대해 구체적으로 제시하고 있다.

오직 성령의 열매는 사랑과 희락과 화평과 오래 참음과 자비와 양선과 충성과 온유와 절제니 이 같은 것을 금지할 법이 없느니라. (갈라디아서 5:22~23)

한 달란트를 땅에 묻어둔 종의 의식은 그냥 자유가 없기 때문에 주인이 늘 무서운 대상으로만 생각한 것이다. 그래서 자유로운 사고와 행동으로 달란트를 사용할 수 없었다. 사도 바울은 그 점을 분명히 가르쳤다.

그리스도께서 우리를 자유롭게 하려고 자유를 주셨으니 그러므로 굳건하게 서서 다시는 종의 멍에를 메지 말라.(갈라디아서 5:1)

하나님은 우리에게 자유로운 자로 살기를 원하신다. 그렇다면 그 자유를 어떻게 사용하며 살아야 할까?

형제들아 너희가 자유를 위하여 부르심을 입었으나 그러나 그 자유로 육체의 기회를 삼지 말고 오직 사랑으로 서로 종노릇하라.(갈라디아서 5:13)

모든 것이 가하나 모든 것이 유익한 것이 아니요 모든 것이 가하나 모든 것이 덕을 세우는 것이 아니니 누구든지 자기 유익을 구하지 말고 남의 유익을 구하라.(고린도전서 10:23~24)

한 달란트를 땅에 묻어둔 종은 주인의 입장에서 생각한 것이 아니라 자신의 안위를 먼저 걱정하다 보니 주인의 뜻을 헤아리지 못했다. 또 자유인으로서 생각한 것이 아니라 종으로서 생각한 것이다. 주인의 뜻을 헤아리지 못한 것이다. 무엇을 하든지 우리가 취해야 할 자세는 우리의 주인, 즉 하나님의 영광을 먼저 구하는 것이 마땅하다. 그리고 우리에게 주어진 자유를 하나님의 뜻에 따라 사용해야 할 것이다.

그런즉 너희가 먹든지 마시든지 무엇을 하든지 다 하나님의 영광을 위하여 하라.(고린도전서 10:31)

예수님이 제자들을 가르치실 때 씨 뿌리는 비유로 말씀하신 적이 있다.

들으라 씨를 뿌리는 자가 뿌리러 나가서 뿌릴 새 더러는 길가에 떨어지매 새들이 와서 먹어버렸고 더러는 흙이 얕은 돌밭에 떨어지매 흙이 깊지 아니하므로 곧 싹이 나오나 해가 돋은 후에 타져서 뿌리가 없으므로 말랐고 더러는 가시떨기에 떨어지매 가시가 자라 기운을 막으므로 결실하지 못하였고 더러는 좋은 땅에 떨어지매 자라 무성하여 결실하였으니 삼십 배나 육십 배나 백 배가 되었느니라 하시고(마가복음 4:3~8)

길가에 뿌려진 씨는 아예 땅에 심기지도 못했고 새가 와서 먹어버렸다. 돌밭에 떨어진 씨는 새싹은 나오나 곧 말라 시들어버리고 만다. 또 가시떨기에 떨어진 씨는 잡풀들과 함께 자라지만 땅의 기운을 온전히 받지 못하여 결실을 거두지 못한다. 오직 좋은 땅에 뿌려진 씨앗만 결실을 맺게 된다. 여기서 씨앗은 예수님(말씀)이고 밭은 세상(마음)을 비유하고 있다. 하나님 말씀을 마음 밭에 받아들여 싹이 나오게 하고 결실을 맺게 하기 위해서는 무엇보다 하나님 말씀의 씨가 뿌리를 내릴 수 있도록 우리 마음을 옥토로 만드는 일이 아닐까.

좋은 마음 밭은 어떤 것을 의미하는 걸까?

그것은 성령이 충만한 마음을 의미한다. 자기애로 가득 찬 우리의 척박한 마음 밭에서는 하나님 말씀의 씨는 뿌리내리기 어려울 것이다. 그러나 성령이 마음 가운데 오셔서 도와주시면 온전히 뿌리를 내리고 몇 배, 몇 십 배의 결실을 거둘 수 있다. 주인의 말은 그래서 새겨들어야 한다. 그 뜻을 헤아리지 못하면 주인의 의사와 정반대되는 결과를 초래할 수 있기 때문이다.

들을 귀 있는 자들은 들으라. 또 이르시되 너희가 무엇을 듣는가 스스로 삼가라. 너희의 헤아리는 그 헤아림으로 받을 것이며 또 더 받으리니 있는 자는 받을 것이요 없는 자는 그 있는 것까지 빼앗기리라.(마가복음 4:23~25)

누군가의 헤아림을 기대한다면 먼저 누군가에게 헤아림을 베풀어야 하고 누군가로부터 대접받고 싶으면 먼저 누군가를 대접해야 한다. 그것이 하나님 나라의 법이다. 그것이 다름 아닌 사랑의 법이다.

그러므로 무엇이든지 남에게 대접을 받고자 하는 대로 너희도 대접하라. 이것이 율법이요 선지자니라.(마태복음 7:12)

성서에는 엘리야를 대접한 사르밧 과부의 이야기가 나온다. 곤궁한 처지에서 대접할 것이 변변치 않았던 사르밧 과부는 마지막으로 자신과 자기 아들이 먹을 만큼의 아주 적은 양의 밀가루와 기름만이 남아 있었음에도 그것을 선지자 엘리야를 위해 기꺼이 내어놓는다.

그가 일어나 사르밧으로 가서 성문에 이를 때에 한 과부가 그곳에서 나뭇가지를 줍는지라 이에 불러 이르되 청하건대 그릇에 물을 가져다가 내가 마시게 하라. 그가 가지러 갈 때에 엘리야가 저를 불러 가로되 청컨대 네 손의 떡 한 조각을 내게로 가져오라. 그가 이르되 당신의 하나님 여호와께서 살아계심을 두고 맹세하노니 나는 떡이 없고 다만 통에 가루 한 움큼과 병에 기름 조금뿐이라 내가 나뭇가지를 주워다가 나와 내 아들을 위하여 음식을 만들어 먹고 그 후에 죽으리라. 엘리야가 그에게 이르되 두려워하지 말고 가서 네 말대로 하려니와 먼저 그것으로 나를 위하여 작은 떡 한 개를 만들어 내게로 가져오고 그 후에 너와 네 아들을 위하여 만들라. 이스라엘의 하나님 여호와의 말씀이 나 여호와가 비를 지면에 내리는 날까지 그 통의 가루가 떨어지지 아니하고 그 병의 기름은 없어지지 아니하리라 하셨느니라. 그가 가서 엘리야의 말대로 하였더니 그와 엘리야와 그의 식구가 여러 날 먹었으나 여호와께서 엘리야를 통하여 하신 말씀같이 통의 가루가 떨어지지 아니하고 병의 기름이 없어지지 아니하니라. (열왕기상 17:8~16)

우리는 우리 마음을 좋은 밭으로 가꾸어야 하고 좋은 결실을 거둘 수 있도록 좋은 씨, 요컨대 하나님 말씀이 뿌리내리도록 준비해야 한다. 그렇게 할 수 있는 유일한 방법은 성령을 우리 안에 모시는 것이다. 성령의 도우심으로 우리가 하나님을 헤아릴 때 하나님은 그 헤아림으로 우리를 더욱 헤아리실 것이다. 우리가 하나님 사랑으로 남을 대접할 때 하나님은 우리에게 더 큰 사랑으로 은혜를 베풀어주실 것이다.

09

영혼에 사무치는 진리

좋은 속담이나 격언, 명언 등은 우리에게 잠시 위로를 줄 수 있다.
하지만 거기에는 우리 죄를 용서하거나 영혼을 구원할 만한 능력이 없다.
하나님 말씀은 다르다.
거기에는 우리를 능히 구원할 만한 지혜와 능력이 있다.

누구나 행복한 삶을 살고 싶어 한다.

사람들은 마치 인생의 최종 목표가 행복인 것처럼 생각하고 추
구하는 경향이 있다. 또 세상도 그것이 최선인 양 부추기는 측면
도 없지 않다. 서점에 가면 서가書架에 꽂힌 많은 책들이 나름대로
행복을 주제로 이야기하고 있다. 그만큼 사람들이 행복을 간절하
게 바라고 있다는 증거다. 그렇다면 이처럼 사람들이 절실하게 행
복에 매달리는 이유는 무엇일까?

우선 생각해볼 수 있는 것은 사람들이 지금 그다지 행복하지 않
다는 점이다. 정말 우리는 우리가 기대하는 것처럼 행복이라는 실
체를 만날 수 있고 또 그것을 누릴 수 있을까? 실제 그렇게 살았던
사람들은 얼마나 될까?

이런 여러 가지 질문들이 생각날 수 있다. 그렇다면 이 시점에

서 우리에게 가장 중요한 것은 행복이라고 생각하는 실체에 대해 알아보는 것이 아닐까. 더 많이 배우고 더 많이 소유하고 더 건강하게 오래 살면 정말로 행복해지는 걸까?

그러나 지성을 갖춘 철학자나 깨어 있는 현자, 인간의 심리를 연구하는 심리학자 등은 한결같이 그런 것으로 사람이 행복해질 수 없다고 얘기한다. 그런 것들은 잠시 성취감을 줄 뿐 그 자체가 행복의 충분조건이 될 수 없다고 말한다. 어떤 물질이나 성취, 그리고 타인을 의지함으로 인해 얻어질 수 있는 것들은 잠시 잠깐 자신을 기쁘게 할 수 있어도 영속성을 보장하지 못한다는 것이다.

성서에서 창조주 하나님은 이 같은 세속적인 생각과 지식에서 돌아서라고 말한다. 또 그것이 악한 것이라고 단언한다. 요컨대 하나님의 뜻과 거리가 먼 것은 하나님의 관점에서는 악한 것이다. 여호와 하나님은 어느 날 밤에 솔로몬에게 나타나 성전을 축복하시고 아울러 기도의 중요성에 대해 말씀해주셨다.

내 이름으로 일컫는 내 백성이 그들의 악한 길에서 떠나 스스로 낮추고 기도하여 내 얼굴을 찾으면 내가 하늘에서 듣고 그들의 죄를 사하고 그들의 땅을 고칠지라. 이제 이곳에서 내가 눈을 들고 귀를 기울이니 이는 내가 이미 이 성전을 택하고 거룩하게 하여 내 이름을 여기에 영원히 있게 하였음이라. 내 눈과 내 마음이 항상 여기에 있으리라. (역대하 7:14~16)

어떤 측면에서 보면 지금 세상은 한마디로 요지경이다. 인간의 이기심으로 인해 환경은 갈수록 악화하고 인류 공동체도 붕괴 일로에 있다. 그래서 사람과 사람 간의 신뢰가 무너지고 국가와 국가는 갈등 구조에서 좀처럼 벗어나지 못하고 있다.

이것은 선악과 사건 이후 사탄에 의해 우리 마음 가운데 자리 잡게 된 자기애로 인하여 하나님과 이웃을 보지 못하고 자기만을 사랑하기 때문일 것이다. 어쨌든 이 문제를 해결하지 않고서 우리는 결코 행복해질 수 없다. 왜냐하면 자기애 안에 갇혀 있다는 것 자체가 하나님께 불순종하는 원인이 되고 그로 인해 죄에 붙잡혀 살 수밖에 없기 때문이다.

그래서 우리가 행복해지기 위해서 해결해야 할 선결과제가 하나 있다. 그것은 우리가 자기애로부터 벗어나는 일인데 그것은 우리 의지만으로 해결할 수 없는 문제다. 아담과 하와가 사탄의 유혹에 넘어갔듯이 우리는 스스로 사탄을 이길 수 없다. 사탄을 이길 수 있는 분은 오직 하나님 한 분뿐이시다.

하나님은 유혹에서 이길 수 있는 길을 우리에게 명확하게 제시해주셨다. 그것은 하나님 자신이자 독생자이신 예수님을 우리 대신에 죗값을 치르게 하시고 우리를 죄로부터 벗어나게 하신 것이다. 우리에게 다시 한 번 기회가 주어졌다. 뱀이 유혹했을 때 아담과 하와는 선악과를 먹을 수도 있었고 먹지 않을 수도 있었다. 하나님은 그들에게 무엇이든 선택할 수 있는 자유의지를 주셨기 때문이다.

지금을 사는 우리도 마찬가지다. 우리를 위해 희생하신 예수님의 사랑을 믿느냐 믿지 않느냐는 순전히 우리 자유의지에 달려 있다. 하나님이 인간에게 자유의지를 주셨는데, 인간이 이를 잘못 사용하므로 불행을 자초한 것이다. 하나님의 뜻에 벗어난 모든 생각과 행위는 죄이다. 죄 가운데서는 누구도 행복해질 수 없다. 이것은 변하지 않는 진리다. 그렇다면 해결해야 할 과제는 분명해진다. 선악과를 따먹기 전 에덴동산에서 아담과 하와에게 주어졌던 원초적 자아를 회복하는 일이다.

행복과 불행의 분기점은 에덴동산의 선악과 사건이다. 그 이전에는 어떤 걱정도 불안도 두려움도 없었다. 입을 것 먹을 것 심지어 죽음에 대해서도 무서워할 이유가 없었다. 죽음이라는 것이 존재하지 않았기 때문이다. 죽음은 아담과 하와의 선악과 사건으로 인해 생겼다. 선악과 사건 이후 죄가 우리 안으로 들어왔고 우리는 죽을 수밖에 없는 인생이 되었다. 그로 인해 입을 것, 먹을 것, 마실 것, 잘 곳을 걱정해야 하고 이를 위해 땀을 흘려 수고하지 않으면 안 되는 인생이 되었다. 그래서 우리는 우리 지혜대로 행복해질 수 없다는 것을 이미 반복된 역사 속에서 배웠다.

그렇다면 어떻게 해야 할까?

그것은 우리를 창조하신 하나님께 우리의 삶을 통째로 맡기는 것이다. 그분의 지혜는 우리의 그것과는 차원이 다르다. 그분의 손에 행복과 불행이 달려 있다는 것을 아는 것이 행복한 삶의 출발점이다.

하나님의 어리석음이 사람보다 지혜롭고 하나님의 약함이 사람보다 강하니라.(고린도전서 1:25)

하나님은 먹고 마시고 즐기는 모든 것들 뿐 아니라 생명을 주관하고 계시는 분이시다. 그분이 우리 생각을 주관하시고 우리 마음을 지킬 때 어떤 죄나 사탄의 유혹으로부터도 안전하게 지켜질 것이며 우리가 바라는 행복을 누릴 수 있다. 그래서 원자아를 회복해야 한다. 원자아로 돌아간다는 것은 선악과 사건 이전의 상태를 말한다. 그때에는 전적으로 창조주의 호흡에 의존하여 그분의 에너지를 공급받으며 긍정적이고 순종적이고 순수한 마음의 상태를 유지하고 있었다. 그래서 주어진 것에 만족하고 모든 것들에 감사하며 은혜로운 생활을 할 수 있었다. 한 마디로 다른 사람과 비교할 필요가 전혀 없는 삶이었다. 인류 불행의 시작은 비교로부터 시작되었다고 해도 과언이 아니다. 뱀(사탄)이 아담과 하와를 유혹한 전략도 비교였다. 감히 하나님을 끌어드린 것이다. 선악과를 따먹으면 눈이 밝아져 하나님처럼 될 수 있다는 것이었다.

　　너희가 그것을 먹는 날에는 너희 눈이 밝아져 하나님과 같이 되어 선악을 알 줄을 하나님이 아심이니라.(창세기 2:5)

　아담과 하와는 자신들의 존재가 피조물이라는 사실을 망각하였다. 뱀의 교활한 혀는 하와를 먼저 공략하였고 하와를 사랑했던 아담도 하와가 건넨 선악과를 거절하지 못하고 덩달아 먹고 말았다. 뱀의 전략은 성공을 거두었다. 뱀의 유혹도 워낙 용의주도했지만, 문제는 아담과 하와의 자기 인식 결여, 그리고 하나님 말씀에 대한 불신이 결국 그 같은 결과를 초래하였다.

　사실 하와는 하나님 말씀을 제대로 숙지하지 못해서 얼버무리다 뱀의 유혹에 넘어갔다. 하나님이 아담에게 말씀하셨던 원문과 하와가 대답한 말을 비교하면 서로 미묘하게 다르다는 것을 알 수 있다. 하와는 말씀을 제대로 숙지하지 못했으며 말씀에 대한 확신도 없었다.

여호와 하나님이 그 사람에게 명하여 이르시되 동산 각종 나무의 열매는 네가 임의로 먹되 선악을 알게 하는 나무의 열매는 먹지 말라. 네가 먹는 날에는 반드시 죽으리라 하시니라.(창세기 2:16~17)

위의 말씀이 하나님께서 아담에게 말씀하셨던 내용이다. 그러나 하와는 아래와 같이 대답했었다.

여자가 뱀에게 말하되 동산 나무의 열매를 우리가 먹을 수 있으나 동산 중앙에 있는 나무의 열매는 하나님의 말씀에 너희는 먹지도 말고 만지지도 말라 너희가 죽을까 하노라.(창세기 3:2~3)

게다가 아담의 실수도 치명적이었는데 하나님 말씀보다는 하와의 말을 더 경청했다.

여자가 그 나무를 본즉 먹음직도 하고 보암직도 하고 지혜롭게 할 만큼 탐스럽기도 한 나무인지라 여자가 그 열매를 따먹고 자기와 함께 있는 남편에게도 주매 그도 먹은지라.(창세기 3:6)

하나님은 아담에게 "선악과를 따먹으면 반드시 죽으리라"고 분명히 말씀하셨지만 아담은 이 말씀을 소홀히 하였고 하와에게도 분명히 주지시키지 않았을 가능성이 높다. 만약 하와가 그 내용을 알고 있었음에도 불구하고 그렇게 대답했다면 거짓말을 한 셈이다.

죄를 범한 후 아담과 하와의 반응도 살펴볼 필요가 있다. 하나님이 왜 열매를 먹었느냐고 묻자 아담은 하나님이 내게 지어주신 하와가 주므로 먹었다고 했다. 하나님이 또 하와에게 어찌하여 이렇게 하였느냐고 물으셨다. 그러자 하와는 뱀이 자신을 꾀므로 먹었다고 대답했다. 자신들의 책임을 회피하고 핑계를 대기에 급급했다.

아담이 이르시되 하나님이 주셔서 나와 함께 있게 하신 여자 그가 그 나무 열매를 내게 주므로 내가 먹었나이다. 여호와 하나님이 여자에게 이르시되 네가 어찌하여 이렇게 하였느냐 여자가 가로되 뱀이 나를 꾀므로 내가 먹었나이다.(창세기 3:12~13)

어쨌든 그로 인해 아담과 하와가 살고 있던 에덴동산에는 평화가 깨지고 말았다. 그들의 마음도 죄악으로 물들어 두려움과 부끄러움 등을 느끼게 되었으며 하나님을 의지하던 원자아는 훼손되었으며 이기심으로 가득 찬 자기애_{自己愛}를 장착하기에 이르렀다.

여호와 하나님이 아담을 부르시며 그에게 이르시되 네가 어디 있느냐 이르되 내가 동산에서 하나님의 소리를 듣고 벗었으므로 두려워하여 숨었나이다.(창세기 3:9~10)

인류 역사는 이렇게 비교와 핑계를 거듭하면서 악행을 쌓아왔다. 이것이 우리가 그렇게 두려워하고 피하고 싶은 불행의 씨앗이 되었다. 아담과 하와가 에덴동산에서 누렸던 행복은 일장춘몽이 되고 말았다. 이윽고 아담과 하와는 에덴동산에서 추방되고 말았다. 이후로는 놀고 먹고 자고 즐기던 에덴동산에서와는 달리 수고하고 땀을 흘려야 소산을 먹을 수 있게 되었고 여자도 해산의 고통을 겪으며 고단한 인생을 살 수밖에 없게 되었다.

> 또 여자에게 이르시되 내가 네게 임신하는 고통을 크게 더하리니 네가 수고하고 자식을 낳을 것이며 너는 남편을 원하고 남편은 너를 다스릴 것이니라 하시고 아담에게 이르시되 네가 네 아내의 말을 듣고 네가 먹지 말라 한 나무 열매를 먹었은즉, 땅은 너로 말미암아 저주를 받고 너는 네 평생에 수고하여야 그 소산을 먹으리라. (창세기 3:16~17)

이것으로 이야기가 끝난다면 인류는 불행의 늪에서 헤어날 길이 없었을 것이다. 그러나 궁휼의 하나님은 그들과 그의 후손에게 끊임없이 회복할 기회를 주셨다. 요컨대 조선시대 때 왕에게 반란죄를 저질러 즉시 사약을 받아야 할 사람이 감형되어 유배를 떠나게 되는 것에 비유할 수 있을 것이다. 그것은 유배 생활을 어떻게 보내느냐에 따라 또 다른 기회가 올 수 있음을 뜻한다.

아담의 후손도 마찬가지였다. 그러나 그들은 매번 하나님을 배신함으로써 회복할 기미를 보여주지 못했다. 이후 모세를 통해 주신 율법을 통해 하나님의 뜻을 전했지만 그들 역시 불충으로 하나님을 기쁘게 하지 못했다.

하나님은 도저히 용서받을 수 없는 이런 죄인들을 위해 더 큰 용서와 사랑으로 결단을 내리셨다. 예수님을 이 땅에 보내셔서 인류 죄를 대신 짊어지게 하심으로써 완전한 용서를 이루시게도 하신 것이다. 특히 예수님 사랑은 율법이나 제사 같은 것이 아니고 우리의 죄를 단번에 해결해주시는 온전한 제사였다.

구약시대 율법에 따른 제사는 죄를 지을 때마다 수많은 양을 희생시켜야 했다. 하지만 예수님의 십자가 희생은 이제 모든 양을 대신한 단 한 번의 제사로 우리 모든 죄를 대신해서 속죄贖罪해주신 것이다. 예수님께서 우리 죄를 사하여 주시기 위해 스스로 어린 양이 되신 것이다.

이제 우리에게 필요한 것은 암기조차 하기 힘든 수많은 율법 조항이나 각종 제사가 아니라 예수님이 하나님의 아들이시고 그분이 우리의 구주라는 사실을 고백하는 '믿음' 단지 그것 하나다. 너무나 간단한 방법이라 의아해할 수도 있다. 그래서 믿어지지 않을 수도 있다. 그러나 그것은 진리이다.

> 이르되 주 예수를 믿으라 그리하며 너와 네 집이 구원을 받으리라 하고 주의 말씀을 그 사람과 그 집에 있는 모든 사람에게 전하더라. (사도행전 16:31~32)

이 단순한 진리를 믿어야 한다. 그렇지 않고서는 우리가 바라는 행복을 찾을 길이 요원하다. 이것이 행복으로 가는 유일한 길이다. 그 길은 의에 길이고 생명의 길이다.

예수께서 이르시되 내가 곧 길이요 진리요 생명이니 나로 말미암지 않고는 아버지께로 올 자가 없느니라.(요한복음 14:6)

좋은 속담이나 격언, 명언 등은 우리에게 잠시 위로를 줄 수 있다. 하지만 거기에는 우리의 죄를 용서하거나 영혼을 구원할 만한 능력이 없다. 하나님 말씀은 다르다. 거기에는 우리를 능히 구원할 만한 지혜와 능력이 있다.

누가 철학과 헛된 속임수로 너희를 사로잡을까 주의하라. 이것은 사람의 전통과 세상의 초등학문을 따름이요 그리스도를 따름이 아니니라.(골로새서 2:8)

우리는 살면서 행복감을 느끼게 해주는 것들을 다양하게 만난다. 그것은 자연일 수도 있고, 사람일 수도 있고, 소유일 수도 있고, 성공일 수도 있다. 또 남들보다 더 좋은 것, 더 많은 것을 가졌을 때 혹은 경쟁에서 이겼을 때 우월감이 주는 행복을 맛보기도 할 것이다. 그러나 그것들은 본질적으로 우리의 영혼까지 기쁘게 하지 못할 뿐 아니라 잠시 잠깐 행복감에 젖게 할 뿐이다. 그런 것들은 언제 그랬냐는 듯이 신기루처럼 사라져버린다.
세상을 살면서 참 행복을 느끼는 길은 하나님이 가르쳐주신 방법 외에는 없다. 그것은 결국 세상 가운데서 행복을 찾으려 해서는 안 된다는 것을 의미한다. 그것들로는 결코 사람을 만족시킬 수 없다. 우리가 감각적으로 행복하다고 느끼는 것들은 궁극적으로 우리에게 크게 유익이 되지 않는다는 점이다.

모든 만물이 피곤하다는 것을 사람이 말로 다 말할 수 없나니 눈은 보아도 족함이 없고 귀는 들어도 가득 차지 아니하도다.(전도서 1:8)

그렇다면 어떻게 행복해질 수 있을까?

그것은 행복을 깨닫는 마음, 요컨대 하나님을 통해 행복을 추구하는 마음 상태로 돌아가야 가능해진다. 그것은 선악과 사건 이전에 하나님이 주신 원자아를 회복하는 것이다. 그것을 회복하기 위해서는 사탄이 넣어준 자기애를 속히 비워내야 한다. 그러나 그것이 그렇게 간단한 문제가 아니다. 사탄도 워낙 간교하고 만만치 않아서 우리 스스로의 힘으로는 불가능하다. 반드시 하나님의 도움을 받아야 한다. 사탄을 능히 물리칠 수 있는 능력이 하나님 말씀에 있다.

예수 그리스도께서도 사탄의 유혹을 극복하실 때 하나님 말씀에 의지하셨다. 우리가 하나님 말씀에 순종해야 하는 이유다. 예수님은 하나님 말씀의 실체이시다. 하나님께 순종한다는 것은 곧 예수님을 따르는 것이다.

이에 예수께서 제자들에게 이르시되 누구든지 나를 따라오려거든 자기를 부인하고 자기 십자가를 지고 나를 따를 것이니라.(마태복음 16:24)

우리 원자아를 회복한다는 것은 우리 마음 가운데 하나님의 영을 받아들여야 함을 의미한다. 하나님의 영이 우리 마음 가운데 들어올 수 있도록 하기 위해서는 온전히 하나님 말씀을 믿어야 한다. 또 하나님의 아들이신 예수님을 믿어야 한다. 그래야 우리를 대신해서 하나님이 우리 안에 들어오셔서 직접 일하실 수 있다.

> 너희 염려를 다 주께 맡기라. 이는 그가 너희를 돌보심이라.(베드로전선 5:7)

구약시대나 신약시대를 막론하고 성령이 임하는 곳에 늘 하나님의 승리가 있었다. 또 성령이 함께하신 곳에 늘 구원이 있었다. 그래서 우리는 늘 성령 충만하기를 기도해야 한다. 사탄은 우리가 멸망하기를 바라지만 성령은 우리의 행복을 돕는다. 예수님 재림의 때가 다가올수록 사탄은 더 기승을 부릴 것이다. 사탄은 한 사람이라도 더 불행하기를 바란다. 그래서 우리는 깨어 기도해야 한다.

> 근신하라 깨어라 너희 대적 마귀가 우는 사자 같이 두루 다니며 삼킬 자를 찾나니(베드로전서 5:8)

하나님은 전지전능하신 분이시다. 하나님은 우리를 사랑하시는 분이시다. 하나님은 우리를 구원하시기 위해 독생자를 성육신으로 이 땅에 보내신 분이시다. 예수님은 십자가의 죽음과 부활로 우리의 구원 사역을 완성하신 분이시다. 하나님은 주무시지도 졸지도 않으시고 우리를 지켜주시는 분이시다. 예수님께서는 우리와 영원히 동행하여 주신다고 약속하셨다.

여호와께서 너를 실족하지 아니하시게 하시며 너를 지키시는 이가 졸지 아니하시리로다. 이스라엘을 지키시는 이는 졸지도 아니하시고 주무시지도 아니하시리로다.(시편 121:3~4)

우리가 지금 할 일은 온전히 하나님을 믿고 의지하며 그분이 나를 경영하실 수 있도록 내 마음을 내어드리는 것이다. 그래서 하나님의 영이 내 마음 가운데 들어오셔서 원자아를 깨어나게 하시도록 해야 할 것이다.

진정으로 행복해지기를 원한다면, 진리가 영혼에 사무치도록 축복받고 싶다면, 주 예수 그리스도를 온전히 믿어야 한다. 그분의 말씀 위에 굳건히 서야 한다. 그분의 십자가를 붙들어야 한다. 그분의 은혜와 긍휼에 의지하여 감사한 마음으로 살아야 한다. 그분이 가르쳐주신 사랑으로 하나님을 사랑하고 이웃을 사랑해야 한다. 그분 안에 우리가 소망하는 모든 것이 들어있기 때문이다.

우리가 생각하는 행복은 무엇일까?

다시 한 번 곰곰이 생각해보자. 사실 좀 막연한 것들일 수 있다. 사람마다 추구하는 것이 다를 수 있다. 그런데 바울은 행복의 가장 중요한 요소를 마음의 평안으로 생각했던 것 같다. 그는 각 교회와 교인들에게 보낸 서신마다 가장 먼저 은혜와 평안平安을 기원했다.

하나님의 뜻으로 말미암아 그리스도 예수의 사도 된 바울은 에베소에 있는 성도들과 그리스도 예수 안에 있는 신실한 자들에게 편지하노니 하나님 우리 아버지와 주 예수 그리스도로부터 은혜와 평강이 너희에게 있을지어다.(에베소서 1:1~2)

그런데 이 평안은 자신만의 의지대로 이루어질 수 없다는 것을 알아야 한다. 그리고 자신만의 평안으로 진정한 평안을 누릴 수 없다는 점이다. 자신이 속한 공동체가 평화로워야 자신도 비로소 평안해질 수 있다. 그래서 바울의 메시지에는 서로의 평안을 위해 노력하라는 뜻이 담겨 있다.

평안의 매는 줄로 성령이 하나 되게 하신 것을 힘써 지키라.(에 베소서 4:3)

그리고 무엇보다 그리스도의 은혜가 있어야 함도 말하고 있다. 예수 그리스도의 십자가 보혈이 없었다면 우리는 결코 죄 사함을 받지 못했을 것이고 그로 인해 자기애의 틀에 갇혀서 여전히 마음 속에는 다툼과 갈등이 요동칠 것이다.

우리는 그리스도 안에서 그의 은혜의 풍성함을 따라 그의 피로 말미암아 속량 곧 죄 사함을 받았느니라.(에베소서 1:7)

죄 사함을 받았다는 것은 아담과 하와의 선악과 사건으로 인해 하나님의 법을 거스른 대가로 죽을 수밖에 없었던 우리가 예수 그리스도의 은혜로 다시 구원받게 되었고 하나님의 자녀가 되었다는 것을 의미한다. 이 사실은 죄의 종으로 평생 죄 가운데서 허우적대며 살 수밖에 없었던 우리가 이제 자유의 몸이 되었다는 것을 의미한다. 이 자유야말로 행복의 가장 기본적인 조건이 아니겠는가? 왜냐하면 죄의 결국은 사망이기 때문이다. 이 사실은 우리가 태어나면서부터 죽음에 대해 걱정할 수밖에 없는 처지에 놓여 있다는 것을 뜻한다.

너희가 죄의 종이 되었을 때에는 의에 대하여 자유로웠느니라. 너희가 그때에 무슨 열매를 얻었느냐. 이제는 너희가 그 일을 부끄러워하나니 이는 그 마지막이 사망임이라. 그러나 이제는 너희가 죄로부터 해방되고 하나님께 종이 되어 거룩함에 이르는 열매를 맺었으니 그 마지막은 영생이라. 죄의 삯은 사망이요 하나님의 은사는 그리스도 예수 우리 주 안에 있는 영생이라. (로마서 6:20~23)

하나님의 의에 대하여 자유롭다는 말은 하나님의 의에 속하지 않았다는 것을 의미한다. 그런 사람은 죄의 종이 될 수밖에 없다. 죄의 종은 사람의 이성이나 세상의 제도권 안에 있는 자유를 더 원하게 된다. 반면에 하나님이 말씀하시는 의는 죄와 그 열매인 사망으로부터 자유로운 것을 말한다. 그 자유가 오로지 예수 그리스도 안에만 있다고 말씀하신 것이다. 예수님이 길이요 진리요 생명인 것을 믿어야 한다. 왜냐하면 예수님이 우리를 자유롭게 할 수 있는 열쇠를 쥐고 계시기 때문이다.

진리를 알지니 진리가 너희를 자유롭게 하리라. (요한복음 8:32)

진정한 자유는 죄와 사망에서 벗어나는 것을 말한다. 그리고 구약시대의 율법이나 제사에 얽매이지 않는 것이다. 정말 그것을 믿어도 되는 것일까? 그렇다. 그 모든 것을 예수님이 십자가 보혈로 단번에 해결하셨기 때문이다. 이제 우리의 모든 주권은 예수님이 가지고 계신다.

> 아버지께서 아무도 심판하지 아니하시고 심판을 다 아들에게 맡기셨으니 (요한복음 5:22)

모든 심판권을 예수님이 가지고 계신다. 인류 죄를 위해 스스로 희생하신 분이시기 때문에 우리는 그분을 신뢰할 수 있다. 우리를 향한 그분의 사랑이 어떠한지를 알기 때문이다. 하나님은 인류를 구원하시기 위해 독생자 예수를 버리셨다. 그것도 가장 극형인 십자가에 달리게 하신 것이다. 곧 하나님 자신을 희생하는 것으로 인류 죄를 수습하신 것이다. 우리가 하나님을 두려워할 필요가 없는 이유가 여기에 있다.

예수님의 사랑이 어떠한지를 알 수 있는 예수님의 절규가 있다. 십자가에 매달리기 직전에 하신 가슴 절절하게 하는 기도이다. 예수님은 하나님이 자신을 버리셨다는 사실을 알고 있었다. 얼마나 고통스러운 순간이었는지 예수님의 심정은 상상조차 할 수 없는 장면이다.

> 제구시쯤에 예수께서 크게 소리 질러 이르시되 엘리 엘리 라마 사박다니 하시니 이는 곧 나의 하나님, 나의 하나님, 어찌하여 나를 버리셨나이까 하는 뜻이라. (요한복음 27:46)

하나님은 종처럼 부리기 위해 우리를 구원하신 것이 아니다. 참 자유를 주시기 위해 우리를 당신의 자녀로 삼아주신 것이다. 우리가 예수님을 온전히 영접할 때 비로소 하나님 자녀가 되는 영광을 얻게 된다. 그리고 그 안에서 참 자유를 누리게 되는 것이다.

우리는 그 은혜를 다시 하나님 영광을 위해 사용해야 한다. 하나님이 비춰주신 빛으로 우리가 빛의 자녀가 되었으므로 우리는 세상을 밝게 비추는 빛의 역할을 감당해야 할 것이다. 그것이 바로 하나님을 섬기는 일이요 찬양을 드리는 일이고 영광을 드리는 일이다.

주 여호와의 영이 내게 내리셨으니 이는 여호와께서 아름다운 소식을 전하게 하려 하심이라. 나를 보내사 마음이 상한 자를 고치며 포로 된 자에게 자유를, 갇힌 자에게 놓임을 선포하며 여호와의 은혜의 해와 우리 하나님의 보복의 날을 선포하여 모든 슬픈 자를 위로하되 무릇 시온에서 슬퍼하는 자에게 화관을 주어 그 재를 대신하며 찬송의 옷으로 그 근심을 대신하시고 그들이 의의 나무 곧 여호와께서 심으신 그 영광을 나타낼 자라 일컬음을 받게 하려 하심이라. (이사야 61:1~3)

우리가 그토록 갈구하는 행복은 사랑 안에 감춰져 있다는 사실을 잊어서는 안 되겠다. 왜냐하면 본질적으로 하나님은 사랑 그 자체이시기 때문이다.

사랑하는 자들아, 우리가 서로 사랑하자 사랑은 하나님께 속한 것이니 사랑하는 자마다 하나님으로부터 나서 하나님을 알고 사

랑하지 아니한 자는 하나님을 알지 못하나니 이는 하나님은 사랑
이심이라.(요한이서 4:7~8)

그래서 사랑에 속하지 않으면 천국에 발을 붙일 수 없다. 아니
거기에서 도저히 살 수 없다. 사랑은 하나님 자녀가 지켜야 할 새
로운 법이기 때문이다. 그래서 우리는 서로 사랑해야 한다. 그래
야 참으로 행복해질 수 있다.

　새 계명을 너희에게 주노니 서로 사랑하라 내가 너희를 사랑한
것 같이 너희도 서로 사랑하라.(요한복음 13:34)

예수님께서 십자가에 못 박히시기 전에 손수 제자들의 발을 씻
어주셨던 이유도 서로 사랑하는 것이 얼마나 중요한지를 가르쳐
주고 싶었기 때문이다. 하나님이 예수님을 이 땅에 보내신 것도,
예수님이 우리를 위해 죽으신 것도 모두 우리를 사랑하셨기 때문
이다. 그래서 우리도 서로의 발을 씻어주듯 사랑해야 하는 것이
다. 사랑은 허다한 허물을 덮을 뿐 아니라 서로를 평화롭게 하고
또 모두를 자유롭게 한다. 이것이야말로 우리가 추구해야 할 행복
이 아니겠는가.

　무엇보다 뜨겁게 사랑할지니 사랑은 허다한 죄를 덮느니라.(베
드로전서 4:8)

따라서 진정한 행복은 예수님을 믿는 믿음에서 시작된다. 진리

안에서 누릴 수 있는 행복만이 참 행복이기 때문이다. 진리 안에서 누릴 수 있는 행복은 우리의 노력으로 얻을 수 있는 것이 아니다. 하나님 은혜 가운데 주어지는 하나님 선물이다.

너희는 그 은혜에 의하여 믿음으로 말미암아 구원을 받았으니 이것은 너희에게서 난 것이 아니요 하나님의 선물이라.(에베소서 2:8)

우리가 알 수 있는 것은 죄 가운데서는 행복을 누릴 수 없다는 것이다. 그래서 우리의 궁극적인 행복은 예수님 희생으로 우리를 구원하신 일에서 비롯된다는 사실이다. 그분을 믿음으로써 비로소 우리는 행복 열차에 탑승할 수 있다. 사랑 안에는 시기, 질투, 미움, 분노 등이 없다. 사랑해야 비로소 평화가 있고 기쁨이 있고 자유가 있다는 것을 알 수 있다.

사랑은 오래 참고 사랑은 온유하며 시기하지 아니하며 사랑은 자랑하지 아니하며 교만하지 아니하며 무례히 행하지 아니하며 자기의 유익을 구하지 아니하며 성내지 아니하며 악한 것을 생각하지 아니하며 불의를 기뻐하지 아니하며 진리와 함께 기뻐하고 모든 것을 참으며 모든 것을 믿으며 모든 것을 바라며 모든 것을 견디느니라.(고린도전서 13:4~7)

우리는 자기애의 틀에서 벗어나 원자아를 깨워 활동하게 해야 한다. 그 에너지는 하나님의 영이시다. 그분이 가르쳐주신 사랑으로 그 안에 갇혀야 한다. 그것이 진정한 자유와 평안과 행복을 얻는 유일한 길이다. 우리가 어지럽고 불의한 세상 가운데서 중심을 잡고 사랑하며 행복하게 살기 위해서는 어떻게 진리 가운데 살 것인가를 묵상하고 매번 결단해야 한다. 그리고 그렇게 살기 위해서는 성령 충만해질 수 있도록 기도해야 할 것이다.

그 안에는 지혜와 지식의 모든 보화가 감추어져 있느니라.(골로새서 2:3)

그렇게 얻어지는 행복은 그 누구도 뺏어갈 수 없다. 하나님을 사랑하는 자는 하나님께서 영원히 함께하실 것을 약속하셨기 때문이다.

우리가 알거니와 하나님을 사랑하는 자 곧 그의 뜻대로 부르심을 입은 자들에게는 모든 것이 합력하여 선을 이루느니라.(로마서 8:28)

하나님이 우리를 사랑하신다는 사실을 믿고 서로 사랑하며 사는 자는 진정으로 행복한 사람이다. 진정한 행복은 눈에 보이는 것이나 감각적으로 느끼는 것이 아니라 진리가 영혼에 사무치는 것을 경험하며 사는 것을 말한다.

10

누구에게 속한 자인가?

우리는 때로 약해질 수 있고 넘어질 수 있고 어려움에 직면할 수 있다.
하지만 이를 극복하기 위해서는 믿음을 잃지 말아야 한다.
예수께서 기도하신다는 사실을 기억해야 한다.
우리를 예수님의 손에서 빼앗을 자가 없다.

왜 많은 사람들이 예수님을 믿지 않는 걸까?

반면, 어떤 사람들이 예수님을 믿고 사는 걸까?

참 신기하게도 이 원초적인 질문의 답은 예수님의 말씀 안에 있
다. 예수님은 자신의 말씀을 믿지 않는 사람들에게 이렇게 말씀
하셨다.

나도 너희가 아브라함의 자손인 줄 아노라. 그러나 내 말이 너
희 안에 있을 곳이 없으므로 나를 죽이려 하는 도다. (요한복음 8:37)

예수님께서 말씀하신 "내 말이 너희 안에 있을 곳이 없으므로"
에 주목할 필요가 있다. 이스라엘 백성들의 마음에 예수님 말씀이
들어설 여지가 없었다. 믿음의 조상이라 불리는 아브라함의 자손

임에도 불구하고 예수님 말씀을 받아들일 여유가 없었다. 거기에는 분명히 이유가 있을 것이다.

그것은 아마도 오랫동안 모세의 율법에 얽매여 생활한 것이 거의 습관처럼 굳어져 율법을 최고의 가치로 생각한 나머지 율법을 완성하러 오신 예수님을 알아보지 못한 것일 수 있다. 또 세속적인 축복에 눈이 어두워 영혼을 구하러 오신 예수님의 순수한 말씀을 받아들이지 못한 것일 수도 있다. 그래서 예수님은 산상설교에서 제자들에게 이같이 말씀하셨다.

> 심령이 가난한 자는 복이 있나니 천국이 그들의 것임이요. 애통하는 자는 복이 있나니 그들이 위로를 받을 것임이요. 온유한 자는 복이 있나니 그들이 땅을 기업으로 받을 것임이요, 의에 주리고 목마른 자는 복이 있나니 저희가 배부를 것임이요. 긍휼히 여기는 자는 복이 있나니 그들이 긍휼히 여김을 받을 것임이요. 마음이 청결한 자는 복이 있나니 그들이 하나님을 볼 것임이요. 화평케 하는 자는 복이 있나니 그들이 하나님의 아들이라 일컬음을 받을 것임이요. 의를 위하여 박해를 받은 자는 복이 있나니 천국이 그들의 것임이라. (마태복음 3:3~10)

마음에 말씀이 들어설 곳을 마련하는 것도 결국은 예수님이 하신다는 것을 알 수 있다. 우리가 말씀을 받고 그것을 영의 양식으로 삼을 수 있는 믿음은 결국 은혜의 선물이라는 것을 알 수 있다. 예수님이 십자가 죽음에 앞서 재판받으실 때 빌라도는 예수님이 스스로 왕이라고 주장했음을 자백하라고 압박했다. 그때 예수님은 이렇게 대답하셨다.

　빌라도가 이르되 그러면 네가 왕이 아니냐 예수께서 대답하시되 네 말과 같이 내가 왕이니라 내가 이를 위하여 태어났으며 이를 위하여 세상에 왔나니 곧 진리에 대하여 증언하려 함이로라 무릇 진리에 속한 자는 내 음성을 듣느니라 하신대 빌라도가 이르되 진리가 무엇이냐 하더라 이 말을 하고 다시 유대인들에게 나가서 이르되 나는 그에게서 아무 죄도 찾지 못하였노라.(요한복음 18:37~38)

　빌라도는 예수님께 "진리가 무엇이냐?"고 물었다. 그가 이렇게 물은 것은 빌라도 안에 예수님의 진리가 자리할 곳이 없었기 때문이다. 예수님은 빌라도에 관한 최종적이며 결정적인 말씀을 하셨다. "무릇 진리에 속한 자는 내 음성을 듣느니라." 예수님은 진리를 전하기 위해 오셨다. 예수님은 진리 그 자체였다. 그분의 존재 자체와 그분의 모든 말씀이 진리였다.
　예수님은 말씀을 전하실 때 두 종류의 청중을 다르게 묘사하셨다. 듣지 않는 자들은 하나님께 속하지 않는 사람들이며, 듣는 자들은 그분의 양이다. 너희가 듣지 아니함은 하나님께 속하지 아니하였음이로다.

　하나님께 속한 자는 하나님의 말씀을 듣나니 너희가 듣지 아니함은 하나님께 속하지 아니하였음이로다.(요한복음 8:47)

　듣지 않는 자들에게는 예수님 말씀이 자리할 곳이 없으며 이들은 진리에 속한 자들이 아니며 결국 하나님께 속한 자들이 아니다. 예수님은 또 이렇게 말씀하셨다.

그때에 예수께서 성령으로 기뻐하시며 이르시되 천지의 주재이신 아버지여 이것을 지혜롭고 슬기 있는 자들에게는 숨기시고 어린아이들에게는 나타내심을 감사하나이다 옳소이다 이렇게 된 것이 아버지의 뜻이니이다 내 아버지께서 모든 것을 내게 주셨으니 아버지 외에는 아들이 누구인지 아는 자가 없고 아들과 또 아들의 소원대로 계시를 받는 자 외에는 아버지가 누구인지 아는 자가 없나이다 하시고 제자들을 돌아보시며 조용히 이르시되 너희가 보는 것을 보는 눈은 복이 있도다.(누가복음 10:21~23)

보게 하시는 것, 듣게 하시는 것, 모두 하나님의 주권이다. 우리가 기도할 것은 볼 것을 보게 하고 들을 것을 듣게 하시므로 진리가 우리 안에 항상 계시게 해달라는 것이어야 할 것이다. 예수님은 마음에 진리를 위한 자리가 있는 사람을 가리켜 그분의 양이라고 부르신다.

내 양은 내 음성을 들으며 나는 그들을 알며 그들은 나를 따르느니라. 내가 그들에게 영생을 주노니 영원히 멸망하지 아니할 것이요 또 그들을 내 손에서 빼앗을 자가 없느니라.(요한복음 10:27~28)

그러므로 그분의 음성을 듣고 그분의 말씀을 듣는 우리는 곧 그분의 양이다. 그분의 양의 마음에는 그분의 말씀을 위한 자리가 마련되어 있고 그분의 양은 언제나 그분의 말씀을 기쁘게 받아들인다. 그것만이 진리라는 것을 알기 때문이다. 예수님은 모든 사람들에게 당신의 말씀에 귀 기울이라고 말씀하신다. 마르다의 동생 마리아는 그분의 발치에 앉아 그분의 말씀을 경청했다.

그들이 길 갈 때에 예수께서 한 마을에 들어가시매 마르다라 이름하는 한 여자가 자기 집으로 영접하더라. 그에게 마리아라 하는 동생이 있어 주의 발치에 앉아 그의 말씀을 듣더니 마르다는 준비하는 일이 많아 마음이 분주한지라 예수께 나아가 이르되 주여 내 동생이 나 혼자 일하게 두는 것을 생각하지 아니하시나이까 그를 명하사 나를 도와주라 하소서. 주께서 대답하여 이르시되 마르다야 마르다야 네가 많은 일로 염려하고 근심하나 몇 가지만 하든지 혹은 한 가지만이라도 족하니라 마리아는 이 좋은 편을 택하였으니 빼앗기지 아니하리라 하시니라.(누가복음 10:38~42)

마리아는 언제 다시 뵐 수 있을지 모를 예수님을 지금 눈앞에서 뵐 수 있는 것에 큰 의미를 부여하고 한시도 예수님을 떠나고 싶은 생각이 없었다. 무엇이 중요한지를 알았기 때문이다. 예수님 말씀은 주체할 수 없을 만큼 자신을 기쁘게 했고, 언니를 도와야 하는 일조차도 까맣게 잊게 한 것이다.

내가 이것을 너희에게 이름은 내 기쁨이 너희 안에 있어 너희 기쁨을 충만하게 하려 함이라.(요한복음 15:11)

어렸을 때 일이 생각이 난다. 친구들과 노느라고 정신이 팔려 해지는 줄 모르고 놀이에 집중했었던 적이 있다. 지나가는 어른들이 "너희들은 밥도 안 먹고 놀고 있냐? 집에 가서 밥 먹어야지!"라고 한마디씩 하시며 지나가셨다. 그렇다. 어떤 일에 집중하여 즐거움으로 충만해지면 배고픈 줄도 잊어버린다. 마리아는 적어도 그 순간만큼은 예수님으로부터 말씀을 듣는 것이 어떤 일보다도 더 자신을 몰입하게 한 것이다.

예수님의 모든 말씀은 우리를 기쁨으로 충만하게 한다. 진리이신 예수님 말씀을 경청하고 받아들여야 하는 이유다. 그 안에 생명의 구원, 영혼의 평안이 깃들어 있기 때문이다.

지금 내가 아버지께로 가오니 내가 세상에서 이 말을 하옵는 것은 그들로 내 기쁨을 그들 안에 충만히 가지게 하려 함이니이다.(요한복음 17:13)

예수님은 포도나무와 가지 비유를 통해 자신의 사랑 안에 거할 것을 말씀하신다. 자신은 포도나무요 우리는 가지라고 말씀하신 것이다. 포도나무에서 가지가 떨어져 나간 순간 포도 열매를 맺지 못하는 것은 물론이고 그저 불쏘시개로 쓰일 뿐이다.

내 안에 거하라 나도 너희 안에 거하리라 가지가 포도나무에 붙어 있지 아니하면 스스로 열매를 맺을 수 없음 같이 너희도 내 안에 있지 아니하면 그러하리라. 나는 포도나무요 너희는 가지라 그가 내 안에, 내가 그 안에 거하면 사람이 열매를 많이 맺나니 나를

떠나서는 너희가 아무것도 할 수 없음이라.(요한복음 15:4~5)

비유의 핵심은 열매를 맺을 수 있는 능력, 즉 그리스도를 닮은 사랑으로 열매 맺는 삶을 사는 능력(요한복음 15:2)을 얻는 것으로 우리가 예수님께 생생하게 붙어 있을 때 능력이 그분에게 나오는 것이다. 그러면 우리는 포도나무에 붙어 있는 가지와 같아서 생명을 받고 열매를 맺게 하는 모든 영양분이 우리에게 흘러들어온다.

열매 맺는 삶을 살기 위해서는 절대적으로 예수님 능력이 필요하다. 예수님을 떠나서는 아무것도 할 수 없다. 그것이 진리의 핵심이다. "너희도 내 계명을 지키면 내 사랑 안에 거하리라"(요한복음 15:10) 이 말씀은 그분의 계명을 지키는 것이 그분의 사랑 안에 거하는 것을 의미하지는 않는다. 열매를 맺기 위해서는 가지가 포도나무에 붙어 있어야 한다는 점을 강조한 것이다.

그러므로 어떻게 예수님 안에 거할 수 있을까? 라는 질문에 대한 대답은 "열매를 맺음으로써"도 아니며 "내 계명을 지킴으로써"도 아니다. 이렇게 대답했다면 전체적인 핵심을 놓친 것이다. 진리의 핵심은 어떻게 열매를 맺는지를 알아내는 것이다. "예수님 안에 거함으로써"가 정답이다.

내 안에 너희가 거하고 내 말이 너희 안에 거하면 무엇이든지 원하는 대로 구하라 그리하면 이루리라.(요한복음 15:7)

위의 말씀 그대로이다. 구하는 것도 이루어지는 것도 예수님 안에 거하는 것 다음의 문제이다. 그렇다면 어떻게 예수님 안에 거할 수 있을까? 예수님 안에 거한다는 것은 진리의 말씀과 확실한 사랑을 마음속으로 받아들이며 지속적으로 신뢰한다는 뜻이다. 예수님 사랑 안에 거하지 않는다는 것은 예수님이 우리를 사랑하신다는 것을 더 이상 믿지 않는다는 것을 의미한다.

세상에서 일어나는 이해할 수 없는 일, 무서운 질병과 고난을 겪으면서 더 이상 예수님이 우리를 사랑하지 않는다고 생각할 수 있다. 이런 생각 자체가 예수님 사랑에 거하지 않기 때문에 생기는 생각이다. 예수님 안에 거한다는 것은 어떤 상황에서도 전적으로 신뢰한다는 것을 의미한다. 복음서에 나오는 백부장의 절대적이고 겸손한 믿음이 우리에게 꼭 필요하다.

백부장이 대답하여 이르되 주여 내 집에 들어오심을 나는 감당하지 못하겠사오니 다만 말씀으로만 하옵소서 그러면 내 하인이 낫겠사옵나이다. (마태복음 8:8)

백부장은 굳이 예수님이 자신의 집에 들어가시지 않더라도 계시는 자리에서 말씀 한마디로 충분히 자기 하인이 나을 수 있다고 믿은 것이다. 얼마나 대단한 믿음인가! 예수님은 이 백부장의 믿음을 칭찬하셨다. 예수님의 주권 하에서 우리 가운데 일어나는 모든 일은 우리를 향하신 그분의 사랑 방식이다. 그분은 이렇게 말씀하셨다.

공중의 새를 보라 심지도 않고 거두지도 않고 창고에 모아들이지도 아니하되 너희 아버지께서 기르시나니 너희는 이것들보다 귀하지 아니하냐. 너희 중에 염려함으로 그 키를 한 자라도 더할 수 있겠느냐. 또 너희가 어찌 의복을 위하여 염려하느냐 들의 백합화가 어떻게 자라는가 생각하여보라. 수고도 아니 하고 길쌈도 아니 하느니라. 그러나 내가 너희에게 말하노니 모든 영광으로도 입은 것이 이 꽃 하나만 같지 못하였느니라.(마태복음 6:26~29)

그렇더라도 때로는 견디기 힘들 정도로 어려운 상황에 맞닥뜨릴 때가 있을 것이다. 그런 경우일지라도 절대적으로 예수님을 의지해야 한다. 예수님은 그렇게 말씀하고 계신다.

몸은 죽여도 영혼은 능히 죽이지 못하는 자들을 두려워하지 말고 오직 몸과 영혼을 능히 지옥에 멸하실 수 있는 이를 두려워하라.(마태복음 10:28)

우리가 두려워해야 할 것은 육체가 아니라 영혼이라는 사실을 기억해야 한다. 영혼이 없는 육체는 죽음이기 때문이다. 그래서 그 영혼을 천국이나 지옥에 보낼 수 있는 분을 기억해야 한다.

내가 너희에게 분부한 모든 것을 가르쳐 지키게 하라. 볼지어다 내가 세상 끝날까지 너희와 항상 함께 있으리라 하시니라.(마태복음 28:20)

만약 우리가 예수님 안에 있다면 우리는 더 이상 걱정할 것이 없다. 그분이 세상 끝날까지 함께 계시면서 우리를 지켜주실 것이기 때문이다.

> 예수께서 이르시되 나는 부활이요 생명이니 나를 믿는 자는 죽어도 살겠고 무릇 살아서 나를 믿는 자는 영원히 죽지 아니하리니 이것을 네가 믿느냐(요한복음 11:25~26)

그분은 죽음 가운데서 부활하셨고 우리 생명이 그분의 손에 달려 있기 때문에 그분을 믿는 것이 우리가 영원히 사는 길이다. 그렇게 될 때 죽음 따위는 더 이상 두려움의 대상이 아니다. 죽음이 두렵지 않은데 이 세상에 두려울 것이 또 무엇이 있겠는가? 예수 안에 거한다는 것은 그분의 말씀을 전적으로 신뢰한다는 의미이다. "내 말에 거하면"(요한복음 8:31)이라는 말씀도 동일한 의미이다. 예수님의 말씀을 믿으면 우리는 그분의 은혜 가운데 자유롭게 된다.

무엇으로부터의 자유인가?

그것은 죄로부터의 자유이다. 아담과 하와가 따먹은 선악과 사건으로 인해 우리의 몸속에는 이기적인 자아가 형성되어 있다. 죄의 피가 흐르고 있기 때문이다. 그것은 하나님의 뜻에 반하는 범죄이었고 그 범죄로 말미암아 우리는 사망선고를 받은 것이다.

> 예수께서 대답하시되 진실로 진실로 너희에게 이르노니 죄를 범하는 자마다 죄의 종이라.(요한복음 2:34)

> 죄의 삯은 사망이요 하나님의 은사는 그리스도 예수 우리 주 안

에 있는 영생이니라.(로마서 6:23)

예수님은 우리 신분을 죄의 종이라고 했다. 누군가 그 죄를 해결해주지 않으면 죽음만이 우리를 기다리고 있을 뿐이다. 그 죄를 해결하신 분이 예수 그리스도이시다. 그 사실을 믿고 예수 안에서 새 생명을 얻고자 결심하는 것이 바로 믿음이다. 그것이 우리를 죄 가운데서 자유롭게 할 것이다.

진리를 알지니 진리가 너희를 자유롭게 하리라.(요한복음 8:32)

또 하나는 율법으로부터 자유다.

이스라엘 백성들은 예수님이 오시기 전에는 모세 율법을 따라 하나님을 섬겼다. 하나님과의 약속인 율법을 지키는 것은 당연한 일이었다. 그러나 율법을 제대로 지킨 사람은 한 사람도 없었고 그래서 율법 아래에서는 한 사람의 의인도 없다고 말씀하셨다.

기록된 바 의인은 없나니 하나도 없으며 깨닫는 자도 없고 하나님을 찾는 자도 없고 다 치우쳐 함께 무익하게 되고 선을 행하는 자는 없나니 하나도 없도다.(로마서 3:10~12)

따라서 율법으로는 죄인 신분인 인류를 구원할 수 없었다. 율법을 제대로 지킨 사람이 하나도 없었기 때문이다. 그들이 율법을 제대로 지키지 못한 것은 지킬 수 없는 법을 하나님께서 주셔서가 아니라, 율법에 대한 유대인들의 오해에서 비롯되었다. 율법을 외식적으로 혹은 제도적으로 행하는 의식이나 제사 정도로 오해한 것이다. 그래서 율법에 담긴 정신이나 하나님의 뜻을 헤아리기보다는 문자적인 해석으로 그것을 보여주기식으로 지키려고 하다 보니 하나님과의 소통이 제대로 이루어지지 못한 것이다.

율법안에는 하나님의 깊은 뜻이 담겨 있었다. 그 뜻은 무엇이었을까? 그것은 하나님의 사랑이었고 긍휼이었다. 율법을 통해서 이스라엘 백성이 하나님의 실존과 사랑을 깨닫기를 바라셨던 것이다. 그러나 당시 이스라엘 백성은 율법 안에서 진리를 발견하지 못했다. 온갖 방법으로 하나님의 뜻을 나타냈지만, 그들은 잠시 하나님께 경배하는 듯하다가도 다시 하나님의 뜻에서 멀어지기를 반복하였다. 그들의 근본적인 문제는 마음을 다하여 하나님을 신뢰하지 않았다는 점이다. 그러자 마침내 하나님 사랑과 은혜의 실존이신 예수님을 이 땅에 직접 보내셔서 모든 율법이 담고 있는 하나님의 뜻을 온전히 이루게 하셨다.

예수께서 신 포도주를 받으신 후에 이르시되 다 이루었다 하시고 머리를 숙이니 영혼이 떠나가시니라.(요한복음 19:30)

율법도 하나님이 주신 것이다. 율법 자체가 결코 나쁜 것이 아니다. 선악을 알게 하는 나무가 에덴동산 중앙에 있었던 것 자체가 나쁜 것이 아닌 것과 같다. 율법도 선악을 알게 하는 나무도 하나님을 기억하라는 뜻이 담겨 있었다. 의심이 왜 생기는가? 당연한 말이지만 믿지 못하기 때문에 생기는 것이다. 예수님의 삶이나 말씀은 전적으로 하나님을 신뢰하는 가운데 이루어졌었다. 그로 인해 하나님께서는 우리와 관련된 죄 사함이나 심판 등에 관한 전권을 예수님께 주신 것이다. 그래서 우리는 하나님께 가기 위해서는 예수님을 전적으로 믿어야 한다.

예수께서 이르시되 내가 곧 길이요 진리요 생명이니 나로 말미암지 않고는 아버지께로 올 자가 없느니라.(요한복음 14:6)

우리가 예수님을 믿는다는 것은 곧 하나님을 믿는 것이다. 성자이신 그분은 성부, 성령과 더불어 삼위일체 하나님이시기 때문이다. 예수님을 믿는다는 것은 그분이 이루신 것과 장차 이루실 것을 모두 믿는 것이다. 그분은 십자가를 통해 우리 죄를 대신 짊어지셨다. 그래서 우리는 예수님을 믿는 믿음 하나로 그분의 영광 안에 들어갈 수 있게 되었다.

네가 만일 네 입으로 예수를 주로 시인하며 또 하나님께서 그를 죽은 자 가운데서 살리신 것을 네 마음에 믿으면 구원을 받으리라.(로마서 10:9)

그래서 사탄은 우리를 예수 안에 거할 수 없도록 방해하기 위해 온갖 수단과 방법을 가리지 않는다.

근신하라 깨어라 너희 대적 마귀가 우는 사자 같이 두루 다니며 삼킬 자를 찾나니 너희는 믿음을 굳건하게 하여 그를 대적하라 이는 세상에 있는 너희 형제들도 동일한 고난을 당하는 줄 앎이

라.(베드로전서 5:8~9)

마귀는 예수님도 유혹했었다. 그때마다 예수님은 하나님 말씀으로 이를 물리치셨다.

예수께서 성령이 충만함을 입어 요단강에서 돌아오사 광야에서 사십일 동안 성령에게 이끌리시며 마귀에게 시험을 받으시더라. 이 모든 날에 아무것도 잡수시지 아니하시니, 날 수가 다하매 주리신지라. 마귀가 이르되 네가 하나님의 아들이어든 이 돌들에게 명하여 떡이 되게 하라. 예수께서 대답하시되 기록된바 사람이 떡으로만 살 것이 아니라 하였느니라. 마귀가 또 예수를 이끌고 올라가서 순식간에 천하만국을 보이며 이르되 이 모든 권위와 그 영광을 내가 네게 주리라 이것은 내게 넘겨준 것이므로 내가 원하는 자에게 주노라. 그러므로 네가 만일 내게 절하면 다 네 것이 되리라. 예수께서 이르시되 기록된 바 주 너의 하나님께 경배하고 그만 섬기라 하였느니라. 또 이끌고 예루살렘으로 가서 성전 꼭대기에 세우고 이르되 네가 만일 하나님의 아들이어든 여기서 뛰어내리라 기록되었으되 하나님이 너를 위하여 그 사자들을 명하사 너를 지키게 하시리라 하였고 또한 그들이 손으로 너를 받들어 네 발이 돌에 부딪치지 않게 하시리라 하였느니라. 예수께서 이르시되 주 너의 하나님을 시험하지 말라 하였느니라.(누가복음 4:1~12)

예수님은 자신에게 맡겨진 사명을 온전하게 감당하시기 위해 기도를 멈추지 않으셨다.

우리를 시험에 들게 하지 마옵시고 다만 악에서 구하시옵소서 (나라와 권세와 영광이 아버지께 영원히 있사옵나이다. 아멘.(마태복음 6:13)

예수님께서도 시험에 들지 않기 위해, 마귀의 유혹에 넘어가지 않기 위해, 주어진 공생애를 감당하시기 위해 끊임없이 기도하셨다. 하물며 우리는 어떻게 해야 하겠는가? 예수님을 의지하여 기도해야 함을 말해준다. 우리가 예수님을 믿고 의지하게 되면 걱정할 일이 없다. 그분은 우리 손을 절대로 놓지 않으실 것이기 때문이다.

내가 그들에게 영생을 주노니 영원히 멸망하지 아니할 것이요 또 그들을 내 손에서 빼앗을 자가 없느니라. 그들을 주신 내 아버지는 만물보다 크시매 아무도 아버지 손에서 빼앗을 수 없느니라.(요한복음 10:28~29)

예수님은 십자가에 달리시기 전날 밤에 시몬 베드로가 자신을 세 번 부인할 것이라고 말씀하셨다. 그리고 주권적인 권세로 하신 그 말씀은 우리에게 크게 힘이 된다.

시몬아, 시몬아, 보라 사탄이 너희를 밀 까부르듯 하려고 요구하였으나, 그러나 내가 너희를 위하여 네 믿음이 떨어지지 않기를 기도하였노니 너는 돌이킨 후에 네 형제를 굳게 하라.(누가복음 22:31~32)

예수님은 베드로를 위해 믿음이 떨어지지 않도록 기도하신 것처럼 우리를 위해서도 기도하고 계신다. 예수님 기도는 우리 기도와는 차원이 다르다. 그분의 기도는 온전한 믿음으로 하시는 기도다. 예수님이 베드로를 위해 기도하실 때 믿음이 떨어지지 않기를 기도하셨다. 그 기도는 응답되었다. 예수님은 "만약 네가 돌이키면"이라고 말씀하시지 않고 "네가 돌이킨 후에"라고 말씀하셨다. 예수님은 이미 기도의 응답을 알고 계셨다는 의미이다.

내가 진실로 너희에게 이르노니 누구든지 이 산더러 들리어 바다에 던져지라 하며 그 말하는 것이 이루어질 줄 믿고 마음에 의심하지 아니하면 그대로 되리라.(마가복음 11:23)

얼마 후 베드로는 믿음이 흔들렸으며 예수님을 부인함으로써 죄를 지었다. 그러나 믿음을 완전히 잃지는 않았다. 그는 포도나무에서 떨어져 나가지 않았다. 예수님의 기도 덕분이다. 예수님은 약속을 지키시는 분이시다. 우리는 때로 약해질 수 있고 넘어질 수 있고 어려움에 직면할 수 있다. 하지만 이를 극복하기 위해서는 믿음을 잃지 말아야 한다. 예수께서 기도하신다는 사실을 기억해야 한다. 결코 우리를 예수님 손에서 빼앗을 자가 없다.

내가 새벽 날개를 치며 바다 끝에 가서 거주할지라도 거기서도 주의 손이 나를 인도하시며 오른손이 나를 붙드시리이다.(시편 139:9~10)

예수님과 하나님 아버지는 만유의 주인이시고 전지전능하신 분이시기 때문이다. 무엇보다도 우리를 한량없이 긍휼히 여기시며 사랑하신다는 점을 기억할 필요가 있다. 우리에게 필요한 것은 순전한 믿음으로 예수님께 속하는 것이다.

진짜 즐거움과 가짜 즐거움

모든 역사는
창조주 하나님이 허용한 범위 내에서
인간에 의해 발휘되는 창의성의 축적이다.
그것들은 일종의 모사模寫 혹은 패러디의 총화總和라고 할 수 있다.

인생에서 진짜 즐거움은 무엇이고 가짜 즐거움은 무엇일까?

즐거움은 사람이 살아가는 데 있어서 누구나 추구하는 삶의 동기이자 목적이다. 다만, 사람들은 그것을 각기 다른 언어로 표현할 따름이다. 요컨대 어떤 사람은 돈, 어떤 사람은 권력, 또 다른 사람은 명예, 그 밖에도 사랑, 헌신, 독서, 여행, 예술, 음주가무 등 이루 헤아릴 수 없을 만큼 다양한 차원에서 삶의 즐거움을 찾고자 한다. 그것들을 추구하면서 만족하는 마음을 소위 행복幸福이라고 표현하기도 한다.

그런데 중요한 것은 자신이 추구하고 있는 것들이 한결같이 자기에게 즐거움을 주고 있는지 아니면 그렇지 못하여 여전히 더 많은 것들을 갈구하며 사는 것은 아닌지 자문해볼 필요가 있다. 왜냐하면 자신이 추구하는 것들을 어느 정도 성취했음에도 불구하고 여전히 허전하고 갈증을 느낀다면 지금 즐겁게 생활하고 있다고 단언할 수 없기 때문이다.

우리가 바라는 즐거움, 기쁨, 만족 등은 대개 감정적인 공감이나 시각, 청각, 후각, 미각, 촉각 등 인간의 감각에 의해 순간순간 주어지는 것들이 대부분이기 때문에 그것을 지속적으로 유지하기는 쉽지 않다. 우리의 감정이라는 것이 기복이 있어 늘 한 가지에서 동일한 즐거움을 느끼지 못할 뿐 아니라 우리의 감각도 시시각각으로 변하기 때문이다.

그래서 사람들은 늘 새로운 것에서 즐거움을 찾으려 한다. 익숙한 것이나 오래된 것에서 한결같은 즐거움을 느끼지 못하고 있다는 증거다. 중요한 것은 '하늘 아래에는 새로운 것이 없다'는 사실이다. 이미 존재하는 것에서 파생된 것이거나 유사품일 확률이 높다. 감각적으로 새로운 것처럼 느낄지 몰라도 그것은 착시현상과 같이 그저 감각의 오류일 뿐이다.

솔로몬은 이 같은 사실을 깨닫고 전도서에 다음과 같이 밝히고 있다.

이미 있었던 것이 후에 있겠고 이미 한 일을 후에 다시 할지라. 해 아래에는 새것이 없나니 무엇을 가리켜 이르기를 보라 이것이 새것이라 할 것이 있으랴. 우리가 있기 오래전에 전 세대들에도 이미 있었느니라. (전도서 1:9~11)

우리가 어떤 것들에 대한 정보가 없어 그것들을 새로운 것으로 받아들인다고 해서 그것들이 모두 새로운 것이 되는 것은 아니다.

다만 우리가 새로운 것이 아니라는 사실을 인지하지 못했을 뿐이다. 사람이 새로운 것을 좋아하는 이유는 우리에게 창조 능력이 있기 때문일 것이다.

창조주 하나님께서는 우리에게 당신의 형상을 닮도록 창조하셨다. 하나님은 스스로 존재하시는 분으로 무에서 유를 창조하신 분이다. 그렇다고 해서 우리가 하나님처럼 무에서 유를 창조할만한 능력을 지녔다는 뜻은 아니다. 다만 하나님께서 허락하신 범위 내에서 창조력을 발휘할 수 있음을 말한다.

새로운 것을 원하고 만들어내는 것이 결코 부정적인 일은 아니다. 창조주 하나님께서 우리에게 창조 능력을 주셨다는 것은 우리에게 창의적으로 살라는 의도가 있을 것이기 때문이다.

다만, 그것이 자신들의 능력에서 나온 것이라는 교만에 빠지거나 세상에 없는 것을 창조한 것처럼 자만에 빠져서는 안 된다. 창조적 지혜를 얻을 수 있는 근원이 하나님이시기 때문이다. 무엇보다 중요한 것은 아주 근본적인 창조의 근원이 바로 창조주 하나님이라는 사실을 인정해야 한다. 우주 만물은 하나님이 저작권을 가지고 계신다. 그래서 그분을 만유의 주인이라고 부른다.

모든 역사는 창조주 하나님이 허용한 범위 내에서 인간에 의해 발휘되는 창의성의 축적이다. 그것들은 일종의 모사模寫 혹은 패러디의 총화總和라고 할 수 있다. 우리가 역사를 공부하는 이유 가운데 하나도 그 가운데서 진리를 찾아내고 미래를 보다 발전시키기 위한 측면이 있다. 그런데 인간의 지혜나 세상 철학으로는 절대적 진리를 찾을 수 없다는 것이 문제다. 그것들은 진리를 찾을 수 있도록 안내 역할을 할 뿐이다. 그래서 세상의 지혜에 의존한 사람들이 경영해 온 인류는 끊임없이 실패와 좌절을 겪으면서 반복된 역사를 되풀이하고 있다.

개인의 삶도 마찬가지다. 수많은 지혜서와 교양서들이 쏟아져 나오지만, 여전히 '인생은 무엇인가?', '행복은 무엇인가?' 등의 원론적인 질문의 한계에서 벗어나지 못하고 있다. 그리고 진짜 즐거움과 가짜 즐거움에 대해서도 명확히 제시하지 못하고 있다. 그 이유로는 대부분의 사람들이 세상의 교훈이나 풍조에 떠밀려 살아가는 경향이 있기 때문이다.

사도 바울은 에베소 교회에 보낸 서신에서 믿음이 충만하고 온전한 사람으로 자라기 위해서 어떻게 해야 하는지에 대해 분명히 밝히고 있다.

> 우리가 다 하나님의 아들을 믿는 것과 아는 일에 하나가 되어 온전한 사람을 이루어 그리스도의 장성한 분량이 충만한 데까지 이르리니 이는 우리가 이제부터 어린아이가 되지 아니하여 사람의 속임수와 간사한 유혹에 빠져 온갖 교훈의 풍조에 밀려 요동치지 않게 하려 함이라. (에베소서 4:13~14)

여전히 사람들은 부자를 꿈꾸고 권력을 탐내며 명예를 소중히 여긴다. 그런데 인류 역사 가운데 그것들이 사람들을 만족시키고 행복을 가져다주었던 적이 단 한 번이라도 있었던가? 세상 현인들이 인생을 회고하며 그것들을 좇아 살라고 권면한 적이 있었던가? 만약 그것이 아니라면 세상의 온갖 교훈과 풍조에 더 이상 속아서는 안 된다는 것을 깨달아야 한다.

세상에서 가장 화려한 삶을 살았던 사람 가운데 한 사람으로 이스라엘 왕이었던 솔로몬이 인생 말년에 고백했던 말을 통해서 우리는 인생 전반에 걸쳐 성찰하고 삶의 방향을 바로 잡기 위해 도움을 받을 필요가 있다.

솔로몬은 누구보다 하나님으로부터 은혜와 사랑을 듬뿍 받은 사람이다. 그리고 왕으로서도 백성들의 존경을 받으며 지혜롭게 살았었다. 그랬던 그가 언제부턴가 자신도 모르게 교만해졌고 부와 쾌락에 빠져 인생을 헛되게 소비하게 되었다. 그러나 다행히 그는 제정신으로 돌아와 회개하고 자신을 돌아보며 하나님에 대한 믿음을 회복하고 다음과 같이 고백하기에 이르렀다.

전도자가 이르되 헛되고 헛되며 헛되고 헛되니 모든 것이 헛되도다. 해 아래에서 수고하는 모든 수고가 사람에게 무엇이 유익한가. 한 세대는 가고 한 세대는 오되 땅은 영원히 있도다. 해는 뜨고 해는 지되 그 떴던 곳으로 빨리 돌아가고 바람은 남으로 불다가 북으로 돌아가며 이리 돌며 저리 돌아 바람은 그 불던 곳으로 돌아가고 모든 강물은 다 바다로 흐르되 바다를 채우지 못하며 강물은 어느 곳으로 흐르든지 그리로 연하여 흐르느니라, 모든 만물이 피곤하다는 것을 사람이 말로 다 말할 수는 없나니 눈은 보아도 족함이 없고 귀는 들어도 가득 차지 아니하도다. (전도서 1:2~8)

솔로몬 같이 하나님에 대한 믿음이 좋았던 사람도 때로는 세상 풍조에 떠밀려 하나님에 대한 사랑을 저버리는 것을 보면 인간은 태생적으로 세상의 유혹에 약하다는 것을 말해준다.

그 원인은 무엇일까?

그 사실을 알아보기 위해서는 하나님이 아담과 하와에게 선물하신 낙원, 에덴동산으로 거슬러 올라가 볼 필요가 있다. 아담과 하와는 에덴동산에서 평화로운 삶을 즐기고 있었다. 그들이 여기서 느낀 즐거움이 우리가 그토록 찾고자 하는 진짜 즐거움의 원형이라고 할 수 있다. 그곳은 인간이 살기에 부족함이 없었다. 물질적인 것뿐 아니라 정신적으로도 참으로 평화로운 곳이었다.

이곳이 평화로울 수 있었던 진짜 이유는 창조주이신 하나님과 직접 소통할 수 있었기 때문이다. 하나님이 에덴동산을 직접 경영하시니 부족한 점이 전혀 없었다. 아담은 평화스러운 분위기를 만끽하였는데, 각종 생물들의 이름을 지어주면서 즐겁게 소일하고 있었다. 하나님도 그런 아담을 지켜보시면서 흡족해하셨다.

여호와 하나님이 흙으로 각종 들짐승과 공중의 새를 지으시고 아담이 무엇이라고 부르나 보시려고 그것들을 그에게로 이끌어 가시니 아담이 각 생물을 부르는 것이 이름이 되었더라.(창세기 2:19)

그런데 하나님은 아담을 유심히 관찰하신 후 아담에게 돕는 배필이 필요하겠다고 생각하시고 그를 깊이 잠들게 한 후 그의 갈비뼈를 취하여 여자를 만들어주셨다. 아담은 더욱 행복해졌다. 아담이 하와를 보고 얼마나 즐거워했는지 최고의 표현으로 만족을 표했다.

여호와 하나님이 아담에게서 취하신 갈빗대로 여자를 만드시고 그를 아담에게로 이끌어 오시니 아담이 이르되 이는 내 뼈 중의 뼈요 살 중의 살이라 이것을 남자에게서 취하였은즉 여자라 부르리라 하니라.(창세기 2:22~23)

아담과 하와는 부부가 되었다. 그들은 에덴동산에서 벌거벗은 채로 지냈지만, 전혀 부끄러워하지 않았다. 그것은 그들이 한 몸에서 시작되었을 뿐 아니라 서로 사랑했기 때문이다. 그렇게 신뢰와 사랑, 그리고 평화로웠던 에덴동산에 전혀 예상하지 못한 위기가 찾아왔다.

에덴동산에는 아담과 하와 말고도 온갖 생물들이 서로 사이좋게 지내고 있었는데 그 가운데 가장 간교한 뱀도 거기에 있었다. 그 뱀의 정체는 사탄으로서 하나님을 대적한 자다. 사탄은 하나님과 사람을 이간질하는 것이 특기다. 그런 뱀이 아담과 하와를 가만히 두고 볼 리 없었다. 뱀은 아주 세밀하게 전략을 수립했는데 아담보다는 하와를 먼저 공략한다. 그리고 그의 작전은 성공을 거둔다. 어떻게 하와를 유혹하는데 성공했을까?

그전에 한 가지 알아야 할 사실이 있다. 그것은 아담의 갈비뼈를 취해 하와를 만들기 전의 이야기로 하나님은 아담에게 한 가지를 당부하셨다. 그것은 "동산 각종 나무의 열매는 네가 임의로 먹되 선악을 알게 하는 나무의 열매는 먹지 말라"는 내용이었다.

여호와 하나님이 그 사람에게 명하여 이르시되 네가 먹는 날에는 반드시 죽으리라 하시니라.(창세기 2:16~17)

뱀은 이 사실을 정확히 알고 있는 아담을 공략하지 않고 이 당부의 말씀을 하나님으로부터 직접 듣지 못한 하와를 먼저 공략하였다.

그런데 뱀은 여호와 하나님이 지으신 들짐승 중에 가장 간교하니라 뱀이 여자에게 물어 이르되 하나님이 참으로 너희에게 동산 모든 나무의 열매를 먹지 말라 하시더냐. 여자가 뱀에게 말하되 동산 나무의 열매를 우리가 먹을 수 있으나 동산 중앙에 있는 나무의 열매는 먹지도 말고 만지지도 말라 너희가 죽을까 하노라 하셨으니 (창세기 3:1~3)

처음에는 살짝 떠보다가 갈수록 더 세차게 몰아치는 수법으로 하와를 유혹했는데, 결국 성공을 거두게 된다. 분명히 하나님이 아담에게 당부하신 말씀은 "네가 먹는 날에는 반드시 죽으리라"이었는데, 하와의 대답은 "먹지도 말고 만지지도 말라 너희가 죽을까 하노라"이었다. 하와의 대답은 정확하지도 않았을 뿐 아니라 확신도 없었다. 그래서 뱀이 오히려 자신감을 얻어 분명한 어조로 거짓말을 쏟아놓는다.

뱀이 여자에게 이르되 너희가 결코 죽지 아니하리라, 너희가 그것을 먹는 날에는 너희 눈이 밝아져 하나님과 같이 되어 선악을 알줄을 하나님이 아심이니라, 여자가 그 나무를 본즉 먹음직도 하고 보암직도 하고 지혜롭게 할 만큼 탐스럽기도 한 나무인지라 여자가 그 열매를 따먹고 자기와 함께 있는 남편에게도 주매 그도 먹

은지라. (창세기 3:4~6)

불행하게도 아담과 하와는 하나님께서 신신당부하신 말씀을 어기고 선악과를 따먹고 말았다. 하나님은 긍휼과 사랑이 많으신 분이시지만 동시에 공의로운 분이시다. 하나님께서 직접 하신 약속을 신실하게 지키시는 분이시다. 그래서 그들은 당초 하나님께서 말씀하신대로 죽음을 피할 수 없게 되었다. 하나님은 자초지종을 들어보기 위해 아담을 부르셨다. 그런데 아담은 이전과는 전혀 다른 반응을 보였다. 하나님이 부르시는 소리를 듣자마자 자신이 벗은 사실을 알았고 그로 인해 두려운 마음이 생겨서 숨고 말았다.

이르되 내가 동산에서 하나님의 소리를 듣고 내가 벗었으므로 두려워하여 숨었나이다. 이르시되 누가 너의 벗었음을 네게 알렸느냐 내가 네게 먹지 말라 명한 그 나무 열매를 네가 먹었느냐. 아담이 이르되 하나님이 주셔서 나와 함께 있게 하신 여자 그가 그 나무 열매를 내게 주므로 내가 먹었나이다. 여호와 하나님이 여자에게 이르시되 네가 어찌하여 이렇게 하였느냐 여자가 이르되 뱀이 나를 꾀므로 내가 먹었나이다. (창세기 3:10~13)

선악과를 따먹은 이후 아담이 달라진 것이 크게 두 가지가 있다. 첫 번째는 자기가 벗은 사실을 앎으로 인해 하나님을 두려워하게 되었다는 점이다. 그전까지는 벗은 것이 전혀 문제가 되지 않았었다. 하나님께 순종하면서 생물들의 이름을 지어주기도 하고 에덴 동산을 지키며 하나님과 소통하며 평화롭게 지냈었다.

그런데 자신을 지어주신 하나님이 갑자기 두렵게 느껴진 것이다. 그것은 자신이 죄를 지었음을 알았다는 것을 의미한다. 그제야 비로소 하나님 말씀이 생각난 것이었다. 중요한 것은 그동안 아무것도 입지 않고 지내도 전혀 문제 될 것이 없었지만, 이제 자신을 가려야 할 정도로 부끄러움과 두려움을 느끼는 존재가 되었다는 점이다. 하나님과 제대로 소통하고 지냈을 때는 어떤 문제도 없었지만 이제 모든 것이 문제가 될 뿐 아니라 더 큰 문제는 이 문제를 스스로 해결할 방법이 없다는 것에 있다.

두 번째는 왜 선악과를 먹었느냐? 라고 하나님이 물었을 때 아담은 하와에게 핑계 대기 급급했다. 실제 하나님이 선악과를 따먹지 말라고 말씀하신 대상은 아담이었다.

그렇다면 그 모든 문제의 원인을 자신에게서 발견했어야 했고 자기 잘못을 바로 시인했어야 했다. 그런데 아담은 하나님이 지어주신 하와가 주므로 먹었다고 했다. 하와에게 핑계를 전가했을 뿐 아니라 하나님을 걸고넘어진 것이다.

어쨌든 하나님이 허락하신 낙원, 에덴동산에서의 즐거움은 일장춘몽으로 끝나고 말았다. 아담과 하와는 이 즐거움의 땅, 에덴동산에서 결국 추방당하고 만다. 그 이후 인류는 더 이상 완전한 즐거움을 누릴 수 없게 되었다.

이것이 하나님이 허락하신 진짜 즐거움을 잃어버린 계기가 되었다. 그럼에도 불구하고 성서를 통해서 보면 끊임없이 에덴동산에서와 같은 즐거움을 주시기 위해 하나님께서 백성들을 부르셨다. 그때마다 사람들은 하나님의 부르심과 은혜에 대해 믿음으로 화답하지 못했다. 그래서 하나님은 노아의 홍수, 바벨탑, 소돔과 고모라 등 배신의 땅들을 멸하시고 새로운 약속을 통해 은혜를 베풀어 오신 것이다.

수많은 기회가 주어졌지만, 인간의 타락한 마음은 좀처럼 새로워지지 못했다. 그래서 하나님은 위대한 결단을 내리셨다. 하나님 자신이자 독생자이신 예수 그리스도를 이 땅에 보내신 것이다. 우리의 죄를 대신 짊어지게 하시기 위해서였다. 우리 스스로 도저히 벗을 수 없는 죄, 우리 스스로 회복할 수 없는 낙원을 찾아주시고자 우리를 대신해서 십자가를 통해 하나님의 뜻을 다 이루도록 하신 것이다. 그것은 신의 한 수였다. 신의 한 수는 이럴 때 사용하는 말이다.

하나님의 은혜로 사람을 당신의 형상대로 창조하시고 사람을 신뢰하여 자유의지를 허락함으로써 무슨 일이든 사리를 분별하며 스스로 선택하며 살 수 있도록 허락하셨다. 그런데 그 자유를 잘못 사용하고 말았다. 에덴동산에서 뱀이 하와를 유혹할 때 사용했던 단어들을 보면 하와가 얼마나 교만했는지 알 수 있다. 하와는 하나님처럼 될 수 있다는 유혹에 넘어갔다.

뱀이 여자에게 이르되 너희가 결코 죽지 아니하리라. 너희가 먹는 날에는 너희 눈이 밝아져 하나님과 같이 되어 선악을 알 줄 하나님이 아심이니라. (창세기 3:4~5)

예수님은 이 땅에 성육신으로 오셨다. 하나님이 육신을 입고 오신 것이다. 그런데 이 땅에 오셔서 지내신 동안 철저하게 우리와 똑같은 인간으로 사시면서 하나님께 순종하셨다. 이 땅에 계신 동안 인간이 하나님께서 허락하신 자유의지를 어떻게 사용해야 하는지, 피조물이 창조주에게 어떻게 순종하며 살아야 하는지 모본模本을 보여주신 것이다.

우리는 끊임없이 유혹하는 사탄의 거짓말과 가짜 즐거움에 속절없이 당하며 살고 있다. 이제 그런 사탄의 농락에 더 이상 놀아나는 삶에서 벗어나야 한다. 그것은 진정한 즐거움이 아니고 향락이거나 거짓 쾌락에 불과하기 때문이다.

그렇다면 진짜 즐거움과 가짜 즐거움의 차이는 무엇일까?

그것을 분별하는 키워드는 '영혼靈魂'이다. 육체적인 쾌감이 아니라 영혼이 즐거울 수 있어야 그것이 진짜 즐거움이다. 진짜 즐거움은 어떤 것으로부터도 방해받지 않아야 한다. 그렇다면 누구로부터 혹은 무엇으로부터도 방해받지 않고 자유로울 수 있는 것은 무엇일까? 그것은 오로지 영혼뿐이다.

그 영혼을 주관하시는 분이 누구신가?

우리는 그것에 주목할 필요가 있다. 우리가 두려워할 분은 오직 한 분 하나님이시다. 그분의 손에 우리의 영혼이 달려 있고. 그 영혼에 진짜 즐거움이 숨겨져 있기 때문이다.

몸은 죽여도 영혼은 능히 죽이지 못하는 자들을 두려워하지 말고 오직 몸과 영혼을 능히 지옥에 멸하실 수 있는 이를 두려워하라. (마태복음 10:28)

쇼펜하우어는 향락을 소극적 즐거움이라고 했고, 진짜 즐거움은 적극적 즐거움이라고 표현했다. 왜 그렇게 표현했을까? 그것은 자기 능력을 적극적으로 사용하느냐, 아니면 소극적으로 사용하느냐에 따라 본질적 즐거움에 차이가 있다고 본 것이다. 그는 독서의 즐거움을 예로 들었다. 문자를 읽고 이해하며 생생하게 상상하는 일은 지식이 일정 수준 이상의 사람들만이 할 수 있는 매우 적극적인 행위이며 자기 능력을 최대한 활용하는 일이기 때문이라고 했다. 그런데 무엇을 하느냐도 중요하지만, 왜 하느냐도 중요하다고 했다.

그저 잠시 잠깐의 즐거움이나 감각적인 기분전환을 위한 것이라면 현실 도피성 향락에 지나지 않는다는 것이다. 왜냐하면 도피한다고 해서 현실적인 압박이 사라지는 것은 아니기 때문이다. 즐거움은 시간이 지나면 끝이 나고 이윽고 현실로 다시 돌아온다. 그리고 그 현실에서 그전에 느꼈던 동일한 스트레스를 받으며 살아야 한다. 대부분의 사람들이 뭔가에 짓눌려서 자유롭지 못한 삶을 살아가게 된다.

어떤 사회를 막론하고 그 사회를 유지하기 위한 일정한 규율이 있게 마련이다. 그 규율에서 벗어나려고 하면 할수록 더 큰 구속을 당하게 된다. 사람들은 거기서 벗어나려고 발버둥을 쳐보지만 좀처럼 빠져나오지 못한다. 때로는 술을 마시고 담배를 피우고 마약을 복용하기도 하고 성적 향락에 빠지기도 한다.

사람들은 그것을 지속하면 즐거움도 지속될 것이라고 착각한다. 그러나 그것은 가짜 즐거움이다. 굳이 나쁜 이미지의 향락을 떠올리지 않더라도 우리 일상생활에서 행해지는 많은 일들이 어쩌면 그런 가짜 즐거움에 젖어 있는 것은 아닐까.

그렇다면 진짜 즐거움은 구체적으로 무엇을 말하는 것일까?

그것은 아담과 하와가 선악과를 따먹기 이전 상태로 돌아가는 것이다. 에덴동산은 하나님께서 아담과 하와에게 주신 최고의 선물이었다. 그곳에서 그들은 어떤 불평불만도 없이 행복한 나날을 보내고 있었다. 육체적인 만족은 말할 것도 없고 하나님과의 소통을 통해 영혼 깊은 곳까지 즐거움을 만끽하며 살았었다.

한 마디로 에덴동산은 완전한 낙원樂園이었다. 에덴Eden은 '기쁨', '즐거움'이라는 의미를 담고 있다. 에덴동산은 즐거움의 본향이다. 그래서 인류는 에덴동산을 동경하며 살 수밖에 없었다. 그 이후 인류는 지상에 낙원을 건설하고자 시도했는데 그 일련의 과정이 도시의 역사, 혹은 정원의 역사이다.

특히 도시의 허파라고 할 수 있는 정원Garden이 에덴Eden이라는 단어에서 파생되었다는 사실만 보아도 인류가 에덴동산을 얼마나 그리워하며 살았는지 짐작해볼 수 있다. 그런데 에덴동산을 상상하면서 외형적인 아름다움만을 가꾸어가는 것으로 유토피아가 될 수는 없다. 에덴동산을 창조하여 아담과 하와에게 선물하신 하나님의 뜻을 이해하지 않으면 안 된다.

하나님은 아낌없이 누릴 수 있도록 충분한 환경조건, 먹을거리, 즐길거리 등을 제공해주셨다. 그리고 무엇보다 그 광경을 지켜보시면서 흡족해하셨다. 마치 정원에서 뛰놀고 있는 아이를 지켜보면서 제대로 즐거움을 만끽하고 있는지 혹은 부족한 것은 없는지 부모 심정으로 바라보신 것이다.

에덴동산이 낙원이었던 가장 중요한 이유는 하나님이 그 동산에 함께하셨다는 점이다. 하나님은 에덴동산의 설계자이시고 시공자이시다. 게다가 아담과 하와를 지으신 분이시다. 그러니 무슨 문제가 있을 수 있겠는가? 그저 아담과 하와는 하나님이 허락하신 복을 누리기만 하면 되었었다. 그곳에서는 두려운 것이 없었고 부끄러운 것도 없었으며 무엇 하나 부족한 것이 없었다.

그런데 절대 먹어서는 안 된다고 말씀하신 선악과를 따먹은 이후, 그 동산에 두려움과 부끄러움이 들어오게 되었다. 그것은 뱀(사탄)의 유혹에 넘어감으로 인한 죄의 대가였다. 하나님과의 신뢰가 깨지는 순간 하나님의 무한한 사랑을 공급하는 것에 문제가 생기고 말았다. 말하자면 물을 공급하는 파이프라인이 막혀서 더 이상 물이 수도꼭지로 전달되지 못하는 현상과 같은 일이 발생하고 만 것이다.

그래서 아담과 하와는 더 이상 에덴동산에서 살 수 없게 되었다. 하나님이 정한 규율을 어겼을 뿐 아니라 거기서 지내면 지낼수록 더 불행해질 것을 아신 하나님은 그들을 에덴동산 밖으로 옮길 것을 결단하신 것이다. 하나님께서는 그들을 바로 죽이는 형벌을 내리지 않으시고 가죽옷을 입혀서 에덴동산 밖으로 내보내셨다. 이것은 그들에게 새로운 기회를 주시겠다는 의미이다.

여호와 하나님이 아담과 그의 아내를 위하여 가죽옷을 지어 입히시니라.(창세기 3:21)

그러나 아담의 후예들은 끊임없이 죄의 근성을 버리지 못하고 하나님의 무한 신뢰와 사랑을 저버리게 되었다. 하나님은 그 이후로도 후손들에게 많은 은혜와 기회를 주셨다. 그러나 번번이 실패하였고 그때마다 하나님의 심판을 받아야만 했다.

하나님은 인간의 자유의지에 맡겨두는 것만으로는 하나님의 심판을 면할 수 없겠다고 판단하시고 예수님을 이 땅에 성육신으로 보내셔서 십자가라는 극형을 통해 우리 대신 하나님의 심판을 받게 하신 것이다. 그리고 예수님은 심판을 위해 오신 것이 아니라 세상을 구원하기 위해 오셨다고 말씀하셨다. 예수님은 단 한 사람도 심판하고 싶지 않으시고 모두 구원하시고 싶은 것이다. 그럼에도 불구하고 예수님 말씀을 받지 아니한 사람은 마지막 날에 심판이 있다는 것도 말씀하셨다는 점에 주목할 필요가 있다.

사람이 내 말을 듣고 지키지 아니할지라도 내가 저를 심판하지 아니하노라. 내가 온 것은 세상을 심판하러 온 것이 아니요 세상을 구원하려 함이라, 나를 저버리고 내 말을 받지 아니하는 자를 심판할 이가 있느니 곧 내가 한 그 말이 마지막 날에 그를 심판하리라.(요한복음 12:47~48)

따라서 예수님이 하나님의 아들이신 것과 예수님이 십자가를 통해 우리 죄를 대신 짊어지신 사실을 온전히 믿어야 한다. 그렇게 되면 단절되었던 하나님과 인류가 다시 소통할 수 있게 되고 에덴동산에서 누렸던 하나님의 은혜와 사랑을 회복할 수 있게 되는 것이다.

이렇게 될 때 비로소 인간은 죄에서 자유롭게 되고 예수 그리스도의 사랑 안에서 진짜 즐거움을 누리며 살 수 있게 되는 것이다. 그러나 하나님을 찾지 않고 하나님께 구하지 않으며 예수님 이름을 부르지 않는다면 여전히 가짜 즐거움에 속아 살 수밖에 없다.

오늘날 경제적으로 풍요로워지고 과학기술이 최고조에 달하고 있음에도 불구하고 우리 안에 진짜 즐거움이 없다면 그 이유는 간단하다. 우리 안에 우리를 창조하신 하나님이 계시지 않기 때문이다. 하나님만이 우리가 어떻게 살아야 즐거워질 수 있는지 그 방법을 아신다.

니체는 '신은 죽었다'고 말했다. 인간의 이성이 얼마나 위대한지를 강조하기 위해 신^神까지 죽여야만 했다. 그가 강조하고자 한 말의 취지는 어느 정도 이해할 수 있다. 모든 것을 신에게 의지하게 되면 인간은 평생 연약한 존재로 살 수밖에 없고 그 이상의 의지나 힘을 발휘할 수 없게 된다고 생각한 것이다. 인간에게는 우리가 상상하지 못했던 위대한 힘이 우리 안에 내재 되어 있으므로 그 힘을 최대한 사용할 수 있어야 한다고 생각했다. 그런 사람을 상징적으로 초인^{超人}이라고 불렀다.

왜 니체가 인간의 가치와 능력에 주목하고 더욱 창조적으로 살아야 한다고 지적했을까? 그것은 당시 사람들이 운명론에 젖어 나약함을 보이자, 운명을 보다 적극적으로 해석하고 창의적으로 개척하라는 의미였을 것이다. 니체가 볼 때 그런 생각이 소극적인 즐거움을 찾는 것에 급급하게 만들어 버린 것으로 보았을 것이다.

왜냐하면 자신의 운명이 정해져 있는 뻔한 인생이라면 더 이상 창의적인 노력을 하지 않으려 하기 때문이다. 마치 건물을 지을 때 거푸집 틀에 콘크리트를 부어 만들어진 모양을 생각하면서 더 이상 결과물에 기대하지 않게 되고 어떤 상상력도 발휘하지 않게 된다는 것이다. 그래서 인간의 이성을 최대한 활용해야 함을 강조한 것으로 보인다. 그런데 따지고 보면 인간이 가진 힘이 어느 정도이든 그것 역시 하나님이 주신 힘이요 능력이라는 점을 간과해서는 안 된다.

어떤 능력자가 세상을 구한 적이 있었는가?

어떤 지혜자가 죽음의 문제를 해결한 적이 있었던가?

과학기술이 혹은 철학이 아무리 정교하게 발전한다고 하더라도 그런 일은 없을 것이다. 과학이 일기를 예보할 수 있을지는 몰라도 비를 오게 하거나 눈을 내리게 할 수는 없다. 그래서 하나님이 없는 세상은 상상만 해도 끔찍하다.

실제로 세상에는 니체가 우려한 삶을 사는 사람들이 적지 않다. 가능한 한 좋은 학교를 나오고 좋은 직장에 들어가며 원하는 결혼도 하여 멋진 집에 살면서 성공이라는 달콤한 유혹에 이끌리어 마치 남의 부러움을 사는 것이 목표인 것처럼 살아가는 사람들이 적지 않다.

과연 이런 삶이 우리에게 진짜 즐거움을 주고 행복을 가져다줄 것인가?

어느 정도 그럴 수 있을 것이다. 그런데 여기에는 중대한 결함이 있다. 여기서 추구하는 것들은 대부분 외형적인 것들이다. 물론 외면의 만족과 내면의 만족은 서로 연결되어 있기 때문에 그 경계를 구분 짓는 것은 쉽지 않다. 그렇더라도 외면을 표현하는 단어가 따로 있는 것처럼 내면을 표현하는 단어가 따로 있다는 사실을 주지할 필요가 있다. 내면을 표현하는 단어로는 마음, 정신, 영혼 등이 있다. 내면의 즐거움은 표면적인 즐거움과 사뭇 다르다.

예를 들어 어떤 사람이 빚을 얻어 좋은 집을 사고 멋진 차를 사서 윤택한 삶을 살고 있다고 생각해보자. 그는 표면적으로는 즐거운 삶을 사는 것처럼 보이지만 내면을 들여다보면 그 빚으로 말미암아 걱정이 짓누르고 있을 것이다. 이것은 진짜 즐거움이 아니다. 그런데 어느 날 그 사람이 복권에 당첨되어 이 빚을 모두 갚을 수 있게 되었다고 가정해보자. 그 사람은 더 이상 그 빚에 대한 압박으로 인해 짓눌린 삶을 살지 않아도 될 것이다. 자유를 만끽하며 내면의 즐거움을 느끼게 될 것이다.

우리가 진정한 자유와 즐거움을 누리지 못하는 이유는 무엇일까?

그것은 마음에 빚을 지고 있어서 그것이 자신을 짓누르고 있기 때문이다. 그 빚에 대한 이야기를 이해하기 위해 다시 창조 당시와 에덴동산으로 거슬러 올라가 보자. 왜냐하면 내면의 즐거움은 영혼의 자유와 밀접한 관련이 있기 때문이다. 그 영혼은 하나님과 직접적으로 관련이 있다. 하나님이 사람의 몸에 직접 영혼을 불어넣어 주셨기 때문이다.

여호와 하나님이 땅의 흙으로 사람을 지으시고 생기를 그 코에 불어넣으시니 사람이 생령이 되니라.(창세기 2:7)

하나님이 사람을 흙으로 빚어서 그 코에 생기를 불어넣어주심으로써 비로소 생령이 되었다고 기록되어 있다. 그 생령은 바로 영혼이다. 영혼이 없는 사람은 그저 흙에 불과하다. 영혼이 하나님으로부터 나왔기 때문에 진정한 즐거움은 영혼에 있는 것이다. 그래서 사람은 모든 즐거움을 하나님으로부터 구했어야 했다. 그런데 아담과 하와가 하나님과 소통하지 않는 순간 뱀(사탄)이 그 틈새를 노린 것이다. 하나님께서는 에덴동산에서 반드시 지켜야 할 규칙을 아담에게 하나 주셨는데 선악과를 따먹지 말라는 것이었다.

여호와 하나님이 그 사람에게 명하여 이르시되 동산 각종 나무의 열매는 네가 임의로 먹되 선악을 알게 하는 나무의 열매는 먹지 말라 네가 먹는 날에는 반드시 죽으리라 하시니라.(창세기 2:16~17)

그런데 하와가 그 열매를 먼저 따먹고 남편 아담에게도 줌으로써 둘 다 선악과를 먹고 말았다.

여자가 그 나무를 본즉 먹음직도 하고 보암직도 하고 지혜롭게 할 만큼 탐스럽기도 한 나무인지라 여자가 그 열매를 따먹고 자기와 함께 있는 남편에게도 주매 그도 먹은지라.(창세기 3:6)

우리는 선악과 사건 이후 하나님께 엄청난 빚을 지고 있다. 특히 예수님의 십자가 보혈로 우리 죄를 탕감 받음으로써 우리는 완전히 자유인이 되었다. 좀 더 구체적으로 말하면 죽을 수밖에 없는 영혼이 예수 그리스도의 은혜로 영생을 얻게 된 것이다. 이제 그분을 믿음으로써 비로소 내적인 즐거움을 누릴 수 있게 된 것이다.

사람이 마음으로 믿어 의에 이르고 입으로 시인하여 구원에 이르느니라.(로마서 10:10)

더 이상 죄책감이나 죽음에 대한 두려움 등에 짓눌려 살 필요가 없게 되었다. 진정한 즐거움이란 하나님의 은혜 가운데 영혼이 즐거워하는 것을 말한다. 예수님을 믿을 수 있게 된 것은 로또에 당첨된 것과도 비교할 수 없는 엄청난 하나님의 선물이다. 왜냐하면 우리 마음 가운데 진짜 즐거움이 들어왔기 때문이다.

> 마음의 즐거움은 양약이라도 심령의 근심은 뼈를 마르게 하느니라.(잠언 17:22)

하나님은 우리에게 올바른 영혼 사용법을 가르쳐주신다. 그래서 우리가 한순간이라도 잊어서는 안 될 말씀이 있다.

> 항상 기뻐하라.
> 쉬지 말고 기도하라.
> 범사에 감사하라.
> 이것이 그리스도 예수 안에서 너희를 향하신 하나님의 뜻이니라.(데살로니가전서 5:16~17)

왜? 그것이 하나님의 뜻이기 때문이다.

하나님의 뜻에 따라 살지 않게 되면 즐거움을 누리지 못하는 삶이 된다. 자기도 모르게 내면이 공허함으로 가득 차게 된다. 사람에게는 하나님께서 주신 원자아原自我와 선악과 이후에 형성된 이기적 자아가 병존하고 있다. 그래서 이 두 자아가 끊임없이 갈등하며 싸우고 있다. 그래서 우리가 싸워야 할 대상은 육적인 것이 아니라 영적인 것이라고 사도 바울은 가르친 바 있다.

우리의 씨름은 혈과 육을 상대하는 것이 아니요 통치자들과 권세들과 이 어둠의 세상 주관자들과 하늘에 있는 악의 영들을 상대함이라. (에베소서 6:12)

우리 영혼이 어떤 상태인가에 따라 우리는 하나님을 대적하는 세력들에게 넘어질 수 있음을 가르치고 있다. 그래서 영적인 승리를 위해 육적인 소욕을 물리쳐야 할 때가 있음을 말해준다. 그래서 영혼을 지키기 위해서는 영의 양식인 하나님 말씀을 섭취해야 한다.

예수께서 대답하여 이르시되 기록되었으되 사람이 떡으로만 살 것이 아니요 하나님의 입으로부터 나오는 모든 말씀으로 살 것이라 하였느니라 하시니 (마태복음 4:4)

썩을 양식을 위하여 일하지 말고 영생하도록 있는 양식을 위하여 하라. 이 양식은 인자가 너희에게 주리니 인자는 아버지 하나님께서 인치신 자니라. (요한복음 6:27)

영의 양식은 다른 말로 표현하면 생명의 양식이다. 우리 생명은 어떤 것과도 바꿀 수 없다. 그래서 생명을 위협하지 않는 것이라면 어떤 것도 양보할 수 있어야 한다.

만일 네 오른 눈이 너로 실족하게 하거든 빼어 내버리라 네 백체 중 하나가 없어지고 온몸이 지옥에 던져지지 않는 것이 유익하며 또한 만일 네 오른손이 너로 실족하게 하거든 찍어 내버리라. 네 백체 중 하나가 없어지고 온몸이 지옥에 던져지지 않는 것이 유익하니라.(마태복음 5:29~30)

우리 생명을 구하실 이는 하나님이시다. 그래서 우리가 귀 기울여야 할 것은 오직 하나님 말씀뿐이다.

그러므로 모든 더러운 것과 넘치는 악을 내버리고 너희 영혼을 능히 구원할 바 마음에 심어진 말씀을 온유하게 받으라.(야고보서 1:21)

우리가 즐겁게 사는 것은 우리 자신 못지않게 하나님이 바라시는 바다. 심지어 우리가 살면서 불이익을 받는 경우일지라도 기뻐하고 즐거워하라고 말씀하신다.

나로 말미암아 너희를 욕하고 박해하고 거짓으로 너희를 거슬러 모든 악한 말을 할 때에는 너희에게 복이 있나니 기뻐하고 즐거워하라 하늘에서 너희의 상이 큼이라 너희 전에 있었던 선지자도 이같이 박해하였느니라.(마태복음 5:11~12)

세상의 상식 혹은 철학, 문학, 예술 등이 우리를 잠시 가슴 뿌듯하게 하거나 행복한 마음을 갖게 할 수 있다. 하지만 영혼까지 즐겁게 하지는 못한다. 영혼을 창조하신 분만이 우리의 궁극적인 행복을 주장하실 수 있다. 세상 교훈의 풍조에 따라 살다 보면 어느 정도 만족감을 느끼거나 무난하게 살았다는 생각을 할 수 있을지는 모르겠다.

하지만 인생의 종착역에 다다랐을 때도 과연 그럴까?

아마도 그때 느끼는 감정은 솔로몬이 고백했던 것처럼 공허함, 그것과 크게 다르지 않을 가능성이 크다. 하나님 말씀만이 우리 삶을 윤택하게 할 뿐 아니라 우리 영혼에 참 즐거움을 줄 수 있다는 것을 깨달아야 한다. 하나님 은혜를 체험한 시편 기자의 고백을 묵상해보자,

하나님께 가까이함이 내게 복이라. 내가 주 여호와를 나의 피난처로 삼아 주의 모든 행적을 전파하리이다. (시편 73:28)

세상 번영을 신뢰하지 말고 허탄한 노래로 영혼을 채우지 말며 신실하신 하나님 말씀을 신뢰하는 길이 결국 승리하는 길이다. 우리가 하나님께 다가갈 때 하나님도 우리에게 다가오신다. 한 걸음 더 한 걸음 하나님께 다가가자. 그러면 내 영혼에 사무치는 즐거움이 내 인생을 밝게 해줄 것이다.

12

세례 요한의 선지적 복음
사도 요한의 사랑의 복음

예수님이 사도 요한을 통해 전하고자 한
가장 핵심적인 메시지는 사랑이었다.
예수님이 가르치신 말씀,
그리고 제자들과 사람들 앞에서 행하신 모든 것은
사랑에 초점이 맞추어져 있다.
왜냐하면 하나님은 사랑이시기 때문이다.

요한은 누구인가?

요한은 히브리어 '요하난'이라는 말에서 유래되었는데 '여호와
께서 총애하신다'는 뜻을 가지고 있다. 성서에는 두 명의 걸출한
요한이 등장한다. 바로 예수님 동시대에 선지자로 온 세례 요한과
예수님의 사랑스러운 제자 사도 요한이다.

먼저 세례 요한의 이야기를 해보자. 그가 이 땅에 온 목적은 성
서에 나와 있다.

하나님께로부터 보내심을 받은 사람이 있으니 그의 이름은 요

한이라. 그가 증언하러왔으니 곧 빛에 대하여 증언하고 모든 사람이 자기로 말미암아 믿게 하려 함이라.(요한복음1:6~7)

그는 선지자로서 제사장 사가랴와 엘리사벳 사이에서 난 아들이며 예수님과 친척관계로 예수님보다 6개월 먼저 출생했다.(누가복음 1~2장) 그는 디베료(디벨리우스) 황제 때 유대 광야 요단강 변에서 복음을 외쳤다.

디베료 황제가 통치한 지 열다섯 해 곧 본디오 빌라도가 유대의 총독으로, 헤롯이 갈릴리의 분봉왕으로, 그 동생 빌립이 이두래와 드라고닛 지방의 분봉왕으로, 루사니아가 아빌레네의 분봉왕으로, 안나스와 가야바가 대제사장으로 있을 때에 하나님의 말씀이 빈 들에서 사가랴의 아들 요한에게 임한지라. 요한이 요단강 부근 각처에 와서 죄 사함을 받게 하는 회개의 세례를 전파하니 (누가복음 3:1~3)

그는 회개의 의식으로써 세례를 베풀었으며 예수님도 요단강에서 요한에게 직접 세례를 받으셨다.

예수께서 대답하여 이르시되 이제 허락하라 우리가 이와 같이 하여 모든 의를 이루는 것이 합당하니라 하시니 이에 요한이 허락하는지라. 예수께서 세례를 받으시고 곧 물에서 올라오실새 하늘이 열리고 하나님의 성령이 비둘기 같이 자기 위에 임하심을 보시더니 하늘로부터 소리가 있어 말씀하시되 이는 내 사랑하는 아들

이요 내 기뻐하는 자라 하시니라.(마태복음 3:15~17)

세례 요한은 구약시대 최후의 선지자였으며 예수님께로부터 칭찬을 받았다. 물론 세례 요한을 칭찬했지만, 더 중요한 것은 예수님을 믿고 천국에 가는 자는 세례 요한보다 더 큰 자라는 말씀에 방점이 있다.

내가 진실로 너희에게 말하노니 여자가 낳은 자 중에 세례 요한보다 큰 이가 일어남이 없도다. 그러나 천국에서는 극히 작은 자라도 그보다 크니라.(마태복음 11:11)

세례 요한의 삶은 만만치 않았다. 일생을 광야에서 보냈고 세상과 적당히 타협하는 것을 용납하지 않았다. 동생을 죽이고 동생 아내를 취한 갈릴리 베레아 지역의 분봉왕 헤롯 안디바^{Herod Antipas}의 죄를 지적했다가 미움을 받아 결국 목이 잘리는 순교를 당했다. 세례 요한은 메시아이신 예수님의 오심을 선지적으로 알리는데 최선을 다했던 인물이다.

한편, 요한복음에는 또 한 명의 요한이 등장한다. 바로 요한복음을 기록한 사도 요한이다. 사도 요한은 열두 제자 가운데 한 사람으로서 세베대의 아들이자 야고보의 동생이며 세례 요한의 제자였다. '보아너게', 즉 '우레의 아들'이라는 별명을 가질 정도로 대담하며 명예욕이 강하고 과격한 성격을 지녔던 것으로 보인다.

또 세베대의 아들 야고보와 야고보의 형제 요한이니 이 둘에게

는 보아너게 곧 우레의 아들이란 이름을 더하셨으며(마가복음 3:17)

요한이 예수께 여짜오되 선생님 우리를 따르지 않는 어떤 자가
주의 이름으로 귀신을 내쫓는 것을 우리가 보고 우리를 따르지 아
니하므로 금하였나이다. 예수께서 이르시되 금하지 말라. 내 이름
을 의탁하여 능한 일을 행하고 즉시로 나를 비방할 자가 없느니
라. (마가복음 9:38~39)

제자 야고보와 요한이 이를 보고 이르되 주여 우리가 불을 명하
여 하늘로부터 내려 저들을 멸하라 하기를 원하시나이까 예수께
서 돌아보시며 꾸짖으시고(누가복음 9:54~55)

위의 말씀을 통해 사도 요한이 어떤 성향의 사람이었는지 짐작
해볼 수 있을 것 같다. 한번은 요한과 야고보의 어머니가 아들들을
예수님께 앞에 데리고 뭔가 요청을 한 적이 있었다. 내용인즉 한
사람은 주의 우편에, 또 한 사람은 왼편에 앉게 해달라는 것이었
다. 이것은 예수님이 인류를 구원하기 위해 오신 목적을 간과하고
하나님 나라에 대한 이해가 부족한 처사였다. 예수님을 마치 세상
권력자처럼 인식하고 그 힘을 의지한 명예욕을 드러낸 것이었다.

그때에 세베대의 아들의 어머니가 그 아들들을 데리고 예수께
와서 절하며 무엇을 구하니 예수께서 이르시되 무엇을 원하느냐
이르되 나의 이 두 아들을 주의 나라에서 하나는 주의 우편에, 하
나는 주의 좌편에 앉게 하소서 예수께서 대답하여 이르시되 너희

는 너희가 구할 것을 알지 못하는 도다. 내가 마시려는 잔을 너희가 마실 수 있느냐 그들이 말하되 할 수 있나이다. 이르시되 너희가 과연 내 잔을 마시려니와 내 좌우편에 앉는 것은 내가 주는 것이 아니라 내 아버지께서 누구를 위하여 예비하셨든지 그들이 얻을 것이니라. (마태복음 20:20~23)

요한의 어머니는 소위 치맛바람의 선구자(?)라고 할 수 있다. 이 땅에 오신 예수님의 목적에 대한 오해에서 비롯된 것이다. 그럼에도 불구하고 사도 요한은 예수님으로부터 특별한 사랑을 받은 제자였다. 그는 예수님의 품에 안길만큼 애교도 있었고 예수님도 그를 사랑하신 것 같다.

베드로가 돌이켜 예수께서 사랑하시는 그 제자가 따르는 것을 보니 그는 만찬석에서 예수의 품에 의지하여 주님 주님을 파는 자가 누구오니이까 묻던 자더라. (요한복음 21:20)

사도 요한은 베드로와 더불어 예수님의 최측근이었으며 중요한 일이 있을 때마다 예수님과 동행하였다. 특히 요한은 상당히 친근감 있게 예수님을 대한 것을 알 수 있다. 예수님도 그것이 싫지 않으셨는지 그와 동행하는 모습을 엿볼 수 있다.

예수께서 그 하는 말을 곁에서 들으시고 회당장에게 이르시되 두려워하지 말고 믿기만 하라 하시고 베드와 야보고와 야고보의 형제 요한 외에 아무도 따라옴을 허락하지 아니하시고 (마가복

음 5:36~37)

사도 요한은 요한복음 외에 요한서신(요한일서, 요한이서, 요한삼서)을 기록하였고 말년에는 밧모섬으로 유배되어 요한계시록을 기록했으며 에베소에서 생을 마감하였다.

세례 요한과 사도 요한은 동명同名으로 살았지만 그들의 삶은 사뭇 달랐다. 세례 요한은 단명으로 순교하였지만 사도 요한은 장수하였다. 그러나 공통점은 하나님의 사랑을 받은 사람이었다는 점이다.

그렇다면 세례 요한처럼 살고 싶은가? 사도 요한처럼 살고 싶은가? 물론 두 사람 모두 하나님의 뜻에 따라 순종하며 훌륭한 삶을 산 사람들이다. 그리고 모든 사람이 특정인을 염두에 둔다고 해서 그렇게 살 수 있는 것도 아니다. 각자에게 하나님의 은혜 가운데 주어진 삶이 따로 있기 때문이다. 중요한 것은 자기에게 주어진 삶을 하나님께 순종하며 살아내는 것이 중요하다.

다만 두 요한에게 각각 무엇을 배우고 무엇을 본받을 것인가에 대해서는 생각해볼 필요가 있다. 예수님보다 앞서 와 복음을 외친 세례 요한과 예수님의 제자가 된 사도 요한의 역할은 각각 달랐기 때문이다. 예수님 십자가 이전에는 세례 요한의 메시지가 필요했다. 그래서 세례 요한은 복음을 들고 예수님이 오실 것과 예수님이 메시아라는 사실을 외쳤다.

율법과 선지자는 요한의 때까지요 그 후부터는 하나님 나라의 복음이 전파되어 사람마다 그리로 침입하느니라.(누가복음 16:16)

하지만 율법과 선지자 즉 구약의 율법시대는 세례 요한까지다. 엄격한 율법으로 하나님을 바라보는 것은 세례 요한 때까지다. 세례 요한 이후에는 하나님의 복음이 그것을 대신한다. 구체적으로 말하면 예수님의 오심이 곧 복음이다.

예수님 이후에는 사도 요한에 주목할 필요가 있다. 그가 전한 메시지에 관심을 가져야 한다. 왜 그럴까? 예수님이 우리 죄를 대신해서 십자가를 지셨기 때문에 예수님이 우리 구세주가 되는 것이다. 그래서 사도 요한은 이렇게 가르쳤다.

하나님이 세상을 이처럼 사랑하사 독생자를 주셨으니 이는 그를 믿는 자마다 멸망하지 않고 영생을 얻게 하려 하심이라. 하나님이 그 아들을 세상에 보내신 것은 그로 말미암아 세상이 구원받게 하려 하심이라. 그를 믿는 자는 심판을 받지 아니하는 것이요 믿지 아니한 자는 하나님의 독생자의 이름을 믿지 아니하므로 벌써 심판을 받은 것이니라.(요한복음 3:16~18)

이와 같이 우리가 십자가에서 죽으신 예수님의 사랑을 믿으면 어떤 상황에서도 심판에 직면하지 않을 뿐 아니라 멸망하지 않는다. 그래서 우리는 사도 요한처럼 사랑의 예수님을 믿고 전해야 한다. 우리는 십자가 이전의 세대가 아니라 그 이후 세대이기 때문이다.

공교롭게도 요한복음은 세례 요한(요한복음 1:6)을 시작으로 하여 예수님의 십자가, 그리고 사도 요한(요한복음 21:24)으로 끝난다. 우리는 예수님의 사랑이라는 복음 안에 서서 그것을 전해야 한다.

사도 요한은 하나님의 말씀과 예수 그리스도의 증거 곧 자기가 본 것을 증언했다고 말했다.

> 요한은 하나님의 말씀과 예수 그리스도의 증거 곧 자기가 본 것을 증언하였느니라. 이 예언의 말씀을 읽는 자와 듣는 자와 그 가운데에 기록한 것을 지키는 자는 복이 있나니 때가 가까움이라.(요한계시록 1:2~3)

예수님은 십자가에서 돌아가시기 전에 자신의 모친인 마리아를 사도 요한에게 부탁한다. 요한은 예수님 말씀에 순종하여 자기 집으로 마리아를 모시고 가서 잘 보살폈다. 사도 요한은 예수님의 가장 많은 사랑을 받은 제자 가운데 한 명이었다. 예수님은 우리에게 자신이 제자들을 얼마나 사랑하셨는지 잘 보여주셨다. 그래서 요한은 예수님의 사랑에 초점을 맞춰서 메시지를 전하고 있다.

> 저녁 잡수시던 자리에서 일어나 겉옷을 벗고 수건을 가져다가 허리에 두르시고 이에 대야에 물을 떠서 제자들의 발을 씻으시고 그 두르신 수건으로 닦기를 시작하여 시몬 베드로에게 이르시니 베드로가 이르되 주여 주께서 내 발을 씻으시나이까. 예수께서 대답하여 이르시되 내가 하는 것을 네가 지금은 알지 못하나 이후에는 알리라.(요한복음 13:4~7)

예수님이 사도 요한을 통해 전하고자 한 가장 핵심적인 메시지는 사랑이었다. 예수님이 가르치신 말씀, 그리고 제자들과 사람들

앞에서 행하신 모든 것은 사랑에 초점이 맞추어져 있음을 깨달은 것이다. 그래서 사도 요한도 그것을 깨달은 후부터는 오직 사랑에 대해 가르쳤다. 왜냐하면 하나님은 사랑이시기 때문이다.

사랑하는 자들아 우리가 서로 사랑하자 사랑은 하나님께 속한 것이니 사랑하는 자마다 하나님으로부터 나서 하나님을 알고 사랑하지 아니한 자는 하나님을 알지 못하나니 이는 하나님은 사랑이심이라.(요한일서 4:7~8)

세례 요한의 복음도 사도 요한의 복음도 전하는 메시지의 본질은 사랑이었다. 세례 요한은 메시아로서 오신 예수님의 사랑을 전했고 사도 요한은 직접 성육신으로 오셔서 실천하신 예수님의 사랑을 가르쳤다. 그 사랑의 근원은 하나님이시고 그 실존은 예수 그리스도였다. 우리가 사랑하면서 살아야 할 이유가 여기에 있다.

13

사랑은 허다한 허물을 덮는다

하나님을 믿고 하나님이 말씀하신 방식대로 이웃을 사랑한다고 해서
결코 자신에 대한 사랑이 위협받지 않는다.
왜냐하면 하나님의 사랑을 다른 사람들과 나눈다고 해서
그 사랑이 줄어들거나 고갈되지 않기 때문이다.

성경에서 굳이 단어 하나만을 고르라고 한다면 나는 단연코 '사랑'이 아닐까. 사랑! 세상에서 가장 아름답고 고귀한 단어이다. 사랑은 추상명사가 아니라 강력한 동사라는 말이 있다. 행위가 없는 사랑은 의미가 없기 때문이다. 사랑을 생각할 때 떠오르는 분이 있다. 바로 예수 그리스도이시다. 예수 그리스도는 인류 역사상 가장 위대한 사랑을 하신 분이다. 전 인류를 죄 가운데서, 죽음 가운데서 구원하셨다. 예수님 사랑은 모든 것을 포용하고 감싸주고 허다한 죄와 허물을 덮어주셨다.

무엇보다 뜨겁게 서로 사랑할지니 사랑은 허다한 죄를 덮느니라. (베드로전서 4:8)

베드로가 깨달은 것은 사랑의 본질이었다. "무엇보다 뜨겁게 서로 사랑하라"고 했다. "서로 대접하기를 원망 없이 하고"(베드로전서 4:9절), "각각 은사 받은 대로 하나님의 여러 가지 은혜를 맡은 선한 청지기 같이 서로 봉사하라"(베드로전서 4:10절)고 했다. 왜 그토록 사랑을 강조했을까? 사랑은 믿음과 소망을 품을 만큼 하나님의 성품을 가장 잘 내포하고 있기 때문이다.

그래서 예수님께서 우리에게 주신 새 계명도 바로 '사랑'이었다. 예수님은 이 땅에 오셔서 가식 없는 참사랑을 보여주셨다. 그래서 사랑에 대해서는 예수님이 진정한 스승이다. 그래서 예수님께서 말씀하신 참사랑에 대해 귀를 기울일 필요가 있다.

> 새 계명을 너희에게 주노니 서로 사랑하라 내가 너희를 사랑한 것 같이 너희도 서로 사랑하라. 너희가 서로 사랑하면 이로써 모든 사람이 너희가 내 제자인 줄 알리라. (요한복음 13:34~35)

예수님은 본인이 실천하신 사랑을 제자들에게 가르치셨다. 그리고 자신이 우리를 사랑하신 것처럼 우리가 서로 사랑하기를 바라신다. 그리고 그 사랑으로 복음을 전하도록 가르치셨다. 우리가 예수님 이름으로 그분을 섬기고 그 섬기는 마음으로 이웃 사랑하기를 원하신다. 그렇게 될 때 비로소 우리는 예수님의 제자가 될 수 있다.

> 그러므로 무엇이든지 남에게 대접을 받고자 하는 대로 너희도 남을 대접하라. 이것이 율법이요 선지자니라. (마태복음 7:12)

하나님을 사랑하는 마음이 없으면 이웃을 사랑할 수 없다. 이웃을 사랑하지 않는데 하나님을 사랑하고 있다고 말할 수 없다. 우리 죄악의 뿌리는 사랑이 아닌 것들 속에서 무엇인가를 찾으려는 데 있다. 그리고 그런 것들이 행복을 가져다줄 것이라고 굳건히 믿고 있는 것이 문제이다. 그것은 사탄의 달콤한 유혹이다. 그런 것들 속에는 하나님의 사랑이 없고 구원도 없다.

하나님이 죄로 여기시는 것은 하나님과 이웃들과 상관없이 자신의 행복만을 추구하는 것이다. 그것은 자기애로부터 나오는 것이고 바로 죄의 근성이다. 예수님은 이 죄의 뿌리를 뽑아내야 한다고 말씀하신다. 죄악의 뿌리는 자기애이고 그 열매는 교만이다.

> 교만은 패망의 선봉이요 거만한 마음은 넘어짐의 앞잡이니라.(잠
> 언 16:18)

하나님을 행복의 근원으로 여기지 않고 자신의 지혜와 능력으로 행복해질 수 있다고 생각하는 것이 교만이다. "네 이웃을 네 자신과 같이 사랑하라"(마태복음 22:39)라는 이 계명을 통해 우리 죄악의 근본적인 문제에 대해 깨닫게 되기를 바라시는 것이다. 우리 마음은 선악과 사건 이후 줄곧 자기애로 가득 채워졌다. 그것을 깨닫지 못하면 자기애를 버리고 사랑으로 채우는 일은 아예 엄두도 내지 못할 것이다.

> 이에 예수께서 제자들에게 이르시되 누구든지 나를 따라오려거든 자기를 부인하고 자기 십자가를 지고 나를 따를 것이니라.(마태

복음 16:24)

요즘 사람들은 자기 자신과 흠뻑 사랑에 빠져 있다. 그래서 육체적으로 비만이 되고 영적으로 영양실조에 걸려 있는 것처럼 느껴진다. 누구나 행복하게 살고 싶지 않은 사람은 없다. 중요한 것은 행복이 전적으로 먹고 마시고 소유하는 데만 있는 것이 아니라는 사실이다. 그럼에도 불구하고 좀처럼 그런 사고에서 벗어날 수 없는 이유는 우리 마음속에 자기애가 깊이 뿌리박혀 있기 때문이 아닐까.

그래서 자기를 드러내고 싶고 과시하고 싶은 것이다. 그것은 행복이 아니라 행복처럼 보이는 껍데기에 불과하다는 사실을 모를 리 없을 것이다. 마치 무지개나 안개처럼 잠시 있다가 사라져버리는 것들이다. 그래서 그런 것들에 집착하면 집착할수록 결과적으로 허무함만을 안겨다 줄 뿐이다.

예수님 말씀은 자기를 사랑하지 말라는 것이 아니다. 중요한 것은 먼저 하나님을 사랑하고 다음으로 자신을 사랑하고 자신을 사랑하는 것 같이 이웃을 사랑하라는 것이다. 하나님을 사랑하는 자기 모습이 가식이 아니라면 저절로 이웃도 사랑하게 된다는 것이다. 억지로 하는 사랑은 율법에 매이는 것과 다름없다. 그런 사랑은 남의 눈을 의식하는 행위이고 생색내고자 함이 내포되어 있다. 하나님이 주신 성령의 은혜로 자연스럽게 사랑하는 마음이 들어야 정상이다. 그럴 때 그런 사랑은 모든 율법의 완성이 된다.

내가 배고플 때 자신을 위해 먹을 것을 찾듯이 이웃의 배고픔도 기억해야 한다. 내가 좋은 것을 갖고 싶을 때 이웃도 그럴 수 있다는 것을 생각해야 한다. 내가 평화를 누리고 싶을 때 남들도 그 평화를 간절히 바란다는 것을 떠올려야 한다. 내가 대접받고 싶으면 남을 대접하라는 말씀의 의미는 다른 사람의 소망이 나와 크게 다르지 않다는 의미다.

그러므로 무엇이든지 남에게 대접을 받고자 하는 대로 너희도 남을 대접하라 이것이 율법이요 선지자니라.(마태복음 7:12)

이 얼마나 공평하고 정의로운 법인가! 이것이 예수님이 실천하시고 가르치신 말씀의 본질이다. 말이 쉽지, 그것이 가능하단 말인가? 그렇게 의문을 가질 수 있을 것이다. 하지만 말씀 속에 그 비밀이 숨겨져 있다. 말씀을 깊이 묵상하면 깨달음이 온다. 그 말씀이 마음을 움직이게 한다. 하나님 말씀은 생명력이 있기 때문이다. 예수 그리스도의 말씀을 묵상해보면 하나님과 예수님, 그리고 모든 사람들이 사랑으로 연결되어 있다는 것을 가르치고 있음을 알 수 있다. 요컨대 우리가 이웃을 대접하는 것이 바로 예수님을 대접하는 것과 같다는 것이다. 예수님을 잘 믿고 순종한다면서 형제나 이웃을 불편하게 한다면 그것은 올바른 신앙이 아님을 가르쳐주신 것이다. 다음 말씀은 그런 예수님의 가르침을 가장 잘 표현해주고 있다.

그때에 임금이 그 오른편에 있는 자들에게 이르시되 내 아버지께 복 받을 자들이여 나아와 창세로부터 너희를 위하여 예비된 나라를 상속하라 내가 주릴 때에 너희가 먹을 것을 주었고 목마를 때에 마시게 하였고 나그네 되었을 때에 영접하였고 헐벗었을 때에 옷을 입혔고 병들었을 때에 돌아보았고 옥에 갇혔을 때에 와서 보았느니라. 이에 의인이 대답하여 이르되 주여 우리가 어느 때에 주께서 주리신 것을 보고 음식을 대접하였으며 목마르신 것을 보고 마시게 하였나이까. 어느 때에 나그네 되신 것을 보고 영접하였으며 헐벗으신 것을 보고 옷 입혔나이까. 어느 때에 병드신 것이나 옥에 갇히신 것을 보고 가서 뵈었나이까 하리니 임금이 대답하여 이르시되 내가 진실로 너희에게 이르노니 너희가 여기 내 형제 중에 지극히 작은 자 하나에게 한 것이 곧 내게 한 것이니라 하시고 (마태복음 25:34~40)

이 말씀은 우리가 특정 장소에서 드리는 예배가 신앙의 전부가 아니라는 점이다. 우리의 일상생활이 어떠해야 함을 말씀하신 것이다. 주린 자에게 먹을 것을, 목마른 자에게 마실 물을, 병든 자에게 위로를, 헐벗은 자에게 옷을, 옥에 갇혀 있는 자를 찾아보는 것을 지극히 평범한 우리 이웃들에게 부지중에 하는 것이 곧 주님께 하는 것이라는 말씀이다. 우리에게는 쉽지 않은 일이지만, 일상에서 만나는 사람들에게 예수님께 하는 것처럼 하라는 뜻이다.

형제 사랑하기를 계속하고 손님 대접하기를 잊지 말라. 이로써 부지중에 천사를 대접하는 이가 있었느니라. (히브리서 13:1~2)

왜 사랑, 대접, 혹은 선행이 그토록 중요하다고 말씀하신 걸까? 그것이 아니면 제대로 된 공동체가 형성될 수 없기 때문이다. 믿음에 근거한 선한 행실은 형제와 이웃 등 모든 공동체를 잇는 띠가 되기 때문이다. 사랑은 하나님 은혜로 주어질 수 있는데 하나님은 우리에게 사랑하라고 말씀하시기 전에 먼저 우리를 사랑하셨다는 점이다. 멍에나 목의 줄로 우리를 끄시는 것이 아니라 사랑의 줄로 우리를 이끄신 것이다.

내가 사람의 줄 곧 사랑의 줄로 그들을 이끌었고 그들에게 대하여 그 목에서 멍에를 벗기는 자 같이 되었으며 그들 앞에 먹을 것을 두었노라.(호세아 11:4)

구약시대 호세아 선지자를 통해 전하는 말씀에서 사랑에 대해 가르치신 것을 보아도 하나님은 일관되게 우리를 사랑하셨고 또 여전히 사랑하고 계신다는 것을 알 수 있다. 예수님이 오셔서 변명의 여지없이 모든 율법을 단순명료하게 정리해서 말씀해주셨다.

예수께서 이르시되 네 마음을 다하고 목숨을 다하고 뜻을 다하여 주 너의 하나님을 사랑하라 하셨으니 이것이 크고 첫째 되는 계명이요 둘째도 그와 같으니 네 이웃을 네 자신과 같이 사랑하라 하셨으니 이 두 계명이 온 율법과 선지자의 강령이니라.(마태복음 22:37~40)

첫째 되는 계명이 둘째 되는 계명을 지킬 수 있는 원동력이 된다는 것이다. 첫째 되는 계명은 둘째 되는 계명의 근원적 에너지가 되는 것이다. 첫째 되는 계명은 하나님의 사랑이 얼마나 큰 것인지를 깨닫게 해준다. 뜻을 다하고 목숨을 다하여 사랑할 만한 가치를 느낀다면 그는 하나님을 제대로 깨달은 것이다.

우리가 뜻을 다하여 하나님께 집중할 때 그 이후 모든 것은 하나님이 하신다. 이것은 자기애에서 벗어날 수 있는 유일한 길이기도 하다. 하나님을 믿고 하나님이 말씀하신 방식대로 이웃을 사랑한다고 해서 결코 자신에 대한 사랑이 위협받지 않는다. 왜냐하면 하나님의 사랑을 다른 사람들과 나눈다고 해서 그 사랑이 줄어들거나 고갈되지 않기 때문이다.

예수님은 우리를 사랑하심으로 십자가에서 죽으셨다. 왜 그러셨을까? 우리 안의 자기애로 인한 모든 죄를 십자가에 못 박고 원자아를 회복해주시기 위해서였다. 예수님의 은혜로 말미암아 우리가 새로운 영으로 거듭나기를 바라셨기 때문이다.

> 또 새 영을 너희 속에 두고 새 마음을 너희에게 주되 너희 육신에서 굳은 마음을 제거하고 부드러운 마음을 줄 것이며 또 내 영을 너희 속에 두어 너희로 내 율례를 행하게 하리니 너희가 내 규례를 지켜 행할지라.(에스겔 36:26~27)

이것이 하나님께서 우리에게 주신 새 언약이다. 예수님은 최후의 만찬 때 다음과 같이 말씀하셨다.

> 저녁 먹은 후에 잔도 그와 같이 하여 이르시되 이 잔은 내 피로 세우는 언약이니 곧 너희를 위하여 붓는 것이라.(누가복음 22:20)

예수님은 또 이같이 말씀하셨다.

새 계명을 너희에게 주노니 서로 사랑하라 내가 너희를 사랑한 것 같이 너희도 서로 사랑하라. 너희가 서로 사랑하면 이로써 모든 사람이 너희가 내 제자인 줄 알리라.(요한복음 13:34~35)

예수님은 자신의 죽음과 사랑을 연결하신다. 예수님은 최고의 사랑을 우리에게 보여주신 것이다. "네 이웃을 네 자신 같이 사랑하라"는 말씀은 레위기에 나오는 옛 계명이다.

원수를 갚지 말며 동포를 원망하지 말며 네 이웃 사랑하기를 네 자신과 같이 사랑하라 나는 여호와니라.(레위기 19:18)

그래서 이런 계명은 한물간 것이 아니냐고 생각할지도 모르겠다. 그러나 예수님이 오신 것은 율법을 폐하러 온 것이 아니라 완전하게 하려고 오셨다고 말씀하신 것이다.

내가 율법이나 선지자를 폐하러 온 줄로 생각하지 말라 폐하러 온 것이 아니요 완전하게 하려 함이라.(마태복음 5:17)

구약시대의 옛 계명이나 예수님이 오셔서 새로 제시한 새 계명의 본질은 모두 사랑이라는 것을 알 수 있다. 예수님은 자신을 버리시고 우리를 사랑하신 분이시다. 그래서 우리에게 이웃을 사랑하라고 말씀하실 수 있는 유일한 분이시다.

그리고 이 사랑을 깨달은 사람들, 요컨대 예수님 제자들은 이런 예수님의 사랑을 실천하면서 사람들에게도 권면한 것이다. 예수님은 하나님 아버지와 하나인 것에서 자신의 기쁨을 찾으셨다. 그래서 우리도 예수님과 하나 되어 기쁨을 찾기 바라시는 것이다.

나와 아버지는 하나이니라 하신대(요한복음 10:30)

십자가에서 예수님의 사랑은 우리가 하나님을 사랑하고 기뻐할 수 있는 모든 조건을 갖추게 해주셨고 모든 장애물을 제거해 주셨다. 우리가 사랑하면서 살면 살수록 예수님의 존재는 빛날 것이고 또 하나님은 영광을 받으실 것이다. 이 영광은 예수님의 피로 산 우리의 기쁨이다. 그래서 예수님의 사랑은 완전한 계명이다. 그분은 사랑으로 다 이루신 것이다.

예수께서 신 포도주를 받으신 후에 이르시되 다 이루었다 하시고 머리를 숙이니 영혼이 떠나가시니라.(요한복음 19:30)

옛 계명과 새 계명은 공히 하나님 사랑과 이웃사랑을 향한 것이다. 그것을 위해 예수님께서 십자가에 달리신 것이다. 십자가의 죽음은 구약시대의 수많은 양을 잡아 드리는 제사를 대체한 것으로 단번에 드리는 제사다. 이제 더 이상 양을 잡아 희생시킬 필요 없게 되었다. 예수님이 우리를 대신하여 단 한 번으로 충분한 제사를 드렸기 때문이다. 그 제사는 구약시대의 부족하고 단발적인 제사 차원이 아니다. 한 번으로 완전한 제사를 완성하신 것이다.

그가 거룩하게 된 자들을 한 번의 제사로 영원히 온전하게 하셨느니라.(히브리서 10:14)

이제 우리가 드려야 할 제사는 여전히 양을 잡아 드리는 제사와 같은 것이 아니다. 지금 우리가 드려야 할 제사는 바로 사랑이다. 사랑하는 삶으로 제사(예배)를 드려야 한다.

오직 선을 행함과 서로 나누어 주기를 잊지 말라 하나님은 이 같은 제사를 기뻐하시느니라.(히브리서 13:16)

서로 사랑하는 것이 하나님이 바라시는 제사다. 우리도 예수님으로부터 거저 받았으니 이웃에게도 거저 주어야 한다.

병든 자를 고치며 죽은 자를 살리며 나병환자를 깨끗하게 하며 귀신을 쫓아내되 너희가 거저 받았으니 거저 주라.(마태복음 10:8)

더불어 우리 삶의 태도 변화를 촉구하시며 예수님의 사랑을 닮아가는 것이 하나님의 뜻이다.

그런즉 너희는 먼저 그의 나라와 그의 의를 구하라 그리하면 이 모든 것을 너희에게 더하시리라.(마태복음 6:33)

예수님은 하나님 나라와 그의 의를 구하고 실천하신 유일한 분이시다. 그래서 하나님은 하늘나라의 권세를 예수님에게 주셨다.

예수님은 하나님 나라의 의義의 본질을 사랑이라고 간파하셨고 스스로 그 사랑의 실체가 되셨기 때문이다.

> 사랑하지 아니한 자는 하나님을 알지 못하나니 이는 하나님은 사랑이심이라.(요한일서 4:8)

사랑은 하나님 속성이시다. 그래서 성부, 성자, 성령 삼위일체가 모두 한 사랑으로 연결된 것이다. 그래서 하나님, 예수님, 성령은 우리를 오직 사랑 가운데로 인도하시고자 한 것이다. 그래서 비록 예수님이 승천하셔서 하나님 보좌 우편에 앉아계신다고 해서 일하시지 않는 것이 아니다. 여전히 우리를 위해 말할 수 없는 탄식으로 중보기도하고 계신다.

> 그러나 진리의 성령이 오시면 그가 너희를 모든 진리 가운데로 인도하시리니 그가 네 영광을 나타내리니 내 것을 가지고 알리시겠음이라.(요한복음 16:13~14)

지금도 삼위일체 하나님께서는 우리를 하나님의 영광 가운데 거할 수 있도록 하기 위해 협업하고 계신다는 것을 알 수 있다. 성령은 우리가 하나님 사랑을 깨닫고 우리가 하나님을 사랑하고 이웃을 사랑할 수 있도록 도우신다. 우리는 이런 하나님의 은혜를 깊이 깨닫고 감사하며 착한 행실로 하나님께 영광을 돌려야 할 것이다.

너희는 세상의 빛이라 산 위에 있는 동네가 숨겨지지 못할 것이요. 사람이 등불을 켜서 말 아래에 두지 아니하고 등경 위에 두나니 이러므로 집 안 모든 사람에게 비취느니라. 이같이 너희 빛이 사람에게 비치게 하여 그들로 너희 착한 행실을 보고 하늘에 계신 너희 아버지께 영광을 돌리게 하라. (마태복음 5:14~16)

예수님 당시 유대인들은 하나님 사랑을 갈망하거나 하나님 사랑을 좇아 살려고 하지 않았다. 하나님 영광에 그다지 관심이 없었다. 그들은 자기애의 틀에서 좀처럼 벗어나지 못했다. 그래서 율법이라는 문자에 집착하였고 내가 사람들에게 어떻게 보이느냐를 더 중시했다. 그러다 보니 자연스럽게 가식적 신앙에 치우치고 말았다.

달을 가리키는 손가락이 달이 될 수 없듯이 말씀을 기록한 문자도 하나님의 뜻을 드러내는 수단이지 그 자체가 진리라고 단편적으로 생각해서는 안 될 것이다. 그래서 문장의 맥락이나 비유의 속뜻을 깨달아야 함에도 불구하고, 그들은 그저 문자나 문장을 해석하는 데 인생을 허비한 것이다.

오늘날도 마찬가지다. 수많은 교파가 생기고 사이비 종파가 생기는 이유가 무엇이겠는가. 그저 자신들만의 말씀 해석이 옳다고 주장하며 다른 사람들에게는 배타적으로 대하는 것이다. 그런 교회나 교인들에게는 예수님의 사랑을 찾아보기 힘들다. 사랑이 없는 진리는 진리가 아닌 이유가 거기에 있다. 창세기부터 요한계시록까지 모든 성경 말씀은 한결같이 하나님 사랑을 말씀하고 있다. 하나님의 뜻을 깨달아야 한다는 것이지, 성경 구절을 달달 외워야 하는 것이 아니다.

그 사람의 신앙 상태를 알려면 자신의 영광을 위해 살고 있는지 아니면 하나님께 영광을 돌리려는 삶을 살고 있는지를 보면 어렵지 않게 분별할 수 있다. 후자의 경우 그 사람의 품성이나 행동에 하나님의 신성이 드러나게 되어 있다. 사람뿐 아니라 자연 속에서도 하나님의 신성을 느낄 수 있다. 하나님이 창조하셨기 때문이다.

이는 하나님을 알 만한 것이 그들 속에 보임이라 하나님께서 이를 그들에게 보이셨느니라 창세로부터 그의 보이지 아니하는 것들 곧 그의 영원하신 능력과 신성이 그가 만드신 만물에 분명히 보여 알려졌나니 그러므로 그들이 핑계하지 못할지니라.(로마서 1:19~20)

하나님께서 창조하신 만물이 사랑이라는 진리의 띠로 서로 연결되어 올바른 관계 형성이 이루어질 때 비로소 하나님의 영광이 빛날 것이다. 그렇게 될 때 결코 어둠이 빛을 이기지 못할 것이다. 빛은 우리를 죄에서 벗어나게 할 것이고 사랑을 회복하게 할 것이다. 그리고 주님의 사랑 안에서 진리가 우리를 자유롭게 할 것이고. 영원한 생명이 있는 하나님 나라로 인도할 것이다.

14

기뻐하며 뛰놀라

세상의 그 어떤 것도
예수 그리스도의 복음보다 더 기쁨을 줄 수 있는 것은 없다.
우리는 이 기쁨을 얻기 위해
나머지 모든 것들을 기꺼이 내려놓을 수 있어야 한다.
그럴 때 아무것도 없는 가난한 자가 되는 것이 아니라
더 좋은 것, 더 즐거운 것을 누리게 된다.
우리가 기뻐하며 뛰놀아야 하는 이유다.

바울은 데살로니가 성도들에게 전하는 메시지에서 항상 기뻐하라고 권면했다. 그것이 하나님의 뜻이라고 했다.

항상 기뻐하라.

쉬지 말고 기도하라.

범사에 감사하라.

이것이 그리스도 예수 안에서 너희를 향하신 하나님의 뜻이니라.(데살로니가전서 5:16~17)

"항상 기뻐하라"는 말은 우리가 그렇게 소원하고 무수히 사용하는 '행복하라'라는 말과 크게 다르지 않다. 하나님께서는 우리가 행복하게 살기를 바라신다. 다만, 잘못된 곳에서 행복을 찾는 것에 대해서 주의하라고 당부하신다. 우리 몸속에는 죄의 속성이 있어 몸이 유익한 것을 찾아 습관적으로 행동하려는 경향이 있다. 죄 가운데서 뛰어노는 우리를 향해 예수님은 하나님의 특별한 메시지를 제시한다.

> 만일 네 오른 눈이 너로 실족하게 하거든 빼어버리라. 네 백체 중 하나가 없어지고 온몸이 지옥에 던져지지 않는 것이 유익하며 또한 만일 네 오른손이 너로 실족하게 하거든 찍어 내버리라. 네 백체 중 하나가 없어지고 온몸이 지옥에 던져지지 않는 것이 유익하니라. (마태복음 5:29~30)

이 말씀은 우리 영혼이 육체보다 중요하다는 말씀을 강조하고 있다. 우리 기쁨의 최종 목표는 육체적 안위가 아니라 영혼이 즐거워하는 것이고 궁극적으로 하나님 나라에 들어가는 것이다. 그러나 육신이 유혹에 약하여 자꾸 죄의 언저리에서 기웃거린다. 그럴 때 우리가 할 수 있는 방법이 무엇일까? 죄를 범할 때마다 팔을 자르고 눈을 빼버린다면 며칠 가지 못해서 몸은 남아나지 않을 것이다. 예수님은 무어라 말씀하시는가?

> 그러므로 하늘에 계신 너희 아버지의 온전하심과 같이 너희도 온전하라. (마태복음 5:48)

이 말씀만 읽으면 도저히 불가능한 일을 예수님은 우리게 주문하신다고 의아해할 수 있다. 물론 그렇게 생각하는 것도 무리는 아니다. 왜냐하면 하나님 아버지처럼 온전하게 살 수 없다는 것을 우리 스스로 너무 잘 알기 때문이다. 하지만 예수님 말씀을 의심 없이 믿고 간구하면 하나님께서 함께하시겠다고 약속하셨다. 예수님이 불가능한 일을 무리하게 요구하실리 없다. 그 방법을 예수님은 제시해주셨는데 그것은 하나님께 기도하라는 것이다.

그러므로 그들을 본받지 말라 구하기 전에 너희에게 있어야 할 것을 하나님 너희 아버지께서 아시느니라. 그러므로 너희는 이렇게 기도하라 하늘에 계신 우리 아버지여 이름이 거룩히 여김을 받으시오며 나라가 임하오시며 뜻이 하늘에서 이루어진 것 같이 땅에서도 이루어지이다. 오늘 우리에게 일용할 양식을 주시옵고 우리가 우리에게 죄지은 자를 사하여 준 것 같이 우리 죄를 사하여 주시옵고 우리를 시험에 들게 하지 마옵시고 다만 악에서 구하옵소서(나라와 권세와 영광이 아버지께 영원히 있사옵나이다. 아멘)(마태복음 6:8~13)

예수님은 우리 존재를 하나님께 귀속시켜 우리가 새로운 피조물이 됨으로써 하나님 안에서 우리 삶을 영위할 수 있어야 함을 가르쳐주셨다. 이 말씀은 궁극적으로 우리의 기쁨도 죄 사함도 하나님 안에서만 가능하다는 뜻이다. 하나님을 의지할 때 비로소 온전한 삶이 이루어질 수 있다. 모든 것은 하나님의 주권 아래 있기 때문이다. 특히 예수님 말씀을 통해 알 수 있는 것은 하나님 나라가 가까워졌다는 것이다.

> 세월을 아끼라. 때가 악하니라. 그러므로 어리석은 자가 되지 말고 오직 주의 뜻이 무엇인가 이해하라.(에베소서 5;16~17)

그래서 사도 바울은 세월을 아끼라고 했는데 그 이유는 때가 악하기 때문이라고 했다. 그것은 주님 오실 날이 가까워지고 있음을 알려주고 있는 것이다.

> 그러나 내가 만일 하나님의 손을 힘입어 귀신을 쫓아낸다면 하나님의 나라가 이미 임하였느니라.(누가복음 11:20)

그런데 더 중요한 것은 예수님이 다시 오시기 전일지라도 이미 우리 안에 임하실 수 있음을 말씀하셨다는 점이다. 이를 이해하기 위해서는 예수님이 하나님 보좌로 가시기 전에 제자들에게 성령을 보내주시겠다고 약속하신 점을 상기시켜 볼 필요가 있다. 성령이 오신다는 것은 예수님이 우리 안에 오신다는 것과 다를 바 없기 때문이다. 이는 하나님 나라의 임하는 시기나 장소 등에 대한 논란을 일축하기 위한 말씀으로 하나님 나라는 믿음을 통해 우리 안에 들어올 수 있음을 가르쳐주신 것이다.

> 바리새인들이 하나님의 나라가 어느 때에 임하나이까 묻거늘 예수께서 대답하여 가라사대 하나님의 나라는 볼 수 있게 임하는 것이 아니요. 또 여기 있다 저기 있다고도 못하리니 하나님의 나

라는 너희 안에 있느니라.(누가복음 17:20~21)

예수님은 하나님께서 어떻게 우리 안에 들어오실 수 있는지를 가르쳐 주시기 위해 비유를 들어 말씀하셨다.

예수께서 이 모든 것을 무리에게 비유로 말씀하시고 비유가 아니면 아무것도 말씀하지 아니하셨으니 이는 선지자를 통하여 말씀하신바 내가 입을 열어 비유로 말하고 창세부터 감추인 것을 드러내리라 함을 이루려 하심이라. 이에 예수께서 무리를 떠나사 집에 들어가시니 제자들이 나아와 가로되 밭의 가라지의 비유를 우리에게 설명하여 주소서 대답하여 이르시되 좋은 씨를 뿌리는 이는 인자요 밭은 세상이요 좋은 씨는 천국의 아들이요 가라지는 악한 자의 아들들이요 가라지를 뿌린 원수는 마귀요 추수 때는 세상 끝이요 추수꾼은 천사들이니 그런즉 가라지를 거두어 불에 사르는 것이 세상 끝에도 그러하리라. 인자가 천사들을 보내리니 그들이 그 나라에서 모든 넘어지게 하는 것과 또 불법을 행하는 자들을 거두어내어 풀무불에 던져넣으리니 거기서 울며 이를 갊이 있으리라. 그때에 의인들은 자기 아버지 나라에서 해와 같이 빛나리라 귀 있는 자들은 들으라. 천국은 마치 밭에 감추인 보화와 같으니 사람이 이를 발견한 후 숨겨두고 기뻐하며 돌아가서 자기의 소유를 다 팔아 그 밭을 사느니라.(마태복음 13:34~44)

이 비유 말씀의 요지는 이렇다. 좋은 씨를 뿌리는 자는 인자요, 나쁜 씨를 뿌리는 자는 마귀라는 것이다. 그런데 어떤 씨가 우리 마음 가운데서 자라는지는 추수 때가 되면 알 수 있다는 것이다. 좋은 씨의 열매는 하나님의 자녀요 나쁜 씨의 열매는 마귀의 자식이 된다.

인자로 오신 예수님이 우리 안에서 자랄 때 우리 마음은 천국이 되는 것이다. 예수님 자신이 하나님이시고 예수님 말씀이 천국이다. 그래서 우리가 예수님 말씀이 아닌 모든 것을 팔아서라도 예수님과 그의 말씀을 우리 안에 사들여야 한다.

왜냐하면 천국이야말로 모든 것을 포기하고서라도 반드시 사야 할 만큼 가치 있는 보화이기 때문이다. 그 보화가 단순히 경제적 가치가 있어서가 아니다. 그 안에는 하나님이 계시고 영원한 생명이 있기 때문이다.

이 비유는 하나님의 구원이 임하는 것과 주권적 통치가 매우 중요함에도 불구하고 사람들은 그 참모습을 보고도 전혀 깨닫지 못한 채 대수롭지 않게 여기게 된다는 뜻이다.

그리고 예수님은 회심의 내적 경험에 대해 조금의 의심도 남기지 않으신다. 이것은 기쁨으로 가득 찬 회심이다. 예수님은 이렇게 말씀하신다. "기뻐하며 돌아가서 자기의 소유를 다 팔아 그 밭을 사느니라." 자기 마음을 지배하는 자기애를 버리고 예수님 말씀(성령)을 모셔야 함을 말해주고 있다. 예수님은 이처럼 좋은 소식福音을 전해주신 것이다. 그분을 인정하는 것, 그리고 그분의 말씀을 전적으로 의지하는 것이 우리 마음에 천국을 모시는 것이다.

그분은 모두가 천국을 누리기 원하신다. 우리에게 십자가와 같은 무거운 짐을 지우려고 오신 것이 아니다. 그렇다고 우리가 물질을 통해, 건강을 통해, 번영을 통해 세속적인 행복을 누리는 것에 초점이 맞추어져 있는 것은 아니다.

예수님께서 전하시는 말씀의 핵심은 하나님을 순전하게 기뻐하고 하나님의 아들 예수 그리스도, 즉 자신을 기쁨으로 받아들이라는 것이다. 그 안에 하나님이 주시고자 하는 보화가 다 들어 있다는 말씀이다.

세상의 그 어떤 것도 예수 그리스도의 복음보다 더 기쁨을 줄 수 있는 것은 없다. 우리는 이 기쁨을 얻기 위해 나머지 모든 것들을 기꺼이 내려놓을 수 있어야 한다. 그럴 때 아무것도 없는 가난한 자가 되는 것이 아니라 더 좋은 것, 더 기쁜 것을 누리게 된다는 뜻이다. 우리가 기뻐하며 뛰놀아야 하는 이유다.

자기를 부인할 때 그분과 그분의 말씀이 우리 안에 들어오실 수 있다. 그것이 우리에게는 복음이다. 예수님이라는 보화를 얻기 위해 우리 시선을 세상으로부터 돌려야 한다. 그것이 천국을 소유하기 위해 모든 것을 파는 일이다. 하지만 이런 천국의 기쁨을 누리기 위해서는 순종이 요구되고 예기치 않은 고난이 있을 수 있음도 간과해서는 안 된다. 그런데 그것도 모두 감당할 만한 것들이요 우리를 말씀 안에서 자라게 하기 위한 것이라는 것을 믿어야 한다.

인자로 말미암아 사람들이 너희를 미워하며 멀리하고 욕하고 너희 이름을 악하다 하여 버릴 때에는 너희에게 복이 있도다. 그 날에 기뻐하고 뛰놀라 하늘에서 너희 상이 큼이라 그들의 조상들이 선지자들에게 이와 같이 하였느니라. (누가복음 6:22~23)

예수님이 재림하시기까지는 이 세상에 근본적으로 악이 존재하고 여러 가지 이유로 고통이 존재할 수 있음을 가르쳐주고 있다. 그럼에도 불구하고 기뻐하고 뛰놀아야 한다.

이 모든 일 전에 내 이름으로 말미암아 너희에게 손을 대어 박해하며 회당과 옥에 넘겨주며 임금들과 집권자들 앞에 끌려가려니와 이 일이 도리어 너희에게 증거가 되리라.(누가복음 21:12~13)

예수님은 이런 고통스러운 길을 걸으시며 우리에게 모본模本을 보여주셨다. 예수님이 말씀하시는 "기뻐하라"라는 명령은 비록 고통 가운데 살지만, 그 고통은 능히 이길 수 있다는 것을 뜻한다. 어떤 의미에서 그리스도인들은 정답을 미리 알고 시험을 보는 사람과 다를 바 없다.

요컨대 우리의 삶은 한 손을 자르고(마태복음 5:30), 모든 소유를 팔며(마13:44), 예수님과 함께 자신의 십자가를 지고 갈보리를 오름으로써(마태복음 10:38~39) 이길 수 있는 경주를 하며 기쁨을 누리는 것과 같다. 하늘나라에 이르는 길은 때로는 거칠고 험하지만, 그 여정에는 기쁨으로 가득하다. 기뻐하는 것은 거룩한 곳으로 들어가는 자로서의 너그러움이고 믿음의 증거다.

영적인 삶을 약화시키는 것은 "이생의 염려와 재물과 향락"(누가복음 8:14)이다. 하나님 말씀 안에서 기뻐하는 삶은 이 세대의 정욕과 탐욕을 물리칠 수 있는 유일한 해법이다. 사도 바울의 메시지는 우리가 어떻게 기뻐하는 삶을 살아가야 하는지 알아듣기 쉽게 설명해준다.

내가 궁핍하므로 말하는 것이 아니니라 어떠한 형편에든지 나는 자족하기를 배웠노니 나는 비천에 처할 줄도 알고 풍부에 처할 줄도 알아 모든 일 곧 배부름과 배고픔과 풍부와 궁핍에도 처할 줄 아는 일체의 비결을 배웠노라. 내게 능력 주시는 자 안에서 내가 모든 것을 할 수 있느니라.(빌립보서 4:11~13)

우리가 기쁨으로 살아야 할 이유로 예수님께서는 큰 상급에 대한 희망에 두라고 말씀하신다.

그날에 기뻐하고 뛰놀라 하늘에서 너희 상이 큼이라 그들의 조상들이 선지자들에게 이와 같이 하였느니라.(누가복음 6:23)

상급이 구체적으로 무엇인가에 대해서는 알지 못한다. 하지만 전지전능하신 하나님과 소통할 수 있는 것만으로도 우리는 모든 것을 누릴 수 있게 되는 것이다. 예수님이 우리에게는 최고의 상급이 아니겠는가,

아버지여 내게 주신 자도 나 있는 곳에 나와 함께 있어 아버지께서 창세 전부터 나를 사랑하시므로 내게 주신 나의 영광을 그들로 보게 하시기를 원하옵나이다.(요한복음 17:24)

예수님께서 십자가에 달리시기 전에 제자들에게 이렇게 말씀하셨다.

지금은 너희가 근심하나 내가 다시 너희를 보리니 너희 마음이 기쁠 것이요 너희 기쁨을 빼앗을 자가 없으리라.(요한복음 16:22)

그에 앞서 이런 말씀도 하셨다.

내가 이것을 너희에게 이름은 내 기쁨이 너희 안에 있어 너희 기쁨을 충만하게 하려 함이라.(요한복음 15:11)

우리가 기쁘게 받을 상급의 본질은 하늘나라에서 경험하게 될 예수님의 충만한 현존이 아니고 무엇이겠는가. 우리가 지금 기뻐할 수 있는 이유도 미래에 대한 소망뿐 아니라 성령의 도움으로 예수님의 현존을 느끼며 기쁨을 맛볼 수 있기 때문이다. 예수님은 아버지께로 가시면서 우리에게 이런 약속을 하셨다.

내가 너희를 고아와 같이 버려두지 아니하고 너희에게로 오리라. 조금 있으면 세상은 나를 보지 못할 것이로되 너희는 나를 보리니 이는 내가 살아 있고 너희도 살아 있겠음이라. 그날에는 내가 아버지 안에, 너희가 내 안에, 내가 너희 안에 있는 것을 너희가 알리라.(요한복음 14:18~20)

내가 너희에게 분부한 모든 것을 가르쳐 지키게 하라. 볼지어다 내가 세상 끝날까지 너희와 항상 함께 있으리라 하시니라.(마태복음 28:20)

예수님이 주시는 기쁨에는 한계가 없다. 솔로몬은 우리가 살아가며 누리는 모든 것이 하나님의 선물이고 은혜라고 고백했다.

사람마다 먹고 마시는 것과 수고함으로 낙을 누리는 그것이 하나님의 선물인 줄도 또한 알았도다.(전도서 3:13)

내 누이, 내 신부야 내가 내 동산에 들어와서 나의 몰약과 향 재료를 거두고 나의 꿀송이와 꿀을 먹고 내 포도주와 내 우유를 마셨으니 나의 친구들아 먹으라. 나의 사랑하는 사람들아 많이 마시라.(아가 5:1)

하나님은 "기뻐하며 뛰놀라"고 우리를 창조하셨다. 그러므로 우리는 주 안에서 감사하며 기도하며 맘껏 기쁨을 누리며 뛰놀아야 할 것이다. 그것이 우리를 향한 하나님의 뜻이다.

15

예수님 한 분으로 충분하다

예수님 한 분으로 충분하다.
더 이상 바랄 것이 없다.
이렇게 고백할 수 있을 때 비로소 참 그리스도인이 되는 것이다.
그리스도인은 영생과 더불어 우주 만물을 가진 사람이다.
예수님은 모든 것의 주인이시고 그리스도인은 그분의 자녀이기 때문이다.

사람들이 가끔 무인도에 들어갈 때 딱 한 가지만 가지고 들어갈 수 있다면 무엇을 가지고 가고 싶은가? 라는 질문을 장난삼아 하는 경우가 있다. 나라면 어떻게 할 것인가? 생각해보았다. 나는 주저 없이 성경이라고 말할 것이다. 왜냐하면 거기에는 예수님에 관한 이야기가 실려 있기 때문이다.

예수님은 세상을 창조하시고 세상을 경영하시고 인류를 구원하셨으며 세상을 심판하실 분이시다. 이 정보가 이 성경 안에 있다. 성경은 문자로 적혀 있어서 한 번 읽으면 그만이라고 생각할 수 있다. 하지만 성경은 일반 책과는 전혀 다르다.

성경은 하나님의 감동으로 기록된 책으로 마치 살아 움직이는 것과 같이 사람에게 에너지를 주는 책이라고 소개하고 있다. 무엇보다 인류의 시작과 끝, 그리고 구원에 관한 이야기가 기록되어 있다. 대개 아무리 좋은 책이라도 한두 번 읽으면 그만이지라고 생각할 수 있다. 하지만 성경은 그렇지 않다. 읽을 때마다 새로운 느낌을 받는다.

모든 성경은 하나님의 감동으로 된 것으로 교훈과 책망과 바르게 함과 의로 교육하기에 유익하니 이는 하나님의 사람으로 온전하게 하며 모든 선한 일을 행할 능력을 갖추게 하려 함이라.(디모데후서 3:17)

하나님의 말씀은 살아 있고 활력이 있어 좌우에 날선 어떤 검보다도 예리하여 혼과 영과 및 관절과 골수를 찔러 쪼개기까지 하며 또 마음의 생각과 뜻을 판단하나니(히브리서 4:12)

성경을 생각하면 어떤 것들이 떠오르는가?

물론 사람에 따라 다를 수 있겠지만 성경을 어떻게 인식하느냐에 따라서도 다를 수 있다. 선악과, 십계명, 십자가, 어린양, 광야, 가나안, 부활, 지혜, 기적, 사탄, 천사, 제사장, 성전, 선지자, 사도, 심판, 구원 등 이루 헤아릴 수 없을 만큼 많은 단어들이 떠오를 것이다. 그런데 예수 그리스도를 떠올리지 못했다면 정작 가장 중요한 키워드를 놓친 것이다. 마치 크리스마스를 보내면서 생일의 주인공이신 예수 그리스도를 떠올리지 못하는 것과 다를 바 없다.

앞에서 열거된 많은 단어들은 한낱 파편들에 불과하다. 성경은 구약 39권과 신약 27권, 총 66권으로 구성되어 있다. 그런데 여기에 나오는 모든 말씀들이 결국 예수 그리스도를 향하고 있다는 사실을 알면 놀라지 않을 수 없다. 구약과 신약은 전혀 다른 이야기가 아니고 서로 깊은 연관성이 있으며 이 모든 말씀이 예수 그리스도를 이야기하고 있다.

흔히 역사^{History}를 그의 이야기$^{His+story}$, 즉 예수 그리스도의 이야기라고 말한다. 그도 그럴 것이 기원전은 '그리스도 이전'을 뜻하는 Before Christ의 약자인 BC로 표기하고 기원후는 라틴어인 Anno Domini의 약자 AD로 '주님의 해'를 의미한다. 정리하자면 기원전과 기원후는 그리스도의 탄생을 기준으로 하여 역사를 구분하고 있음을 알 수 있다.

성경에서 가장 의견이 분분한 것 가운데 하나가 율법과 그리스도와의 관계이다. 이 부분이 제대로 해소되지 않으면 뭔가 개운치 않은 신앙생활을 할 수밖에 없다. 예수님은 이 율법 때문에 이 땅에 오셨다고 해도 과언이 아니다. 실질적으로 인류의 죄 때문에 오셨지만, 이 죄가 바로 율법과 깊은 관련이 있기 때문이다.

인류 최초의 법은 선악과를 두고 하나님과 아담 사이에 체결된 법이라고 할 수 있다. 하나님은 아담과 하와에게 에덴동산을 선물하시기 전 아담에게 동산에 있는 각종 나무의 열매는 임의대로 따먹되 선악과는 절대로 따먹어서는 안 된다고 당부하셨다. 그리고 그 죄에 대한 형벌도 소개되어 있는데 그것을 먹으면 반드시 죽으리라고 말씀하셨다.

그것은 무엇을 말하는가?

선악과를 따먹지 않는다면 죽지 않고 살 수 있다는 것을 말해준다. 이에 대한 아담의 반응이 따로 소개되어 있지 않지만, 이때까지만 해도 아담이 절대적으로 하나님께 순종하던 때라 당연히 이 약속은 순조롭게 체결되었다고 보아야 할 것이다.

여호와 하나님이 그 사람에게 명하여 이르시되 동산 각종 나무의 열매는 네가 임의로 먹되 선악을 알게 하는 나무의 열매는 먹지 말라. 네가 먹는 날에는 반드시 죽으리라 하시니라. (창세기 2:16~17)

하지만 아담과 하와는 하나님과의 약속을 어기고 선악과를 따 먹고 말았다.

여자가 그 나무를 본즉 먹음직도 하고 보암직도 하고 지혜롭게 할 만큼 탐스럽기도 한 나무인지라 여자가 그 열매를 따먹고 자기와 함께 있는 남편에게도 주매 그도 먹은지라. (창세기 3:6)

아담은 "반드시 죽으리라"는 말씀에 좀 더 신중하게 생각하고 명심했어야 했다. 그런데 아담의 경우 죽음이 무엇을 의미하는지 실감 나지 않았었을 수도 있다. 왜냐하면 죽음이라는 개념도 몰랐을 것이고 또 상상조차 할 수 없었을 것이기 때문이다. 그러나 약속은 약속이다. 하나님은 공의롭고 신실하신 분이다. 한 번 하나님의 입 밖으로 나간 말씀은 반드시 이루어진다. 그래서 그들은 처음 약속대로 죽음을 피할 수 없게 되었다.

아담에게 이르시되 네가 네 아내의 말을 듣고 내가 네게 먹지 말라 한 나무의 열매를 먹었은즉 땅은 너로 말미암아 저주를 받고 너

는 네 평생에 수고하여야 그 소산을 먹으리라.(창세기 3:17)

그리고 아담과 하와는 에덴동산에서 추방당하게 된다. 왜냐하면 에덴동산은 죽음이 없는 곳이기 때문에 죽음의 땅으로 쫓겨날 수밖에 없었다. 그런데 이런 조치에도 불구하고 거기에 하나님의 깊은 사랑이 배어 있음을 알 수 있다. 바로 죽이시지 않았을 뿐 아니라 생명나무 열매마저 따먹게 되면 죄성罪性을 간직한 채 영생할까 염려되었기 때문에 에덴동산 밖으로 내보내신 것이다.

여호와 하나님이 이르시되 보라 이 사람이 선악을 아는 일에 우리 중 하나 같이 되었으니 그가 그의 손을 들어 생명나무 열매도 따먹고 영생할까 하노라 하시고 여호와 하나님이 에덴동산에서 그를 내보내어 그의 근원이 된 땅을 갈게 하시니라.(창세기 3:22~23)

여기서 언급된 '근원이 된 땅'은 하나님이 만물을 창조하셨을 때 바로 그때의 땅을 말한다. 에덴동산은 그 이후 하나님이 사람을 위해 특별히 만든 낙원으로 영원히 살 수 있는 곳이었다. 그렇다면 에덴동산 밖은 죽음이 있는 땅이라는 것을 뜻한다. 하나님이 아담을 흙으로 빚어서 만드셨는데 그때 사용하신 흙이 있는 바로 그 근원의 땅으로 다시 돌려보내신 것이다.

에덴동산 밖의 땅이 아담의 후예인 우리가 살고 있는 지금 이 땅이다. 여기에 사는 사람들은 누구나 할 것 없이 다 죽는다. 사람뿐만이 아니고 동물도 식물도 모두 죽는다. 사람은 무엇보다도 죽음이 두려운 존재가 되었다. 하나님은 사람이 죽기를 바라시는 분이 아니시다. 그래서 하나님 나름대로 사람을 다시 살리실 계획을 가지고 계셨다. 그래서 바로 죽지 않게 하시고 아담과 하와를 생명의 위협으로부터 지켜주셨다. 그 상징적인 일이 아담과 하와에게 가죽옷을 입히신 일이다. 여기서 창조주 하나님으로부터 부모님과 같은 사랑을 느낄 수 있다.

여호와 하나님이 아담과 그의 아내를 위하여 가죽옷을 지어 입히시니라.(창세기 3:21)

여기서 에덴동산 중앙 선악과 옆에 심어진 '생명나무'에 주목할 필요가 있다.

여호와 하나님이 그 땅에서 보기에 아름답고 먹기에 좋은 나무가 나게 하시니 동산 가운데에는 생명나무와 선악을 알게 하는 나무도 있더라.(창세기 2:9)

이같이 하나님이 그 사람을 쫓아내시고 에덴동산 동쪽에 그룹들과 두루 도는 불 칼을 두어 생명나무의 길을 지키게 하시니라.(창세기 3:24)

하나님이 이 생명나무를 얼마나 애지중지하셨는지 알 수 있다. 그것을 꼭 지켜야만 했던 이유가 있을 것이다. 이 생명나무는 사람을 다시 살릴 수 있는 하나님의 비장의 카드이다. 생명나무는 예수님을 상징한다. 예수님은 생명이시다. 그리고 나무에 매달려 자신의 생명을 희생시킴으로써 인류의 생명을 구원하신다.

> 예수께서 이르시되 내가 곧 길이요 진리요 생명이니 나로 말미
> 암지 않고는 아버지께로 올 자가 없느니라.(요한복음 14:6)

인간은 한 치 앞도 내다볼 수 없지만, 하나님은 과거 현재 미래를 동시에 보실 수 있는 유일한 분이시다. 우리를 창조하시고 최초의 법을 주셨고, 그것을 사람이 지킴으로써 하나님과 신뢰관계를 형성하기를 바라셨다. 하지만, 인류 최초의 사람 아담은 거기에 부응하지 못했다. 그럼에도 불구하고 하나님은 그의 실수를 미리 예견하시고 또 다른 장치를 마련해놓으신 것이다. 그것이 바로 생명나무인 예수 그리스도이시다. 이 얼마나 놀라운 은혜인가!

예수 그리스도는 세례 요한 이후 신약에 등장하시지만, 그분은 여러 예표를 통해 또 선지자들의 계시에 의해 구약에도 등장하신다. 따라서 신약은 물론이고 구약도 모두 예수 그리스도의 이야기이다. 구약시대의 율법도 모두 예수님을 설명하기 위한 것이었다. 이스라엘 백성들이 율법을 통해서 그나마 하나님을 이해할 수 있었기 때문에 율법을 허락하신 것이다. 그리고 아담과 마찬가지로 이스라엘 백성들도 그 율법을 지킬 것을 약속했었다. 무리하게 하나님께서 일방적으로 지키라고 하신 것이 아니다. 이스라엘 백성들은 일제히 율법을 지킬 것을 응답하였다.

> 모세가 내려와서 백성의 장로들을 불러 여호와께서 자기에게
> 명령하신 그 모든 말씀을 그들 앞에 진술하니 백성이 일제히 응답

하여 이르되 여호와께서 명령하신 대로 우리가 다 행하리이다. 모세가 백성의 말을 여호와께 전하매(출애굽기 19:7~8)

그런데 그 이후 그들은 어떻게 되었을까?

모세가 하나님을 뵈러 시내산에 올라갔을 때의 일이다. 모세가 오랫동안 기다려도 내려오지 않자 이스라엘 백성들은 인내를 가지고 하나님의 메시지를 기다리는 것이 아니라 자신들의 판단대로 금송아지 우상을 만들기 시작했다.

여호와께서 모세에게 이르시되 너는 내려가라 네가 애굽 땅에서 인도하여 낸 네 백성이 부패하였도다. 그들이 내가 그들에게 명령한 길을 속히 떠나 자기를 위하여 송아지를 부어 만들고 그것을 예배하며 그것에게 제물을 드리며 말하기를 이스라엘아 이는 너희를 애굽 땅에서 인도하여 낸 너희 신이라 하였도다. 여호와께서 또 모세에게 이르시되 내가 이 백성을 보니 목이 뻣뻣한 백성이로다. 그런즉 내가 하는 대로 두라 내가 그들에게 진노하여 그들을 진멸하고 너로 큰 나라가 되게 하리라.(출애굽기 32:7~10)

이때 하나님의 진노는 모세도 당황할 정도로 무서웠는데 모세는 백성을 인도하는 지도자답게 침착하게 하나님께 간구했다. 모세가 하나님께 간구한 내용을 보면 그가 참으로 백성을 사랑했다는 것이 느껴진다. 하나님은 이런 참된 기도를 들으신다. 하나님은 진노를 거둬들이시고 다시 이스라엘 백성에게 기회를 주신다.

모세가 그의 하나님 여호와께 구하여 이르되 여호와여 어찌하여 그 큰 권능과 강한 손으로 애굽 땅에서 인도하여 내신 주의 백성에게 진노하시나이까. 어찌하여 애굽사람들이 이르기를 여호와가 자기 백성을 산에서 죽이고 지면에서 진멸하려는 악한 의도로 인도해내었다고 말하게 하시려 하나이까 주의 맹렬한 노를 그치시고 이 화를 내리지 마옵소서. 주의 종 아브라함과 이삭과 이스라엘을 기억하소서 주께서 그들을 위하여 주를 가리켜 맹세하여 이르시기를 내가 너희의 자손을 하늘의 별처럼 많게 하고 내가 허락한 이 온 땅을 너희의 자손에게 주어 영원한 기업이 되게 하리라 하셨나이다. 여호와께서 뜻을 돌이키사 말씀하신 화를 그 백성에게 내리지 아니하시니라.(출애굽기 32:11~14)

모세가 간구한 이 기도내용은 참으로 본받을 만하다. 그는 그동안 하나님이 이끌어오신 역사를 제대로 알고 있었다. 아브라함, 이삭, 야곱을 거쳐 대대로 이어지는 하나님의 약속과 축복에 대해 숙지하고 있었으며 이스라엘 백성이 제사장 나라로서 역할을 해주기를 바라셨던 하나님의 뜻을 이해하고 있었다는 것을 말해준다. 모세의 기도는 하나님의 진노를 거둬들이시게 하는 위대한 기도였다.

이런 치열한 일련의 역사 속에서 이스라엘 백성은 수없이 하나님과의 약속을 저버렸다. 그럼에도 불구하고 하나님은 선지자들을 통해 여전히 자기 백성들을 사랑하시고 계신다는 것을 확인시켜 주셨다. 예레미야 선지자를 통해 주신 말씀이다.

여호와의 말씀이니라. 그때에 내가 이스라엘 모든 종족의 하나님이 되고 그들은 내 백성이 되리라.(예레미야 31:1)

여호와의 말씀이니라 보라 날이 이르리니 내가 이스라엘 집과 유다 집이 새 언약을 맺으리라. 이 언약은 내가 그들의 조상들의 손을 잡고 애굽 땅에서 인도하여 내던 날에 맺은 것과 같지 아니할 것은 내가 그들의 남편이 되었어도 그들이 내 언약을 깨뜨렸음이라 여호와의 말씀이니라. 그러나 그날 후에 내가 이스라엘 집과 맺은 언약은 이러하니 곧 내가 나의 법을 그들의 속에 두며 그들의 마음에 기록하여 그들의 하나님이 되고 그들은 내 백성이 될 것이라 여호와의 말씀이니라.(예레미야 31:31~33)

예레미야 선지자는 훗날 하나님과 맺게 될 새 언약에 대해 계시하였다. 새로운 언약은 "조상들의 손을 잡고 애굽 땅에서 인도하여 내던 날에 맺은 것과 같지 아니할 것"이란 말씀에 주목할 필요가 있다. 새로운 언약은 돌판에 새기는 것이 아니라, 우리의 마음속에 두신다고 했다. 예수님과 성령의 등장을 계시한 것이다. 하나님은 이때 이미 예레미야 선지자를 통해 복음 시대를 예고하신 것이다.

비록 당시 이스라엘과 유다가 갈라진 나라였으나 향후 복음 안에서 하나가 되어 하나님의 복을 받게 될 것이라는 예언이었다. 모든 사람이 하나님을 아는 지식에 초대받고 그분을 깨닫게 될 것이라는 의미다.

이제 불완전한 율법을 바라보아서는 안 된다. 완전한 새 법, 성령의 법, 사랑의 법, 생명의 법의 상징인 예수 그리스도를 바라보아야 한다. 예수님 당시 유대인들은 그러지 못했다. 여전히 율법의 그늘에서 벗어나지 못했고 그로 인해 예수님의 진리에 대해 제대로 깨닫지 못했다.

한번은 예수께서 밀밭 사이로 지나가실 때의 일이다. 제자들이 배가 고파서 밀 이삭을 잘라 손으로 비벼서 먹은 일이 있었다. 그때 바리새인들이 이 광경을 목격하고 안식일에 이런 일이 가능하냐고 따졌다. 그때 예수님은 율법적 사고에서 벗어나지 못하고 있는 그들을 향해 구약시대의 사례를 들어 친절하게 설명해주셨다.

예수께서 대답하여 이르시되 다윗이 자기 및 자기와 함께 한 자들이 시장할 때에 한 일을 읽지 못하였느냐 그가 하나님의 전에 들어가서 다만 제사장 외에는 먹어서는 안 되는 진설병을 먹고 함께 한 자들에게도 주지 아니하였느냐 또 이르시되 인자는 안식일의 주인이니라 하시더라.(누가복음 6:3~5)

예수님이 인용하신 구약의 말씀은 사무엘상 21장이다.

제사장이 다윗에게 대답하여 이르되 보통 떡은 내 수중에 없으나 거룩한 떡은 있나니 그 소년들이 여자를 가까이만 하지 아니하였으면 주리라 하는지라. 다윗이 제사장에게 대답하여 이르되 우리가 참으로 삼일 동안이나 여자를 가까이 하지 아니하였나이다. 내가 떠난 길이 보통 여행이라도 소년들의 그릇이 성결하지 아니하겠나이까. 하매 제사장이 그 거룩한 떡을 주었으니 거기는 진설병 곧 여호와 앞에서 물려 낸 떡밖에 없었음이라. 이 떡은 더운 떡

을 드리는 날에 물려 낸 것이더라.(사무엘상 21:4~6)

이런 사실로 보아 구약시대라고 해서 율법이 절대적인 것이 아니라는 것을 말해준다. 당시 바리새인들은 율법이라는 문자에 집착한 나머지 그 속에 담긴 뜻을 헤아리지 못했었다. 율법을 지키는 것보다 앞서는 것은 사람의 생명이다. 율법 속에도 하나님의 사랑이 담겨 있으나 구약시대 사람들은 그 본질을 놓치고 형식만을 취한 셈이었다. 굳이 나누어 생각해보자면 구약의 대표 키워드는 율법이고 신약의 대표 키워드는 예수 그리스도라고 할 수 있다. 그런데 이분법적으로 딱 잘라 구분할 수 없는 것이 구약 이야기도 신약 이야기도 결국 예수 그리스도 이야기이기 때문이다.

예수님의 제자 마태는 자신이 기록한 책에 예수님을 소개하고 있다. 누구라고 소개하고 있는가? 구약시대 믿음의 조상으로 일컬어지는 아브라함과 이스라엘 믿음의 왕인 다윗의 자손이라고 소개하고 있다. 구약이 없이는 신약이 있을 수 없고 신약이 없는 구약은 의미가 없다.

아브라함과 다윗의 자손 예수 그리스도의 계보라.(마태복음 1:1)

이렇게 마태복음을 시작하면서 아브라함의 계보를 소개하고 있다. 그리고 다윗의 자손으로 예수님이 동정녀 마리아를 통해 성령으로 잉태하여 이 땅에 오신 것이다.

예수 그리스도의 나심은 이러하니라 그의 어머니 마리아가 요

셉과 약혼하고 동거하기 전에 성령으로 잉태된 것이 나타났더니
... 아들을 낳으리니 이름을 예수라 하라 이는 그가 자기 백성을 그
들의 죄에서 구원할 자이심이라 하니라.(마태복음 1:18~21)

예수님이 이 땅에 오신 목적은 무엇인가?

아주 특별한 사명이 있었다. 인류를 죄에서 구원하시기 위함이
었다. 무슨 죄를 말하는 것일까? 하나님과 인류 최초의 인간 아담
사이에 체결되었던 선악과 관련 언약을 아담이 어긴 죄를 가리킨
다. 선악과 하나 따먹은 것이 온 인류가 죽어야 할 정도의 큰 잘못
이란 말인가? 라고 반문할 수 있을 것이다.

그런데 곰곰이 묵상해보자. 하나님은 에덴동산의 모든 주권을
아담에게 맡기셨다. 그런데 전체를 보지 못하고 선악과 하나에 무
너지고 말았다. 첫째, 자신의 아내 하와를 지키지 못했다. 사탄이
하와를 유혹할 수 있는 허점을 보인 것이다. 둘째, 하나님이 아담
에게 전했던 선악과 언약을 제대로 하와에게 가르치지 않았다. 사
탄이 유혹할 때 하와가 제대로 대답하지 못한 것으로 보아 하와는
하나님이 아담에게 말씀하셨던 내용을 제대로 숙지하지 못했었을
가능성이 크다. 셋째, 아담 자신도 하나님 말씀보다는 하와의 말에
더 비중을 두었다. 하와가 선악과를 건네주므로 그것을 어떤 고민
도 없이 덜컥 먹어버렸다.

에덴동산의 선악과는 단순히 하나의 열매만을 의미하지 않는
다. 하나님의 말씀에 대한 순종의 여부를 알아볼 수 있는 바로미
터barometer였던 것이다. 왜 순종이 필요했을까? 비록 사람이 하나님
형상을 닮게 창조되었지만, 하나님처럼 완전한 것은 아니었다. 어

느 때든 하나님의 도움이 필요한 피조물이었다는 사실이다. 그래서 무엇을 하든 어디에 있든 하나님을 믿고 의지하며 순종하며 살아야 하는 존재였다.

하나님이 사람을 얼마나 사랑하고 귀하게 여겼는지 알 수 있는데 그것은 하나님을 잊어서는 안 되기 때문에 선악과를 따먹지 말라고 말씀하신 것 외에는 전적으로 사람의 자유의지를 존중하셨다는 점이다. 하나님은 아담에게 에덴동산 전부를 맡기셨다. 그런데 아담은 그것에 대한 자부심이나 책임감, 그리고 감사가 없었다.

이것은 매우 중요한 문제이다. 그리고 마침내 하나님이 아담에게 선악과를 따먹으면 반드시 죽을 것이라고 경고하셨음에도 불구하고 아담과 하와는 그 과일을 따먹고 말았다. 하나님이 창조하신 세계질서를 어지럽게 한 엄청난 범죄였다. 그럼에도 불구하고 아담이 지었던 죄로 말미암아 인류는 하나님의 긍휼과 사랑으로 보호받아왔으나, 근원적인 죄 문제를 해결하지는 못했다. 구약시대 제사는 그때그때의 죄 사함을 받으며 일시적으로 용서 받는 수단에 불과했다.

그런 제사는 사람들도 지겨워했을 뿐 아니라 하나님도 늘 안타까워하신 부분이었다. 그래서 단 한 번의 제사로 해결할 수 있는 방법을 하나님께서 제시하신 것이다. 그것이 바로 십자가를 통한 예수 그리스도의 죽음과 부활이다. 예수 그리스도는 성육신으로 이 땅에 오셔서 삼십삼 년을 사셨는데 그 가운데 삼십 년은 보통 인간처럼 사적인 삶을 사셨으며 나머지 삼 년은 하나님의 사역을 감당하는 삶, 요컨대 공생애公生涯, public life 삶을 사셨다.

그 삼 년 동안 자신이 하나님의 아들이심을 선포하시고 하나님의 뜻, 요컨대 복음福音을 알리시고 제자들을 가르치셨다. 그리고 마침내 하나님의 위대한 계획, 십자가의 죽음과 부활을 완성하신 것이다. 복음의 핵심은 예수 그리스도이시다. 예수님은 이 땅에 사시는 동안 한 치의 오차도 없이 하나님의 뜻을 완성하셨으며 예수님도 죽음을 맞이하면서 비로소 "다 이루었다"고 선포하셨다.

예수께서 신 포도주를 받으신 후에 이르시되 다 이루었다 하시고 머리를 숙이니 영혼이 떠나가시니라.(요한복음 19:30)

십자가 사건으로 인해 예수님은 하나님의 절대적인 신뢰를 얻어냈고 마침내 하나님은 하늘과 땅의 모든 권세를 예수님께 주셨다.

예수께서 나아와 말씀하여 이르시되 하늘과 땅의 모든 권세를 내게 주셨으니 그러므로 너희는 가서 모든 민족을 제자로 삼아 아버지와 아들과 성령의 이름으로 세계를 베풀고 내가 너희에게 분부한 모든 것을 가르쳐 지키게 하라. 볼지어다, 내가 세상 끝날까지 너희와 항상 함께 있으리라 하시니라.(마태복음 28:18~20)

"하늘과 땅의 모든 권세를 내게 주셨으니"라는 말씀에 주목할 필요가 있다. 이제 십자가의 일로 인하여 인류의 구원은 예수님 손 안으로 들어왔다. 구약시대에는 율법에 따라 수시로 제사 드렸어야 했다. 그래서 제사장들이 필요했었다. 그러나 신약시대에는 예수님 단 한 분 제사장이면 충분하다.

구약시대의 제사, 율법 등은 모두 불완전한 것들이다. 하지만 예수님은 완전한 분이시다. 제사와 율법을 완전하게 대체하신 분이다. 그런 제사를 대신하여 예수 그리스도의 십자가 보혈로 다 이루신 것이다. 그래서 이제는 예수님이 전하시는 말씀을 따르면 된다. 예수님의 말씀이 곧 하나님의 뜻이기 때문이다.

태초부터 하나님 옆에는 늘 예수님이 함께하셨다. 예수님은 하나님과 함께하실 뿐 아니라 우리와도 함께하신다. 태초에 하나님이 천지와 사람을 창조하실 때 말씀으로 하나님과 함께하셨다.

사실 아담은 에덴동산에서 실오라기 하나 걸치지 않고도 입을 것 걱정하지 않았고 일하지 않아도 먹을 것 걱정하지 않았으며 집이 따로 없어도 잠자리를 걱정할 필요 없었다. 그것은 모든 환경이 사람이 살기에 부족함 없이 갖추어져 있었기 때문이다. 그런데 아담이 선악과를 따먹은 다음부터는 달라졌다. 죄로 인해 달라진 것은 부끄럽고 두려운 마음이 생겼다는 것이다.

> 이에 그들의 눈이 밝아져 자기들이 벗은 줄 알고 무화과나무 잎을 엮어 치마로 삼았더라.(창세기 3:7)

> 여호와 하나님이 아담을 부르시며 그에게 이르시되 네가 어디 있느냐 이르되 내가 동산에서 하나님의 소리를 듣고 내가 벗었으므로 두려워하여 숨었나이다.(창세기 3:9~10)

이것은 무엇을 의미하는가?

에덴동산이 달라진 것은 아무것도 없었다. 그런데 아담에게는 변화가 생겼다. 무엇 때문일까? 그것은 선악과 때문이다. 선악과로 인해 죄가 아담의 몸속으로 흘러들어온 것이다. 사실 아담이 벗어서 부끄럽고 두려운 것은 하나님이 아담에게 약속하셨던 말씀이 생각나서 그랬을 수 있다. 하나님은 선악과를 따먹으면 "반드시 죽으리라"고 말씀하셨기 때문이다.

그런 아담과 하와를 긍휼히 여기시고 하나님은 바로 그들을 죽이지 않으시고 그들을 부끄러움과 두려움으로부터 벗어나게 하시기 위해 짐승의 가죽으로 옷을 지어서 그들을 입혀주셨다. 하나님은 그들을 긍휼히 여기시고 가죽옷을 입혀서 보호하신 것이다.

여호와 하나님이 아담과 그의 아내를 위하여 가죽옷을 지어 입히시니라. (창세기 3:21)

우리 인생은 에덴동산에서 쫓겨난 이후로 줄곧 반목, 싸움, 살인, 전쟁 등 갈등의 소용돌이 속에서 살아왔다고 해도 과언이 아니다. 여전히 일상적인 대인관계, 환경, 재난, 이데올로기, 종교 등의 문제로 골머리를 앓고 있다. 그것은 따지고 보면 눈에 보이지 않은 영적 영역에서 비롯되었다고 얘기하면 어리둥절할지 모르겠다. 하지만 아담과 하와가 선악과를 따먹은 것도 에덴동산에서 쫓겨난 것도 모두 영적인 싸움에서 비롯된 것이었다.

갈등葛藤이라는 단어는 칡葛과 등나무藤 넝쿨이 서로 얽히면서 생긴 현상에 빗대어 표현한 말이다. 자신의 유익을 위해 남에 대한 배려 없이 자신의 갈 길을 간다는 식으로 줄기를 뻗다 보니 서로 옭아매게 되는 것이다. 한마디로 상대에 대한 배려나 바른 일이 무엇인지를 고려하지 않고 오로지 자기 생각을 관철하려는 데에 기인한 것이다.

중요한 것은 갈등이나 다툼은 누구도 승자가 없다는 사실이다. 누군가 악을 품으면 상대를 잘못되게 하는 것은 어렵지 않다. 하지만 자신도 망가지게 된다. 반대로 선한 생각을 품으면 적어도 자신을 유익하게 할 뿐 아니라 나아가 남도 이롭게 할 수 있다.

예수님은 이 땅에 오셔서 사탄 세력과의 영적 싸움에서 결국 승리하셨지만, 사탄의 유효기간은 예수님이 재림하실 때까지다. 그래서 결국 우리의 삶도 승리로 끝난다는 것을 알고 있지만 그렇다고 싸움이 끝난 것은 아니다. 그래서 사도 바울은 무엇보다 이 영적 전쟁에 철저히 대비하며 살아야 한다고 권면하고 있다.

끝으로 너희가 주 안에서와 그 힘의 능력으로 강건하여지고 마귀의 간계를 능히 대적하기 위하여 하나님의 전신갑주를 입으라. 우리의 씨름은 혈과 육을 상대하는 것이 아니요 통치자들과 권세들과 이 어둠의 세상 주관자들과 하늘에 있는 악의 영들을 상대함이라. 그러므로 하나님의 전신갑주를 취하라. 이는 악한 날에 너희가 능히 대적하고 모든 일을 행한 후에 서기 위함이라. 그런즉 서서 진리로 너희 허리띠를 띠고 의의 호심경을 붙이고 평안의 복음이 준비한 것으로 신을 신고 모든 것 위에 믿음의 방패를 가지고 이로써 능히 악한 자의 모든 불화살을 소멸하고 구원의 투구와 성령의 검 하나님의 말씀을 가지라. 모든 기도와 간구를 하되 항상 성령 안에서 기도하고 이를 위하여 깨어 구하기를 항상 힘쓰며 여러 성도를 위하여 구하라. (에베소서 6:10~18)

하나님은 가죽옷으로 아담과 하와를 보호해주시고 가인을 해치는 자는 일곱 배나 대가를 치르게 될 것(창세기 4:15)이라고 말씀해주시며 죽음의 위험으로부터 보호해주셨다. 하나님은 죄인도 이렇게 사랑하시는 하나님이시다. 어디 그뿐인가? 출애굽 당시 이스라엘 백성을 구름기둥과 불기둥으로 인도해주셨고 광야에서 만나를 먹이시고 바위를 쳐서 물을 마시게 하신 하나님이시다.

이런 일은 구약의 역사 속에서 수없이 많이 발견된다. 구약시대의 인물, 사건, 율법 등은 장차 오실 예수님을 예표豫表하고 있다. 에덴동산의 생명나무, 에덴동산에서 아담과 하와가 쫓겨날 때 입혀주신 가죽옷, 아브라함이 제물로 이삭을 바쳤을 때 준비하신 양, 애굽에서 겪었던 재앙 가운데 문설주에 발랐던 양의 피, 광야에서 불뱀에 물린 백성들을 살리기 위해 모세가 들었던 놋뱀, 요나가 삼일 동안이나 큰 물고기 뱃속에서 살아남았던 표적 등 이루 헤아릴 수 없다.

아브라함이 눈에 넣어도 아프지 않을 자식 이삭을 하나님께 제물로 바친 사건은 대개 아브라함의 믿음에 초점이 맞추어져 있으나 이것은 대표적으로 예수님이 이 땅에 오실 것을 예표하고 있다. 아브라함이 이삭을 바치려는 순간 하나님은 어린 양을 준비해놓으셨다. 이삭 대신 어린 양이 희생된 것이다. 어린 양은 인류를 구원하시는 예수님을 예표한다.

아브라함이 눈을 들어 살펴본즉 한 숫양이 뒤에 있는데 뿔이 수풀에 걸려 있는지라 아브라함이 가서 그 숫양을 가져다가 아들을 대신하여 번제를 드렸더라.(창세기 22:13)

애굽에서 겪었던 재앙 가운데 당시 애굽 왕 바로의 장자는 물론이고 옥에 갇힌 사람의 장자, 그리고 가축의 처음 난 것들이 모두 죽임을 당한 일이 있었다. 하나님 말씀에 순종하여 미리 알려 준 대로 문 안방과 문설주에 발랐던 양의 피로 인하여 구원받은 사실이 있었다.

여호와께서 애굽사람에게 재앙을 내리려고 지나가실 때에 문 안방과 좌우 문설주의 피를 보시면 여호와께서 그 문을 넘으시고 멸하는 자에게 너희 집에 들어가서 너희를 치지 못하게 하실 것임이니라. (출애굽기 12:23)

여기에 등장하는 양의 피는 십자가에서 흘린 예수 그리스도의 보혈을 상징한다. 예수 그리스도를 통한 완전한 구원을 예표하고 있다. 광야에서 불뱀에 물린 백성들을 살리기 위해 모세가 들었던 놋뱀 역시 예수님을 상징한다.

여호와께서 모세에게 이르시되 불뱀을 만들어 장대 위에 매달아라 물린 자마다 그것을 보면 살리라. (민수기 21:8)

사도 요한은 예수 그리스도에 대해 이같이 증언하고 있다.

하늘에서 내려온 자 곧 인자 외에는 하늘에 올라간 자가 없느니라, 모세가 광야에서 뱀을 든 것 같이 인자도 들려야 하리니 이는 그를 믿는 자마다 영생을 얻게 하려 하심이라. (요한복음 3:13~15)

이스라엘 백성들이 모세가 들어 올린 놋뱀을 보고 살아난 것처럼 우리의 구원은 예수 그리스도를 바라보는 것에 있음을 말해주고 있다. 요나가 사흘 동안이나 큰 물고기 뱃속에서 살아남았던 표적도 예수님이 사흘 동안 무덤 속에 계신 것을 상징하는 사건으로 예수님의 죽음과 부활을 예표하고 있다.

> 예수께서 대답하여 이르시되 악하고 음란한 세대가 표적을 구하나 선지자 요나의 표적밖에는 보일 표적이 없느니라. 요나가 밤낮 사흘 동안 큰 물고기 뱃속에 있었던 것 같이 인자도 밤낮 사흘 동안 땅속에 있으리라.(마태복음 12:39~40)

당시 바리새인들은 예수님이 보여주신 기적을 보고 시샘하면서도 자신들이 보고 싶은 기적들을 더 보여주기를 원했다. 거기에는 주님의 능력을 보고자 하는 측면도 있었지만, 예수 그리스도를 시험하려는 불순한 의도가 있었다. 그래서 예수님은 요나의 표적 외에는 보일 표적이 없다고 단호하게 말씀하셨다.

무슨 의미일까?

바리새인들은 이 사건을 영적인 눈으로 보지 못했다. 사실 예수님은 바리새인들이 그것을 통해서 당신을 발견하기를 바라셨다. 하지만 그들은 표적의 주인공이신 예수님을 눈앞에 두고도 알아보지 못하였다. 그저 상징에 불과한 표적을 자꾸 보여달라고 하는 그들을 보시고 예수님은 어떤 생각을 하셨을까?

성경에는 우리 이성으로는 믿어지지 않을 정도로 대단한 기적들이 많이 등장한다. 노아의 홍수, 바다를 갈라 이스라엘 백성들을 구해낸 홍해사건, 광야에서 만나를 먹이신 일, 오병이어로 오천 명을 먹이신 일, 여리고 성을 무너지게 한 일 등이 있다. 그런데 무엇보다 중요한 것은 그런 기적들 속에서 하나님의 존재와 우리를 향한 하나님의 사랑을 보지 못한다면 한낱 거대한 이벤트로 인식하는 것에 지나지 않는다.

그런 의미에서 묵상해보자면 예수님이 이 땅에 오신 것이야말로 기적 중의 기적이다. 하나님이 사람의 육신을 입고 이 땅에 오신 것이다. 누구도 상상할 수 없는 방법으로 우리를 위한 구원계획을 세우시고 누구도 감당할 수 없는 방법으로 몸소 행하신 것이다.

전지전능하신 하나님께서 모든 것을 말씀 한마디로 사탄을 제압하거나 기적으로 세상을 바꿔 놓으실 수 있으셨지만. 하나님은 그렇게 하시지 않으셨다. 하나님은 우리의 눈높이까지 내려오셔서 우리의 눈에 맞추신 것이다. 우리가 더 이상 너무 어렵다거나 하나님이 일방적이라고 하면서 핑계 대지 못하도록 철두철미하게 인간의 모습으로 오셔서 다 이루신 것이다. 우리의 핑계도 핑계지만 사탄도 어떤 논리로도 변명할 수 없게 온전한 방법으로 우리를 구원하신 것이다.

사도 바울이 로마에 보낸 서신에서도 알 수 있듯이 하나님이 창조하신 만물에는 하나님을 알 수 있는 것들이 널려 있다는 것이다.

> 창세로부터 그의 보이지 아니하는 것들 곧 그의 영원하신 능력과 신성이 그가 만드신 만물에 분명히 보여 알려졌나니 그러므로 그들이 핑계하지 못할지니라.(로마서 1:20)

하물며 예수 그리스도야말로 가장 하나님을 잘 보여주고 있다는 것은 두말할 필요가 없다. 제자 빌립이 아버지를 보여달라고 했을 때 예수께서 다음과 같이 대답하셨다.

예수께서 이르시되 빌립 내가 이렇게 너희와 함께 있으되 네가 나를 알지 못하느냐 나를 본 자는 아버지를 보았거늘 어찌하여 아버지를 보이라 하느냐.(요한복음 14:9)

예수 그리스도는 하나님이 보내신 독생자인 동시에 하나님 자신이라는 사실이다. 예수님은 하나님과 예수님의 관계에 대해 제자들이 좀 더 알아듣기 쉽게 자세히 설명해주셨다.

내가 아버지 안에 거하고 아버지는 내 안에 계신 것을 네가 믿지 아니하느냐 내가 너희에게 이르는 말은 스스로 하는 것이 아니라 아버지께서 내 안에 계셔서 그의 일을 하시는 것이라.(요한복음 14:10)

하나님의 일이 예수님의 일이고 예수님이 하시는 일이 곧 하나님이 하시는 일이라는 것을 알 수 있다. 예수님은 구약을 가장 알아듣기 쉽게 강해하신 분이시다. 그리고 신약을 몸으로 직접 실천하신 분이시다. 구약의 주요 키워드는 율법과 선지자다. 구약은 율법의 이야기다. 또 선지자들은 제한적으로 하나님의 메시지를 전했었다. 그래서 구약시대 사람들은 선지자와 율법에 몰입해 있었다. 예수님은 사랑이라는 새로운 법을 가지고 오셨다. 신약이 전하는 메시지는 사랑의 예수님을 전하고 있다.

한번은 한 율법사가 예수님을 시험하기 위해 율법 중에 어떤 계명이 가장 크냐고 질문한 적이 있었다. 그때 예수님은 다음과 같이 간결하게 대답하셨다.

> 그중의 한 율법사가 예수를 시험하여 묻되 선생님 율법 중에서 어느 계명이 크니이까. 예수께서 이르시되 네 마음을 다하고 목숨을 다하고 뜻을 다하여 주 너의 하나님을 사랑하라 하셨으니 이것이 크고 첫째 계명이요 둘째도 그와 같으니 네 이웃을 네 자신 같이 사랑하라 하셨으니 이 두 계명이 온 율법과 선지자의 강령이니라.(마태복음 22:35~40)

"이 두 계명이 온 율법과 선지자의 강령이니라." 이 말씀은 모든 구약 내용을 단 한 문장으로 요약한 셈이다. 그토록 선지자들이 외친 말들과 당시 사람들이 생명처럼 여겼던 모든 율법이 단 한 문장으로 정리된 것이다. 그런데 더 중요한 사실은 이 말씀을 단 한 단어로 바꾸라고 한다면 무엇이겠는가? 그것은 '사랑'이다. 예수님은 십자가의 사랑을 통해 이 말씀을 직접 다 이루신 것이다.

우리가 마음을 다하고 목숨을 다하고 뜻을 다하여 하나님을 사랑할 수 있을까? 내 몸 같이 이웃을 사랑할 수 있을까? 이것을 다 이룰 수 있는 분은 오직 예수 그리스도 한 분뿐이시다. 예수 그리스도께서 십자가에서 다 이루셨다. 그래서 우리의 짐을 완전히 덜어주신 것이다.

수고하고 무거운 짐 진 자들아 다 내게로 오라 내가 너희를 쉼을 얻으리니 이는 내 멍에는 쉽고 가벼움이라 하시니라.(마태복음 11:28~30)

하나님의 뜻을 제대로 헤아리지 못하면 어떤 일이 발생할까?

예수님을 알아보지 못하는 일이 생긴다. 예수님이 하시는 일을 인정하지 못한다. 당연히 예수님의 십자가 죽음이나 부활의 의미도 깨닫지 못하게 된다. 또 자꾸 예수님이 지셨던 십자가를 똑같이 자신도 지려고 한다. 불가능한 일에 매달리는 어리석은 짓이다.

하나님은 예수님이라는 사랑의 법을 새롭게 들고 오셨지만, 이를 알 리 없는 사람들은 여전히 오래된 법에 매달려 힘겨운 삶을 살아간다. 낡은 부대에 포도주를 담으면 어떻게 되겠는가? 포도주 본연의 맛을 망치게 될 것이고 자칫 포도주가 줄줄 새고 말 것이다.

새 포도주를 낡은 가죽 부대에 넣지 아니하나니 그렇게 하면 부대가 터져 포도주도 쏟아지고 부대도 버리게 됨이라.(마태복음 9:17)

유대인들은 예수님 앞에서 충분히 배울 수 있었다. 그들은 수많은 질문을 했고 예수님은 그들에게 알아듣기 쉽게 비유를 통해 말씀해주셨다. 그런데 결국 그들은 깨닫지 못했다. 그 이유는 무엇일까? 그것은 예수님을 메시아로서 인정하지 않았고 그분을 하나님의 아들로서 믿지 않았기 때문이다. 그들의 마음속에는 자기애가 여전히 자리 잡고 있어서 하나님 말씀이 들어설 여지가 없었다.

예수님은 십자가를 통해 아담이 저지른 죄를 단번에 해결하셨다. 죄로 인해 드려야 했던 제사, 제사장을 통해 제사(예배)를 드리기 위해 건립했던 성전, 하나님과의 관계 개선을 위해 지켜야 했던 율법 등의 문제를 아주 간명하게 해결해주셨다.

율법과 제사, 성전 등의 문제는 많은 논쟁을 불러일으켰다. 율법은 예수님을 알아보지 못하게 할 만큼 눈을 멀게 하였고 성전은 강도 만난 사람을 모른 채하고 지나갈 만큼 사람을 몰인정하게 만들었으며 제사는 보이는 형식을 추구하다 보니 가식적인 신앙에 빠지게 하고 말았다.

예수님은 이것들에 대한 오해를 하나하나 해결해주셨다. 율법, 제사, 성전 등 다 하나님을 위한다고 하면서 그것들을 빌미로 하나님의 독생자이시자 하나님 자신이신 예수님을 오해하거나 핍박한 것이다. 이것은 본질을 외면한 채 현상에 집착한 결과라고 할 수 있다.

몇 번인가 예수님과 바리새인들 사이에 안식일 논쟁이 있었다. 예수님은 본질을 말씀하셨고 바리새인들은 현상에만 집착한 나머지 본질을 이해하지 못했다. 예수님은 친절하게 가르쳐주셨다.

예수께서 진흙을 이겨 눈을 뜨게 하신 날은 안식일이라. 그러므로 바리새인들도 그가 어떻게 보게 되었는지를 물으니 이르되 그 사람이 진흙을 내 눈에 바르매 내가 씻고 보나이다 하니 바리새인 중에 어떤 사람은 말하되 이 사람이 안식일을 지키지 아니하니 하나님께로부터 온 자가 아니라 하며 어떤 사람은 말하되 죄인으로서 어떻게 이러한 표적을 행하겠느냐 하여 그들 중에 분쟁이 있었

더니(요한복음 9:14~16)

　그때에 예수께서 안식일에 밀밭 사이로 가실새 제자들이 시장하여 이삭을 잘라 먹으니 바리새인들이 보고 예수께 말하되 보시오 당신의 제자들이 안식일에 하지 못할 일을 하나이다.(마태복음 12:1~2)

　또 안식일에 제사장들이 성전 안에서 안식을 범하여도 죄가 없음을 너희가 율법에서 읽지 못하였느냐. 내가 너희에게 이르노니 성전보다 더 큰 이가 여기 있느니라. 나는 자비를 원하고 제사를 원하지 아니하노라 하신 뜻을 너희가 알았더라면 무죄한 자를 정죄하지 아니하였으리라. 인자는 안식일의 주인이니라 하시니라.(마태복음 12:5~8)

　한쪽 손 마른 사람이 있는지라 사람들이 예수를 고발하려 하여 물어 이르되 안식일에 병 고치는 것이 옳으니이까. 예수께서 이르시되 너희 중에 어떤 사람이 양 한 마리가 있어 안식일에 구덩이에 빠졌으면 끌어내지 않겠느냐. 사람이 얼마나 더 귀하냐 그러므로 안식일에 선을 행하는 것이 옳으니라 하시고 이에 그 사람에게 손을 내밀라 하시니 다른 손과 같이 회복되어 성하더라.(마태복음 12:10~13)

　또 이르시되 안식일이 사람을 위하여 있는 것이요 사람이 안식일을 위하여 있는 것이 아니니 이러므로 인자는 안식일에도 주인

이니라.(마가복음 2:27~28)

여기서 분명히 깨달아야 할 것이 있다. 안식일은 하나님이 주인이시라는 점이다. 그리고 그것은 사람을 사랑해서 사람에게 진정한 안식을 주시기 위한 것이라는 점도 알아야 한다. 모든 율법이 하나님의 입에서 나온 것이다. 안식일에 관한 법도 예외는 아니다. 하나님께서 안식일을 지키라고 하신 것은 문자에 집착하라는 뜻이 아니다. 안식일 정신을 기억하고 우리가 참 안식을 누리며 하나님께 감사하는 것이 하나님을 기쁘게 하는 것이다.

지식으로 교만에 빠진 사람들이 무서운 것은 그 지식으로 남을 판단하고 정죄까지 하려는 것에 있다. 그러므로 하나님 지혜에 의존해야 한다. 세상에 있는 모든 지혜가 하나님으로부터 나오는 것은 아니라는 것에 주의할 필요가 있다. 하나님 지혜를 받기 위해서는 하나님 사랑을 이해해야 한다. 오직 하나님 사랑에 의해서만 우리가 깨달을 수 있기 때문이다.

이 세상 지혜는 하나님께 어리석은 것이니 기록된바 하나님은 지혜 있는 자들로 하여금 자기 꾀에 빠지게 하시는 이라 하였고 또 지혜 있는 자들의 생각을 헛것으로 아신다 하셨느니라.(고린도전서 3:19~20)

예수님은 우물가에서 만난 사마리아 여인과의 대화에서 예배 문제에 대해서도 명쾌하게 일갈하셨다.

우리 조상들은 이 산에서 예배하셨는데 당신들의 말은 예배할 곳이 예루살렘에 있다 하더이다. 예수께서 이르시되 여자여 내 말을 믿으라 이 산에서도 말고 예루살렘에서도 말고 너희가 아버지께 예배할 때가 이르리라. 너희는 알지 못하는 것을 예배하고 우리는 아는 것을 예배하노니 이는 구원이 유대인에게서 남이라. 아버지께 참되게 예배하는 자들은 영과 진리로 예배할 때가 오나니 곧 이때라 아버지께서는 자기에게 이렇게 예배하는 자들을 찾으시느니라. (요한복음 4:20~23)

예수 그리스도께서는 예배 형식이나 장소가 중요한 것이 아니라 영과 진리, 요컨대 참된 믿음으로 예배하는 자를 찾으신다고 하셨다. 예배가 정해진 시간에 일목요연하게 드려지는 형식적인 것을 말하는 것이 아니라 마음을 다해 뜻을 다해 삶으로 드려지는 예배가 되어야 함을 말씀하신 것이다.

예배는 기도하고 헌금하고 찬송하는 등 일련의 절차에 따라 드려지는 것이 전부가 아니라 하나님이 그토록 강조하신 모든 계명보다 더 큰 계명인 사랑으로 드려지는 것이어야 한다. 하나님을 사랑하고 이웃을 사랑하는 것이 삶을 통해 표현되어야 한다. 그리고 무엇보다 믿음으로 드려지는 기도, 헌신, 감사가 되어야 한다. 믿음은 하나님의 사랑을 얻어내는 열쇠이다.

믿음이 없이는 하나님을 기쁘시게 하지 못하나니 하나님께 나아가는 자는 반드시 그가 계신 것과 또한 그가 자기를 찾는 자에게 상 주시는 이심을 믿어야 할지니라. (히브리서 11:6)

진정한 예배는 하나님의 뜻을 헤아림으로 헤아림을 받는 것이다. 그래서 늘 하나님의 뜻을 따라 살 수 있도록 간구해야 한다. 우리가 제대로 무엇인가 혹은 누군가를 헤아리기 위해서는 무엇보다 하나님 말씀을 잘 들어야 한다.

들을 귀 있는 자들은 들으라. 또 이르시되 너희가 무엇을 듣는가 스스로 삼가라. 너희의 헤아리는 그 헤아림으로 너희가 헤아림을 받을 것이며 더 받으리니 있는 자는 받을 것이요 없는 자는 있는 것까지 빼앗기리라.(마가복음 4:23~25)

예수님은 불완전한 모든 것을 완전하게 하시러 오신 분이시다. 그래서 당시 사람들에게는 도저히 이해할 수 없는 말씀을 하셨다. 갑자기 성전을 헐라고 말씀하신 것이다. 이것은 유대인뿐만 아니라 예수님의 제자들도 제대로 이해하지 못했다. 율법, 제사, 안식일 등의 근거지라고 할 수 있는 성전을 헐라고 하셨다. 그러니 당시 사람들로서는 예수님이 온전한 사람이라고 여겨지지 않았을 것이다.

예수께서 대답하여 이르시되 너희가 이 성전을 헐라 내가 사흘 동안에 일으키리라. 유대인들이 이르되 이 성전은 사십육 년 동안에 지었거늘 네가 삼일 동안에 일으키겠느냐 하더라 그러나 예수는 성전 된 자기 육체를 가리켜 말씀하신 것이라. 죽은 자 가운데서 살아나신 후에야 제자들이 이 말씀하신 것을 기억하고 성경과 예수께서 하신 말씀을 믿었더라.(요한복음 2:19~22)

언어는 의사전달 수단이다. 그러나 거기에는 직유법도 있지만, 은유법 등 다양한 표현방식이 있다. 당시 유대인들은 지나치게 문자에 집착하였고 그 뜻을 헤아리는 것에 소홀했다. 여기서 전자의 성전은 건물을 얘기한 것이라면 후자의 성전은 예수님 자신을 가리킨 것이다. 사람의 전통이나 율법에만 의존하는 성전은 예수님께 의미가 없었다. 무엇보다 성전에서 지내는 기존 방식의 제사로서는 사람을 구원할 수 없었기 때문이다.

인류를 구원하기 위해서는 단번에 드리는 온전한 제사가 필요했다. 그래서 십자가라는 제사를 말씀하신 것이다. 그리고 죽은 지 사흘 만에 부활하셔서 온전한 성전, 바로 예수님 자신을 세우시겠다는 것이었다. 그래서 이제 우리는 기존의 성전 안에서 예배드리는 것에 머물러 있을 것이 아니라 예수님이라는 온전한 성전 안에서 예배를 드릴 수 있어야 한다. 영과 진리로 예배드리는 바로 그때가 온 것이다. 교회의 새로운 역할에 대한 진지한 고민이 있어야 함을 말해주고 있다.

> 내 안에 거하라 나도 너희 안에 거하리라 가지가 포도나무에 붙어 있지 아니하면 스스로 열매를 맺을 수 없음 같이 너희도 내 안에 있지 아니하면 그러하리라.(요한복음 15:4)

우리가 예수님 안에 거하고 그분에게 붙들려 있어야 하는 이유가 바로 여기에 있다. 그런데 더 획기적이고 놀라운 점은 우리가 예수님과 같은 성전이 되었다는 점이다. 예수님의 은혜로 우리도 성전이 되어 예수님을 우리 안으로 모실 수 있게 되었다는 점이다. 사도 바울은 고린도 교회에 보낸 서신에서 이 같은 사실을 가르쳐주었다.

> 너희는 너희가 하나님의 성전인 것과 하나님의 성령이 너희 안에 거하시는 것을 알지 못하느냐.(고린도전서 3:16)

이 사실을 믿지 못하면 여전히 구약시대 방식으로 예배를 드리려고 할 것이다. 여전히 제한된 장소 혹은 오래된 관습의 예배 틀에서 벗어나지 못할 것이다. 자기 안에 하나님 나라가 임할 수 있다고 생각해보라. 이 얼마나 신묘하고 은혜로운 일인가! 그런데 적지 않은 사람들이 이 사실을 간과하고 있고 제대로 누리지 못한다. 여전히 제사장을 찾아가듯 목회자를 찾아가고 고해성사하며 스스로 종의 멍에를 지고 살아간다.

그런 것들의 의도를 폄훼하려는 것이 아니다. 그것으로 인해 본질이 훼손되고 있다는 사실이다. 참으로 안타까운 일이다. 우리가 제대로 감사하지 못하는 것은 얼마나 예수님의 은혜가 크다는 것을 실감하지 못하기 때문이다. 우리가 여전히 율법의 사슬에서 헤어나지 못한다면 우리 예배는 여전히 제사에 머물게 되고 우리의 기도는 주문이 되며 우리의 헌금은 복채가 될 것이다.

예수님 은혜로 우리 신분은 종에서 주님의 자녀로 바뀌었다. 하나님께서 우리를 자녀 삼은 것이다. 이것이 실감 나지 않는다면 여전히 예수님 말씀을 제대로 믿지 못한 것이거나 종의 신분에 젖어 살며 변화를 꺼리고 있는 것일 수 있다. 사도 요한은 자녀 삼아주신 하나님의 크신 사랑을 모든 사람이 알아주기를 호소하고 있다.

보라 아버지께서 어떠한 사랑을 우리에게 베푸사 하나님의 자녀라 일컬음을 받게 하셨는가. 우리가 그러하도다. 그러므로 세상이 우리를 알지 못함은 그를 알지 못함이라, 사랑하는 자들아, 우리가 지금은 하나님의 자녀라 장래에 어떻게 될지는 아직 나타나지 않았으나 그가 나타나시면 우리가 그와 같은 줄을 아는 것은 그의 참모습 그대로 볼 것이기 때문이니 주를 향하여 이 소망을 가진 자마다 그의 깨끗하심과 같이 자기를 깨끗하게 하느니라.(요한일서 3:1~3)

그뿐만이 아니다. 사도 베드로는 보다 실감 나게 설명하기 위해 구약시대 제사장과 같은 신분, 그리고 하나님 나라 백성이라는 사실을 강조하여 말했다.

그러나 너희는 택하신 족속이요 왕 같은 제사장들이요 거룩한 나라요 그의 소유가 된 백성이니 이는 너희를 어두운 데서 불러내어 그의 기이한 빛에 들어가게 하신 자의 아름다운 덕을 선전하게 하려 하심이라. 너희가 전에는 백성이 아니더니 이제는 하나님의 백성이요 전에는 긍휼을 얻지 못하였더니 이제는 긍휼을 얻은 자니라.(베드로전서 2:9~10)

이 말씀에서 '택하신 족속'이란 무엇을 의미하는가?
한번 택한 백성은 절대 버리지 않으신다는 의미를 내포하고 있다. 하나님은 아브라함의 자손, 이삭의 자손, 야곱의 자손을 상기시키며 이스라엘 백성을 지키고 인도하셨던 분이시다.

제사장은 무엇을 하는 사람인가?

구약시대에 하나님을 직접 알현하고 백성을 대표해서 제사를 이끈 사람이다. 그런데 이제 우리 각자가 구약시대 제사장같이 하나님을 직접 만날 수 있는 신분이 된 것이다. 직접 예배(제사)를 드릴 수 있게 된 것이다. 거기에 하나님의 자녀요 백성이 되었으니 우리의 신분은 더 이상 의심의 여지없는 하나님 나라에 속한 백성이고 그분의 자녀가 된 것이다.

예수님은 이 땅에 오셔서 이 모든 것을 이루셨을 뿐 아니라 이 모든 것을 포함하고 계신 분이시다. 그리고 이제 우리 안에 직접 오신다. 가죽옷, 어린 양, 선지자, 율법, 제사 등의 방법으로 우리와 소통하시고 지켜주셨지만, 이제는 전혀 다른 방법으로 우리와 동행하신다. 그동안 주로 우리 외부에서 우리를 보호하셨지만, 이제 외부에서도 지키실 뿐 아니라 우리 안으로 직접 들어오셔서 우리 영혼을 지키신다.

> 내 안에 거하라 나도 너희 안에 거하리라 가지가 포도나무에 붙어 있지 아니하면 스스로 열매를 맺을 수 없음 같이 너희도 내 안에 있지 아니하면 그러하리라.(요한복음 15:4)

이것은 완전한 방법이다. 우리를 안팎으로 보호하시겠다는 뜻이다. 특히 우리 마음 속에 들어오셔서 원천적으로 죄를 차단하시겠다는 것이다. 모든 죄는 마음으로부터 시작되기 때문이다.

> 만물보다 거짓되고 심히 부패한 것은 마음이라 누가 능히 이를

알리요마는 나 여호와는 심장을 살피며 폐부를 시험하고 각각 그의 행위와 그의 행실대로 보응하나니 (예레미야 17:9~10)

하지만 사도 바울은 예수 그리스도께서 함께하시면 비록 겉사람은 낡아지더라도 속사람은 날로 새로워진다고 말하였다.

그러므로 우리가 낙심하지 아니하노라 우리의 겉사람은 낡아지나 우리의 속사람은 날로 새로워지도다. (고린도후서 4:16)

이제 근본적으로 우리 속사람을 관리하시겠다는 뜻이다. 예수님이 함께 하시면 누구도 예수님으로부터 우리를 빼앗을 자가 없다. 예수님을 믿으면 예수님은 목자가 되시고 우리는 그분이 직접 관리하시는 양이 된다. 그렇게 되면 예수님의 음성을 들을 수 있게 되고 우리가 예수님을 따를 수 있게 된다.

내 양은 내 음성을 들으며 나는 그들을 알며 그들은 나를 따르느니라, 내가 그들에게 영생을 주노니 영원히 멸망하지 아니할 것이요 또 그들을 내 손에서 빼앗을 자가 없느니라. (요한복음 10:27~28)

예수님이 우리 안에 들어오시면 내가 사는 것이 아니다. 나를 위해 예수님이 사신다. 그것을 가능하게 하는 방법은 간단하다. 예수님이 살아계신 하나님이요 우리의 구세주라는 사실을 믿는 것이다. 그것이 전부다. 더 이상 사설을 붙일 필요가 없다. 사도 바울이 전한 복음의 핵심도 다르지 않다. 예수 그리스도를 믿으면 구원을 얻는다는 것이다.

> 이르되 주 예수를 믿으라 그리하면 너와 네 집이 구원을 받으리
> 라 하고 주의 말씀을 그 사람과 그 집에 있는 모든 사람에게 전하
> 더라.(사도행전 16:31~32)

이것을 전하러 예수 그리스도께서 이 땅에 오신 것이다. 그래서
이것을 복음福音이라고 한다. 우리에게 순전한 복을 주시러 오신 것
이다. 최고의 복은 아무 대가 없이 하나님의 은혜 가운데 영생을
얻는 일이다. 이 얼마나 기쁜 소식인가! 우리가 할 수 있는 것은 그
분을 순전하게 믿는 것이다. 우리가 할 일은 더 이상 핑계 대지 않
고 예수 그리스도의 사랑을 인정하고 감사하는 일이다.

예수님 한 분으로 충분하다. 더 이상 바랄 것이 없다. 이렇게 고
백할 수 있을 때 비로소 참 그리스도인이 되는 것이다. 그리스도인
은 예수 그리스도에 속한 자를 말한다. 그분과 더불어 영생하면서
우주 만물을 누릴 사람이다. 왜냐하면 예수님은 모든 것의 주인이
시고 그리스도인은 그분의 자녀이기 때문이다.

16

아직, 내 인생 최고의 날은 오지 않았다.

천국에 대한 소망은 새로운 삶에 대한 기대이다.
천국은 진리와 사랑, 그리고 기쁨으로 충만한 나라이다.
내 인생 최고의 날은 아직 오지 않았다.
그날은 본향인 천국에 들어가는 날이다.
예수님을 다시 만나는 날이다.
우리의 참 안식과 기쁨이 그날로부터 시작되기 때문이다.

흔히 오늘은 가장 젊은 날, 가장 좋은 날이라고 말한다. 그리고 현재와 선물이 모두 영어로 '프레젠트Present'라는 점을 강조하며 오늘을 선물로 여기면서 살라고 독려한다. 물론 맞는 말이다. 아직 오지 않은 불확실한 미래보다는 확실한 오늘을 소중히 여기고 감사하며 살라는 점에서 좋은 권면이다. 당연히 그래야 할 것이다. 오늘이 있어야 내일이 있기 때문이다. 하루하루 최선을 다하는 마음으로 사는 것은 나무랄 데 없이 좋은 자세라고 생각한다.

그런데 그것 못지않게 중요한 것은 아직 오지 않은 날들에 대한 소망을 잃지 않는 일이다. 그것은 내일일 수도 있고 아주 먼 장래일 수도 있다. 좀 더 구체적으로 말하면 육신을 입고 사는 동안뿐 아니라 육신이 죽은 후 영혼의 세계인 미래까지도 포함한다. 흔히 사람이 죽어서 가는 곳을 내세來世라고 한다. 성서에 의하면 천국과 지옥이 있고, 천국을 새 하늘과 새 땅으로 표현하고 있다.

> 또 내가 새 하늘과 새 땅을 보니 처음 하늘과 처음 땅이 없어졌고 바다도 다시 있지 않더라. (요한계시록 21:1)

지금 우리가 살고 있는 현세現世가 인생의 전부라면 굳이 이런 이야기를 꺼낼 필요 없다. 그리고 우리 육신이 죽는 것으로 우리 삶의 모든 것이 끝이라면 그야말로 이런 이야기를 하는 것 자체가 한심한 일에 지나지 않는다.

사도 바울도 자신이 고린도 교회에 보낸 서신에서 그런 내용을 언급한 적이 있다. 당시 고린도 교회 성도들 일부가 부활에 대해 믿지 않는 것을 우려하면서 그렇지 않음을 분명히 가르쳤다. 부활을 믿지 않은 사람들은 죽음을 육체의 소멸과 더불어 모든 생명이 소멸하는 것으로 생각했다. 그래서 사도 바울은 만약 부활이 없고 그리스도 안에서 약속된 천국이 없다면 이를 믿는 사람들이 모든 사람들 가운데 더욱 불쌍한 자가 될 것이라고 말했다. 이는 올바른 믿음을 위해서는 하나님 나라에 대한 소망이 절대적으로 필요하다는 것을 강조하고자 한 말이다.

> 만일 그리스도 안에서 우리가 바라는 것이 다만 이 세상의 삶뿐이라면 모든 사람 가운데 우리가 더욱 불쌍한 자이리라. (고린도전서 15:19)

그렇다면 하나님 나라, 곧 천국은 어떤 곳일까?
사도 바울은 천국을 다음과 같이 표현하고 있다.

> 아담 안에서 모든 사람이 죽은 것 같이 그리스도 안에서 모든 사람이 삶을 얻으리라.(고린도전서 15:22)

천국은 아담으로 인해 죄인이 된 인류가 예수 그리스도를 믿음으로 말미암아 구원을 얻어 가는 곳을 말한다. 사도 바울은 고린도 교인들에게 보낸 서신에서 이사야 선지자의 말씀을 인용하면서 천국은 우리가 상상할 수 있는 범위를 넘어서기 때문에 말로 설명할 수 없을 뿐 아니라 감각으로 인식할 수 있는 곳이 아니라고 설명하고 있다.

> 주 외에는 자기를 앙망하는 자를 위하여 이런 일을 행한 신을 옛부터 들은 자도 없고 귀로 들은 자도 없고 눈으로 본 자도 없었나이다.(이사야 64:4)

> 기록된 바 하나님이 자기를 사랑하는 자들을 위하여 예비하신 모든 것은 눈으로 보지 못하고 귀로 듣지 못하고 사람의 마음으로 생각하지도 못하였다 함과 같으니라.(고린도전서 2:9)

천국을 상상하는 것은 자유다. 하지만 천국을 자기 멋대로 규정해버리는 것은 옳지 않다. 그러나 한 가지 잊지 말아야 할 것은 천국은 하나님 자신이라는 사실이다. 누구도 하나님을 제대로 알 수 없듯이 천국도 마찬가지다. 하나님은 육신을 입고 이 땅에 오신 예수 그리스도이시다. 예수님을 본 사람은 하나님을 본 것이고 또 하나님 나라를 경험한 셈이다.

사람들은 하나님의 계획, 요컨대 독생자 예수 그리스도를 이 땅에 보내시고 십자가라는 형벌을 통해 인류를 구원하실 것이라고는 상상도 하지 못했다. 그래서 쉽게 받아들이지 못하고 믿지 못했다. 그렇지만 그 사실을 믿는 자는 복이 있다고 한결같이 말씀하고 계신다. 중요한 것은 성서에는 하나님을 믿는 믿음이 인간의 지혜에 의한 것이 아니고 하나님의 선물이라고 기록되어 있다.

우리가 세상에서 가장 좋은 것을 만났을 때 자신도 모르게 툭 튀어나오는 말이 있다. "마치 천국 같다"고 말한다. 심지어 예수님을 믿지 않는 사람들 가운데서도 이런 표현을 종종 사용하는 경우가 있다. 그렇다. 천국은 최고의 가치를 표현할 때 사용한다. 믿음으로 사는 사람은 천국을 볼 수 있다는 것이다. 성령께서 그렇게 되도록 도와주시기 때문이다.

> 오직 하나님이 성령으로 이것을 우리에게 보이셨으니 성령은 모든 것 곧 하나님의 깊은 것까지도 통달하시느니라. (고린도전서 2:10)

성령은 천국을 잘 알고 계시며 그분을 통해 우리도 천국을 볼 수 있게 되는 것이다. 요한계시록에는 천국에 대해 기록되어 있다. 여기에 우리가 소망하는 새 땅에 관한 이야기도 등장하는데, 당연히 천국에 관한 내용이다. 사도 요한이 하나님의 은혜 가운데 환상을 통해 전해 들은 이야기를 기록한 내용이다.

또 내가 새 하늘과 새 땅을 보니 처음 하늘과 처음 땅이 없어졌고 바다도 다시 있지 않더라.(요한계시록 21:1)

사도 요한의 천국에 관한 표현도 지금 우리 눈으로 볼 수 있는 것들을 비유하며 설명할 수밖에 없었다. 그래서 여인이 가장 아름다운 날, 단장한 신부의 모습에 비유하여 천국을 설명하고 있다.

또 내가 보매 거룩한 성 새 예루살렘아 하나님께로부터 하늘에서 내려오니 그 준비한 것이 신부가 남편을 위하여 단장한 것 같더라.(요한계시록 21:2)

사도 요한은 환상을 통해 본 천국의 분위기에 대해 좀 더 구체적으로 설명한다.

내가 들으니 보좌에서 큰 음성이 나서 이르되 보라 하나님의 장막이 사람들과 함께 있으매 하나님이 그들과 함께 계시리니 그들은 하나님의 백성이 되고 하나님은 친히 그들과 함께 계셔서 모든 눈물을 그 눈에서 닦아 주시니 다시는 사망이 없고 애통하는 것이나 곡하는 것이나 아픈 것이 다시 있지 아니하리니 처음 것들이 다 지나갔음이러라.(요한계시록 21:3~4)

우리가 살면서 가장 지옥 같은 것들은 무엇인가?

우리 삶에서 더 이상 경험하고 싶지 않은 것들이 무엇인가?

외롭고, 슬프고, 아프고, 사망을 걱정하는 것 아니겠는가. 그런데 천국에는 눈물이 없고 아픔이나 사망이 없다고 한다. 더 중요한 것은 하나님 백성 혹은 자녀 자격으로서 하나님과 영원히 함께 있을 거라는 사실이다. 천국은 만유의 회복, 요컨대 잃어버린 에덴을 회복하는 것을 의미한다. 슬픔 대신 기쁨으로 충만하고 하나님이 동행하시므로 외로울 일이 다시는 없으며 아픔도 죽음도 더 이상 우리를 괴롭히지 못할 것이다.

> 또 주께서 너희를 위하여 예정하신 그리스도 곧 예수를 보내시리니 하나님이 영원 전부터 거룩한 선지자들의 입을 통하여 말씀하신바 만물을 회복하실 때까지는 하늘이 마땅히 그를 받아 두리라.(요한계시록 21:20~21)

지금 살고 있는 이 땅은 아직 온전한 천국이 아니다. 하나님은 우리를 항상 좋은 곳으로 인도하시지만, 어느 정도 우리의 자유의지에 맡겨두고 계신다. 그래서 그 자유의지로 다시는 아담과 같은 선택을 하지 않아야 할 것이다. 왜냐하면 여전히 사탄이 활동하고 있기 때문이다. 그러나 두려워할 것 없다. 하나님의 계획에 사탄의 종말이 있기 때문이다.

> 내가 너로 여자와 원수가 되게 하고 네 후손도 여자의 후손과 원수가 되게 하리니 여자의 후손은 네 머리를 상하게 할 것이요 너는 그의 발꿈치를 상하게 할 것이니라 하시고(창세기 3:15)

이는 하나님이 뱀(사탄)에게 하신 말씀이다. 이 예언은 예수 그리스도의 십자가로 다 이루어졌다. 예수님의 희생으로 말미암아 뱀은 머리에 치명상을 입게 되었다. 그러나 아직은 활동하고 있다. 그러나 그것도 예수 그리스도 안에 있으면 걱정할 것이 없다. 믿음 안에 있는 사람은 손끝 하나도 건드리지 못할 것이기 때문이다. 그들의 완전한 종말은 이미 예고되어 있다. 그래서 그들은 마지막 때를 알고 최후의 발악을 하고 있는 것이다.

다음 말씀은 사도 요한이 하나님으로부터 받은 계시를 기록한 내용으로 사탄의 결박과 종말을 예언하고 있다.

또 내가 보매 천사가 무저갱의 열쇠와 큰 쇠사슬을 그의 손에 가지고 하늘로부터 내려와서 용을 잡으니 곧 옛 뱀이요 마귀요 사탄이라 잡아서 천 년 동안 결박하여 무저갱에 던져넣어 잠그고 그 위에 인봉하여 천년이 차도록 다시는 만국을 미혹하지 못하게 하였는데 그 후에는 반드시 잠깐 놓이리라.(요한계시록 20:1~3)

나와서 땅의 사방 백성 곧 곡과 마곡을 미혹하고 모아 싸움을 붙이리니 그 수가 바다의 모래 같으리라. 그들이 지면에 널리 퍼져 성도들의 집과 사랑하시는 성을 두르매 하늘에서 불이 내려와 그들을 태워버리고 또 그들을 미혹하는 마귀가 불과 유황 못에 던져지니 거기는 그 짐승과 거짓 선지자도 있어 세세토록 밤낮 괴로움을 받으리라.(요한계시록 20:7~10)

천국은 하나님의 신실하신 약속이다. 믿음의 사람들에게 장차 선물로 주실 것을 미리 알려주신 것이다. 그것이 예언이고 계시다. 그 예언과 계시의 실존이 예수 그리스도이시다. 예수 그리스도의 십자가 죽음과 부활은 옛것의 죽음과 새것의 부활을 의미한다. 우리 삶이 회복되는 것을 실질적으로 혹은 상징적으로 보여주신 것이다. 우리 삶의 회복은 예수 그리스도께서 재림하실 때 완전히 이루어진다. 그때가 바로 우리가 소망하는 인생 최고의 날이 될 것이다. 그리고 그날은 한 날에 그치는 것이 아니라 시간의 흐름을 느낄 수 없을 정도로 최고의 시간이 연속될 것이다.

사탄이 잠시 우리 삶을 넘어지게 하거나 망가뜨릴 수 있을지는 몰라도 예수님의 은혜로 우리는 반드시 승리할 것이다. 태초에 선악과를 따먹기 이전의 에덴동산의 삶으로 회복될 것이다. 아니 그보다 더 완전한 삶으로 거듭날 것이다.

우리가 천국의 맛을 경험하면 이 땅의 것들은 참으로 부질없는 것들이라는 사실을 깨닫게 될 것이다. 또 고난이나 슬픔도 그렇게 커 보이지 않을 것이다. 사도 바울이 전하는 말씀은 우리가 살면서 고난이나 슬픈 일을 겪을지라도 천국을 상상하면서 잘 견뎌야 함을 권면하고 있다.

생각하건대 현재의 고난은 장차 우리에게 나타날 영광과 비교할 수 없도다.(로마서 8:18)

그래서 일상의 삶에서 말씀의 능력과 성령의 도움으로 천국의 맛을 경험해야 할 것이다. 천국의 맛을 경험하지 못하면 당연히 이 땅의 것들을 소망하게 되고 여전히 부질없는 삶에서 눈을 떼지 못할 것이다. 그렇다면 "어떻게 천국의 맛을 경험할 것인가? 현재로서는 불가능한 일이 아닌가?"라고 질문할 수 있을 것이다. 물론 그렇다. 하지만 사도 요한도 천국을 직접 보고 전한 것이 아니다. 하나님의 도우심으로 환상으로 천국을 본 것이다.

왜, 하나님은 그에게 천국을 보여주셨을까?

그것은 요한을 통해 천국 복음을 사람들에게 전하게 하시려고 특별한 은혜를 허락하신 것이다. 사도 요한은 하나님의 뜻에 순종하여 그것을 기록하여 우리가 간접적으로나마 천국을 경험하게 하신 것이다. 하나님이 바로 천국이다. 하나님이 계시는 곳이 천국이다. 하나님이 계시하신 것이 천국이다. 그런 의미에서 예수님은 천국 그 자체이시다. 예수님이 이 땅에 오셨다는 것은 하나님 나라가 이 땅에 오셨음을 의미한다. 지금 예수님은 하나님 보좌 우편에 계신다. 그리고 마침내 우리 곁으로 다시 오실 것이다. 그날이 우리에게는 인생 최고의 날이 될 것이다.

참으로 감사한 일은 지금도 예수님이 보내주신 성령을 우리 안에 모실 수 있다는 사실이다. 그래서 우리는 언제든지 마음만 먹으로면 믿음으로 천국을 맛보며 살 수 있다. 하지만 하나님 말씀이 내게 감동으로 다가오지 않는다면 천국의 맛도 느낄 수 없을 것이다. 하나님이 태초에 천지를 창조하실 때 예수님도 성령도 거기에 함께 계셨다. 삼위일체 하나님이 함께 천지창조에 동역하신 것이다.

태초에 말씀이 계시니라 이 말씀이 하나님과 함께 계셨으니 이 말씀은 곧 하나님이시라, 그가 태초에 하나님과 함께 계셨고 만물

이 그로 말미암아 지은 바 되었으니 지은 것이 하나도 그가 없이
는 된 것이 없느니라.(요한복음 1:1~3)

예수님은 하나님의 독생자 신분으로서 성육신으로 오셨지만,
사실 하나님과 예수님은 역할 만 다르실 뿐 한 분이라는 사실을 잊
어서는 안 되겠다. 예수님이 이 땅에 오신 것은 하나님 자신이 사
람의 육체를 입고 친히 오신 위대한 사건이다. 사도 바울이 골로새
교인들에게 예수님에 대해 다음과 같이 가르쳤다.

그가 우리를 흑암의 권세에서 건져내사 그의 사랑의 아들의 나
라로 옮기셨으니 그 아들 안에서 우리가 속량 곧 죄 사함을 얻었
다. 그는 보이지 아니하시는 하나님의 형상이시요 모든 피조물보
다 먼저 나신 이시니 만물이 그에게서 창조되 하늘과 땅에서 보
이는 것들과 보이지 않는 것들과 혹은 왕권들이나 주권들이나 통
치자들이나 권세들이나 만물이 다 그로 말미암고 그를 위하여 창
조되었고 또한 그가 만물보다 먼저 계시고 만물이 그 안에 함께 섰
느니라.(골로새서 1:13~17)

사실 이 말씀은 어마어마한 말씀이다. 먼저 예수님이 하나님이
시라는 것을 가르쳐준다. 그리고 "그는 보이지 아니하시는 하나님
의 형상이시요"라는 말씀을 통해 예수님이 하나님 형상을 입으셨
다는 것을 알 수 있다. 그래서 예수님이 사람의 육체를 입고 이 땅
에 오신 사실 자체가 자연스럽게 사람이 하나님 형상을 닮게 창조
되었다는 것을 증명해주는 일이다. 사람이 하나님 형상을 닮았다

는 것이 얼마나 큰 은혜고 축복인지 알 수 있다.

하나님이 자기 형상 곧 하나님의 형상대로 사람을 창조하시되 남자와 여자를 창조하시고(창세기 1:27)

카를 융Carl Gustav Jung은 우리 모두가 자신 안에 신의 형상God-Image, 곧 자기self의 인印을 가지고 있다고 주장한다. 우리는 원형의 표식인 티포스typos를 지닌다. 티포스는 화폐에 새겨져 있는 도장을 의미하며 아르케arche는 화폐를 찍어내는 원본 또는 원판을 의미한다.*

인간은 각자 신의 형상을 받았으므로 최고의 본질과 닿아있다는 것이다. 그래서 우리 자아에는 영원을 사모하는 마음이 내재되어 있다. 하나님이 우리를 창조하셨다는 증거다.

하나님이 모든 것을 지으시되 때를 따라 아름답게 하셨고 또 사람들에게는 영원을 사모하는 마음을 주셨느니라 그러나 하나님이 하시는 일의 시종을 사람으로 측량할 수 없게 하셨도다.(전도서 3:11)

또 "만물이 그에게서 창조되되 하늘과 땅에서 보이는 것들과 보이지 않는 것들과 혹은 왕권들이나 주권들이나 통치자들이나 권세들이나 만물이 다 그로 말미암고 그를 위하여 창조되었고 또한 그

* 머리 스타인 저 · 김창한 역, 융의 영혼의 지도, p.230, 문예출판사

가 만물보다 먼저 계시고 만물이 그 안에 함께 섰느니라"라는 말씀을 보면 보이는 만물은 물론이고 보이지 않는 것들이 예수님 안에 함께 있음을 알 수 있다.

예수님은 만물을 품으시는 분이시다. 그뿐만 아니라 우리가 상상하고 얘기하는 보이지 않는 것들, 흔히 형이상학形而上學이라고 얘기하는 것들을 모두 품고 계신다. 사도 바울은 한 마디로 예수님은 전지전능하신 분이라는 것을 증언하고 있다. 이런 예수님께서 우리에게 천국 백성 자격을 얻게 하셨다. 우리를 흑암의 권세에서 건져내셔서 당신의 나라, 요컨대 천국으로 우리를 옮기신 것이다. 우리가 예수님을 믿는 믿음 안에 있다는 것은 이미 천국에 있다는 것을 의미한다.

그래서 어떤 성경학자는 우리에게 '천국 가는 티켓(ticket)은 이미 주어졌으나 아직 입장하지 않은 상태Already, but not yet'라고 표현했다. 물론 아직 예수님의 재림이 있기 전까지는 청동거울을 보는 것처럼 희미하게 보이지만 우리는 천국을 약속받았기 때문에 즐거운 마음으로 인생을 살 수 있다.

우리가 지금은 거울로 보는 것 같이 희미하나 그때에는 얼굴과 얼굴을 대하여 볼 것이요 지금은 내가 부분적으로 아나 그때에는 주께서 나를 아신 것 같이 내가 온전히 알리라. (고린도전서 13:12)

예수님을 믿는 사람들은 예수님의 은혜로 인생의 목적을 확실히 알고 살 수 있게 되었다. 마치 시험을 보는 학생이 정답을 미리 알고 시험을 치르는 것과 같다. 천국 같은 인생을 사느냐 혹은 지옥 같은 인생을 사느냐는 예수님을 온전히 믿느냐 그렇지 않으냐에 달려 있다. 우리가 사는 동안 하나님 말씀에 순종할 것이냐 사탄의 유혹에 귀를 기울일 것이냐에 따라 우리 삶은 완전히 달라질 것이다. 그래서 사도 바울은 우리가 어떤 자세로 살아야 하는지 정확히 짚어주었다.

너희 자신을 종으로 내주어 누구에게 순종하든지 그 순종함을 받는 자의 종이 되는 줄을 너희가 알지 못하느냐 혹은 죄의 종으로 사망에 이르고 혹은 순종의 종으로 의에 이르느니라.(로마서 6:16)

태초에 하나님은 최고의 낙원, 요컨대 에덴동산을 사람에게 선물로 주시고 거기에 살게 하시며 인류 최초의 사람 아담에게 그곳의 관리권을 위임하셨다. 그러나 아담은 일종의 계약서에 있었던 내용 한 가지를 위반하였다. 그것은 거기에 있는 모든 나무의 열매는 임의로 먹어도 되지만 선악을 알게 하는 나무의 열매는 절대로 따먹지 말라는 것이었다. 그런데 아담은 그 약속을 지키지 않았고 아담은 그곳의 관리권을 잃어버렸을 뿐 아니라 그곳에서 추방당하고 말았다.

사실 따지고 보면 우리가 아담을 원망할 자격이 있을까 하는 생각이 든다. 지금 우리가 관리하는 지구는 어떤가? 과학기술이 날로 발전하고 물질문명이 풍요로워지고 있음에도 불구하고 우리 삶은 갈수록 피폐해지고 사람들은 온갖 스트레스에 시달리고 있고 정신병 환자는 늘어만 간다. 게다가 인구는 감소하고 공동체는 붕괴 일로에 있으며 점점 개인주의와 이기주의를 향해 극단으로 치닫고 있다. 게다가 전염병과 지구 온난화는 심각한 수준에 이르러 우리 삶터는 점점 더 열악해지고 있다.

사실 우리가 아담의 자리에 있었다고 할지라도 크게 다르지 않았을 것이다. 그렇다면 과거를 탓하거나 아담을 원망하는 데 시간을 허비할 것이 아니라, 이런 배은망덕하고 믿음이 없음을 한탄하며 자신의 자유의지를 어떻게 사용할 것인지에 대해 곰곰이 생각할 필요가 있다.

그러기 위해서는 성경이 한결같이 전하고 있는 예수 그리스도 Jesus Christ에 집중해야 하지 않을까, 그분은 무기력하고 나약한 우리를 위해 기꺼이 자신을 희생하셔서 십자가에 달리심으로써 만물과 사람의 관리권을 하나님으로부터 위임받으셨다. 그것은 예수 그리스도께서 이 땅과 하나님 나라의 주권을 가지게 되셨고 우리의 실질적인 주인이 되셨다는 것을 의미한다.

종이 할 일은 주인을 잘 섬기는 일이다. 그러나 예수님은 우리를 종처럼 여기지 않으시고 당신의 자녀 삼아주신 것이다. 또 스스로 신랑이 되셔서 신부로 우리를 받아주신 것이다. 우리 신분은 죄인 신분에서 벗어나 하나님 나라 백성이 된 것이다. 우리는 하나님의 치밀하신 계획에 의해 추진된 십자가 프로젝트를 묵상하며 하나님이 우리를 얼마나 사랑하셨고 또 사랑하고 계시는지 깨달아야 한다.

세례 요한은 이런 예수님을 알아보았고 그분에 대해 이렇게 표현했다.

이튿날 요한이 예수께서 자기에게 나아오심을 보고 이르되 보라 세상 죄를 지고 가는 하나님의 어린 양이로다. 내가 전에 말하기를 내 뒤에 오는 사람이 있는데 나보다 앞선 것은 그가 나보다 먼저 계심이라 한 것이 이 사람을 가리킴이라.(요한복음 1:29~30)

예수님은 우리를 죄 가운데서 구원하시기 위해 이 땅에 오신 분이시다. 마태도 예수님에 대해 이같이 전하고 있다.

아들을 낳으리니 이름을 예수라 하라 이는 그가 자기 백성을 그들의 죄에서 구원할 자이심이라 하니라.(마태복음 1:21)

예수님의 죽음이 우리 죄를 깨끗이 하였고 그분의 부활이 우리로 하여금 천국을 소망할 수 있게 하셨다. 그래서 우리는 그분을 믿고 자기 십자가를 지고 따름으로써 죄인 신분에서 벗어나 회복하는 삶을 살 수 있게 된 것이다.

또 무리에게 이르시되 아무든지 나를 따라오려거든 자기를 부인하고 날마다 제 십자가를 지고 나를 따를 것이니라.(누가복음 9:23)

이 얼마나 감격스럽고 영광스러운 일인가!
그리스도인들은 이 약속을 굳게 믿고 살아가는 사람들이다. 성서는 줄곧 이 약속을 계시하고 예언하고 이행하고 있음을 증명해 주고 있다. 히브리서 기자는 갈 바를 알지 못하면서도 말씀에 순종하며 떠나는 아브라함의 믿음을 통해 약속의 땅을 받는 모습을 보여주었다. 약속의 땅은 새 예루살렘의 예표다.

믿음으로 아브라함은 부르심을 받았을 때에 순종하여 장래의 유업으로 받을 땅에 나아갈새 갈 바를 알지 못하고 나아갔으며 믿음으로 그가 이방의 땅에 있는 것 같이 약속의 땅에 거류하여 동일한 약속을 유업으로 함께 받은 이삭 및 야곱과 더불어 장막에 거하였으니 이는 그가 하나님이 계획하시고 지으실 터가 있는 성을 바랐음이니라.(히브리서 11:8~10)

히브리서 11장은 믿음의 조상들을 소개하고 있다. 믿음의 조상들은 하나님께서 건축하신 새 예루살렘을 바라보며 믿음을 지킨 사람들이다. 이들은 아담의 죄로 인해 떠나야 했던 에덴동산을 회복할 수 있다는 믿음으로 평생을 산 사람들이다.

이 사람들은 다 믿음을 따라 죽었으며 약속을 받지 못하였으되 그것들을 멀리서 보고 환영하며 또 땅에서는 외국인과 나그네임을 증언하였으니 그들이 이같이 말하는 것은 자기들이 본향을 찾는 자임을 나타냄이라. 그들이 나온바 본향을 생각하였더라면 돌아갈 기회가 있었으려니와 그들이 이제는 더 나은 본향을 사모하니 곧 하늘에 있는 것이라 이러므로 하나님이 그들의 하나님이라 일컬음을 받으심을 부끄러워하지 아니하시고 그들을 위하여 한 성을 예비하셨느니라.(히브리서 11:13~16)

믿음의 사람들은 화려한 출세나 성공 등에 관심을 두지 않았고 자신들을 마치 외국인이나 나그네 같은 신분처럼 생각하고 오직 하나님이 예비하신 본향을 생각하며 살았다. "그들이 이제는 더 나은 본향을 사모하니 곧 하늘에 있는 것이라." 하나님도 그들의 이 같은 믿음을 좋게 여기시고 한 성城을 예비하셨다고 기록하고 있다.

구약시대 사람들은 예수님이 이 땅에 오시기 전에 살았던 사람들이다. 그래서 예수님의 말씀이나 사도들의 메시지를 접하지 못했었다. 다만 선지자들의 예언에 의지할 수밖에 없었다. 이에 그들은 신약성경, 요컨대 요한계시록과 같은 메시지를 알 수 없었다. 그럼에도 불구하고 믿음의 사람들은 새 예루살렘을 소망하면서 오직 믿음으로 살았다는 것을 알 수 있다.

보라 내가 새 하늘과 새 땅을 창조하나니 이전 것은 기억되나 마음에 생각나지 아니할 것이라. 너희는 내가 창조하는 것으로 말미암아 영원히 즐거워 할지니라 보라 내가 예루살렘을 즐거운 성으로 창조하며 그 백성을 기쁨으로 삼고(이사야 65:17~18)

믿음의 조상들은 믿음대로 살았지만, 당시 새 하늘 새 땅을 받지는 못했다고 기록되어 있다. 그렇다면 언제 성취될 것인가? 바로 예수님이 재림하실 때다. 그때가 비로소 성취되는 날이다.

이 사람들은 다 믿음으로 말미암아 증거를 받았으나 약속된 것을 받지 못하였으니 이는 하나님이 우리를 위하여 더 좋은 것을 예비하셨은즉 우리가 아니면 그들로 온전함을 이루지 못하게 하려 하심이라. (히브리서 11:39~40)

그들은 비록 이 땅에서 약속받은 좋은 것을 받지는 못했지만, 약속에 대한 참여권을 부여받았다. 그들은 당시 본체는 보지 못했으나 그림자는 볼 수 있었다. 이런 불확실한 상황에서도 그들은 그처럼 빛나고 고귀한 믿음을 가지고 있었다. 따라서 히브리서 기자는 그들의 신앙이 더욱 빛났다고 강조한 것이다. 히브리서 기자는 당시 이스라엘 백성들에게 하나님께서 그들에게 더 좋은 것을 예비하셨다고 말한다.

그러므로 하나님께서 그들에게 더욱 선한 일을 바라고 계신다는 것을 알아야 한다고 사도는 전하고 있다. 이 메시지를 우리에게 적용해보면 우리는 예수님의 말씀과 행적을 모두 잘 알고 있고 더 많은 은혜 가운데 신앙생활을 하고 있다는 것에 감사해야 한다. 예수님이 전해주신 복음은 구약시대의 그것보다 더 명확하고 완전한 것이기 때문이다.

주께서 호령과 천사장의 소리와 하나님의 나팔 소리로 친히 하늘로부터 강림하시리니, 그리스도 안에서 죽은 자들이 먼저 일어나고 그 후에 우리 살아남은 자들도 그들과 함께 구름 속으로 끌어 올려 공중에서 주를 영접하게 하시리니 그리하여 우리가 항상 주와 함께 있으리라. (데살로니가전서 4:16~17)

결국 구약시대 믿음의 사람들과 지금 살고 있는 믿음의 사람들이 예수 그리스도께서 재림하실 때 하나님 자녀로서 모두 살아서 만나게 되고 하나님과 영원히 지내게 된다. 그렇게 함께 지내게 될 천국에 대해 이사야 선지자는 다음과 같이 묘사하고 있다.

그때에 이리가 어린 양과 함께 살며 표범이 어린 염소와 함께 누우며 송아지와 어린 사자와 살진 짐승이 함께 있어 어린아이에게 끌리며 암소와 곰이 함께 먹으며 그것들의 새끼가 함께 엎드리며 사자가 소처럼 풀을 먹을 것이며 젖 먹는 아이가 독사의 구멍에서 장난하며 젖 뗀 어린아이가 독사의 굴에 손을 넣을 것이라, 내 거룩한 산 모든 곳에서 해됨도 없고 상함도 없을 것이니 이는 물이 바다를 덮음같이 여호와를 아는 지식이 세상에 충만할 것임이니라. (이사야 11:6~9)

하늘 예루살렘의 모습은 참으로 놀랍다. 사람과 사람이 사람과 동물이 동물과 동물이 서로 해하지 않으며 상하게 하지 않는다. 동물들은 모두 식물을 먹는다. 어린아이가 독사의 굴에 손을 넣어도 아무런 문제가 생기지 않는다. 너무나 평화스러운 광경이다. 그리고 "물이 바다를 덮음같이 여호와를 아는 지식이 세상에 충만할 것"이라는 말씀을 통해 알 수 있듯이 우리가 알고 싶어 하는 것들이 그때는 모두 해소될 것이다.

또 땅의 모든 짐승과 하늘의 모든 새와 생명이 있어 땅에 기는 모든 것에게는 내가 모든 푸른 풀을 먹을거리로 주노라 하시니 그대로 되니라. (창세기 1:30)

새 하늘과 새 땅은 에덴의 모습과 닮았다. 그대로 회복시켜주신다는 것을 알 수 있다. 또 천국에서는 모든 사람들이 하나님을 아는 지식으로 충만해진다. 이런 천국을 소망하면 할수록 이 땅에 대한 미련도 집착도 사그라들 것이다. 그렇다고 현재의 삶을 아무렇게나 여기고 소홀하게 생각하라는 뜻은 아니다. 먼저 그의 나라를 구하고 하나님의 뜻을 헤아리는 것이 중요하다는 의미다.

그런즉 너희는 먼저 그의 나라와 그의 의를 구하라 그리하면 이 모든 것을 너희에게 더하시리라.(마태복음 6:33)

하나님과 하나님 나라에 대한 믿음이 있다면 우리가 할 일은 그의 나라와 그의 의를 구해야 하는 것은 너무나 당연하다. 그런 믿음으로 사는 사람은 죽음도 두려워할 필요가 없다. 죽어도 죽은 것이 아니고 영원한 하나님 나라의 자녀로 입성하기 때문이다. 그래서 우리는 살아도 죽어도 걱정할 것이 없다. 이 얼마나 영광스럽고 은혜로운 일인가! 그래서 우리는 세속적인 일로 걱정하며 살지 않기 위해서는 땅의 것을 소망하기보다는 위의 것, 요컨대 하나님의 의義에 주목하며 살아야 할 것이다.

그러므로 너희가 그리스도와 함께 다시 살리심을 받았으면 위의 것을 찾으라. 거기는 그리스도께서 하나님의 우편에 앉아 계시느니라. 위의 것을 생각하고 땅의 것을 생각하지 말라. 우리 생명이신 그리스도께서 나타나실 그때에 너희도 그와 함께 영광중에 나타나리라.(골로새서 3:1~4)

예수 그리스도께서 계신 곳이 천국이고 그분이 바로 의로움義 그 자체이시다. 그분을 생각한다는 것은 그분의 말씀을 묵상하는 것이다. 하나님 우편에 계신 하나님 보좌를 생각하고 땅의 것에 집착하지 말아야 한다. 그렇게 될 때 믿음의 사람들에게 무슨 일이 생길까? 그리스도께서 다시 오실 때 그분의 영광에 우리도 참여할 수 있게 된다. 그런 일이 실제로 일어난다고 생각해보자. 얼마나 영광스러운 일인가!

그때에 맹인의 눈이 밝아질 것이며 못 듣는 사람의 귀가 열릴 것이며 그때에 저는 자는 사슴 같이 뛸 것이며 말 못하는 자의 혀는 노래하리니 이는 광야에서 물이 솟겠고 사막에서 시내가 흐를 것임이라. 뜨거운 사막이 변하여 못이 될 것이며 메마른 땅이 변하여 원천이 될 것이며 승냥이의 눕던 곳에 풀과 갈대와 부들이 날 것이며 거기에 대로가 있어 그 길을 거룩한 길이라 일컫는바 되리니 깨끗하지 못한 자는 지나가지 못하겠고 오직 구속함을 입은 자들을 위하여 있게 될 것이라. 우매한 행인은 그 길로 다니지 못할 것이며 거기에는 사자가 없고 사나운 짐승이 그리로 올라가지 아니하므로 그것을 만나지 못하겠고 오직 구속함을 받은 자만 그리로 행할 것이며 여호와의 속량함을 받은 자들이 돌아오되 노래하며 시온에 이르러 그들의 머리 위에 영영한 희락을 띠고 기쁨과 즐거움을 얻으리니 슬픔과 탄식이 사라지리로다.(이사야서 35:5~10)

이 얼마나 아름다운 시詩인가!
우리는 선악과 이전의 에덴동산, 아니 더 완전한 새 에덴동산으로 돌아갈 것이다. 우리가 위의 것을 찾아야 하는 이유다. 나는 시간이 나면 가끔 산에 오른다. 공기 맑고 풍경 좋은 길을 걷는 것도 좋지만, 산 위에서 아래를 지그시 내려다보는 게 너무 좋다. 그럴 때마다 한결같이 느끼는 점은 내가 방금 전까지 아등바등하며 지냈던 삶터가 아주 작게 보인다는 점이다. 그래서 지나온 삶을 되돌아보게 되는데 평소 부질없는 것에 너무 집착하며 살고 있지는 않았는지 겸허해진다. 그래서 산에 있는 동안은 대인배大人輩로 살아갈 것을 다짐해보기도 한다. 그런데 산에서 내려오면 언제 그랬냐는 듯이 본연(?)의 자세로 돌아가고 만다.

신앙생활도 마찬가지가 아닐까. 위의 것을 찾을 때는 천국을 소망하는 것 하나만으로도 충분히 기쁘고 감사하게 살 것 같다가도 땅의 것에 눈을 돌리는 순간 전혀 딴 사람이 되어버린다. 그래서 시편 기자는 주야로 하나님 말씀을 묵상할 것을 권면한다.

복 있는 사람은 악인들의 꾀를 따르지 아니하며 죄인들의 길에 서지 아니하며 오만한 자들의 자리에 앉지 아니하고 오직 여호와의 율법을 즐거워하여 그의 율법을 주야로 묵상하는도다.(시편 1:1~2)

예수 그리스도께서 믿음의 사람들을 완전히 회복시키시기 위해 이 땅에 다시 오실 것을 약속하셨다. 그리고 믿음의 사람들은 그 약속을 믿고 위의 것을 소망하며 살고 있다. 예수님, 그리고 천국은 상상만 해도 기쁨과 감동이 몰려온다.

볼지어다 그가 구름을 타고 오시리라 각 사람의 눈이 그를 보겠고 그를 찌른 자들도 볼 것이요 땅에 있는 모든 족속이 그로 말

미암아 애곡하리니 그러하리라. 아멘.(요한계시록 1:7)

그날에 모든 사람들이 즐거워하는 것은 아니다. 예수님과 그를 믿는 자를 핍박한 사람들 그리고 땅의 것에 집착하며 살았던 사람들은 슬퍼할 것이다. 새 하늘과 새 땅에서 우리는 무엇을 하며 지낼까? 왕 같은 제사장으로서 하나님의 자녀로서 그 지위에 합당하게 하나님과 항상 함께 있으면서 환희로 가득한 삶을 살겠지만, 여기서나 거기서나 변함없는 것이 하나 있다. 그것은 하나님 아버지께 예배드리는 일이다.

> 내가 지을 새 하늘과 새 땅이 내 앞에 항상 있는 것 같이 너희 자손과 너희 이름이 항상 있으리라 여호와의 말이니라, 여호와가 말하노라. 매월 초하루와 매 안식일에 모든 혈육이 내 앞에 나아와 예배하리라.(이사야 66:22~23)

천국에 대한 소망은 새로운 삶에 대한 기대이다. 천국은 진리와 사랑, 그리고 기쁨으로 충만한 나라이다. 내 인생 최고의 날은 아직 오지 않았다. 내 인생 최고의 날은 본향인 천국에 들어가는 날이다. 예수님을 다시 만나는 날이다. 우리의 참 안식과 기쁨은 그 날로부터 시작될 것이기 때문이다.